"撷花"文丛

野莽 主编

春风三柳

聂鑫森 著

中国言实出版社

图书在版编目（CIP）数据

春风三柳 / 聂鑫森著 . -- 北京：中国言实出版社，2019.10
（"锐眼撷花"文丛 / 野莽主编）
ISBN 978-7-5171-3206-6

Ⅰ . ①春… Ⅱ . ①聂… Ⅲ . ①中篇小说—小说集—中国—当代②短篇小说—小说集—中国—当代 Ⅳ . ① I247.7

中国版本图书馆 CIP 数据核字（2019）第 210237 号

出 版 人：王昕朋
总 监 制：朱艳华
责任编辑：胡　明
责任校对：史会美
责任印制：佟贵兆
封面设计：竹　子

出版发行　中国言实出版社
　　　　　地　址：北京市朝阳区北苑路 180 号加利大厦 5 号楼 105 室
　　　　　邮　编：100101
　　　　　编辑部：北京市海淀区北太平庄路甲 1 号
　　　　　邮　编：100088
　　　　　电　话：64924853（总编室）　64924716（发行部）
　　　　　网　址：www.zgyscbs.cn
　　　　　E-mail：zgyscbs@263.net
经　　销　新华书店
印　　刷　北京中科印刷有限公司
版　　次　2020 年 1 月第 1 版　 2020 年 1 月第 1 次印刷
规　　格　880 毫米 ×1230 毫米　1/32　9.875 印张
字　　数　200 千字
定　　价　39.80 元　 ISBN 978-7-5171-3206-6

山花为什么这样红
——"锐眼撷花"文丛总序

在花开的日子用短句送别一株远方的落花，这是诗人吟于三月的葬花词，因这株落花最初是诗人和诗评家。小说家不这样，小说家要用他生前所钟爱的方式让他继续生在生前。我从很多的送别文章里也像他撷花一样，选出十位情深的作者，自然首先是我，将他生前一粒一粒摩挲过的文字结集成一套书，以此来作别样的纪念。

这套书的名字叫"锐眼撷花"，锐是何锐，花是《山花》。如陆游说，开在驿外断桥边的这株花儿多年来寂寞无主，上世纪末的一个风雨黄昏是经了他的全新改版，方才蜚声海内，原因乃在他用好的眼力，将好的作家的好的作品不断引进这本一天天变好的文学期刊。

回溯多年前，他正半夜三更催着我们写个好稿子的时候，我曾与过一次对他的印象，当时是好笑的，不料多年后却把一位名叫陈绍陟的资深牙医读得哭了。这位牙医自然也是余华式的诗人和作家：

"野莽所写的这人前天躺到了冰冷的水晶棺材里，一会儿就要火化了……在这个时候，我读到这些文字，这的确就是他，这些故事让人忍不住发笑，也忍不住落泪……阿弥陀佛！""他把荣誉和骄傲都给了别人，把沉默给了自己，乐此不疲。他走了，人们发现他是那么的不容易，那么的有趣，那么的可爱。"

水晶棺材是牙医兼诗人为他镶嵌的童话。他的学生谢挺则用了纪实体："一位殡仪工人扛来一副亮锃锃的不锈钢担架，我们四人将何老师的遗体抬上担架，抬出重症监护室，抬进电梯，抬上殡仪车。"另一名学生李晁接着叙述："没想到，最后抬何老师一程的是寂荡老师、谢挺老师和我。谢老师说，这是缘。"

我想起八十三年前的上海，抬着鲁迅的棺材去往万国公墓的胡风、巴金、聂绀弩和萧军们。

他当然不是鲁迅，当今之世，谁又是呢？然而他们一定有着何其相似乃尔的珍稀的品质，诸如奉献与牺牲，还有冰冷的外壳里面那一腔烈火般疯狂的热情。同样地，抬棺者一定也有着胡风们的忠诚。

一方高原、边塞、以阳光缺少为域名、当年李白被流放而未达的，历史上曾经有个叫夜郎国的僻壤，一位只会编稿的老爷子驾鹤西去，悲恸者虽不比追随演艺明星的亿万粉丝更多，但一个足以顶一万个。如此换算下来，这在全民娱乐时代已是传奇。

这人一生不知何为娱乐，也未曾有过娱乐，抑或说他的娱乐是不舍昼夜地用含糊不清的男低音催促着被他看上的作家给他写稿子，写好稿子。催来了好稿子反复品哑，逢人就夸，凌晨便凌晨，半夜便半夜，随后迫不及待地编发进他执掌的新刊。

这个世界原来还有这等可乐的事。在没有网络之前，在有了文学之后，书籍和期刊不知何时已成为写作者们的驿站，这群人暗怀托孤的悲壮，将灵魂寄存于此，让肉身继续旅行。而他为自己私定的终身，正是断桥边永远寂寞的驿站长。

他有着别人所无的招魂术，点将台前所向披靡，被他盯上并登记在册者，几乎不会成为漏网之鱼。他真有一双锐眼，撷的也真是一朵朵好花，这些花儿甫一绽放，转眼便被选载，被收录，被上榜，被佳评，被奖赏，被改编成电影和电视，被译成多种文字传播于全世界。

人问文坛何为名编，明白人想一想会如此回答，所谓名编者，往往不会在有名的期刊和出版社里倚重门面坐享其成，而会仗着一己之力，使原本无名的社刊变得赫赫有名，让人闻香下马并给他而不给别人留下一件件优秀的作品。

时下文坛，这样的角色舍何锐其谁？

人又思量着，假使这位撷花使者年少时没有从四川天府去往贵州偏隅，却来到得天独厚的皇城根下，在这悠长的半个世纪里，他已浸淫出一座怎样的花园。

在重要的日子里纪念作家和诗人，常常会忘了背后一些使其成为作家和诗人的人。说是作嫁的裁缝，其实也像拉船的纤夫，他们时而在前拖拽着，时而在后推搡着，文学的船队就这样在逆水的河滩上艰难行进，把他们累得狼狈不堪。

没有这号人物的献身，多少只小船会搁浅在它们本没打算留在的滩头。

我想起有·年的秋天，这人从北京的工府井书店抱了一摞西书出来，和我进一家店里吃有脸的鲽鱼，还喝他从贵州带来的茅台酒。因他比我年长十岁，我就喝了酒说，我从鲁迅那里知道，诗人死了上帝要请去吃糖果，你若是到了那一天，我将为你编一套书。

此前我为他出版过一套"黄果树"丛书，名出支持《山花》的集团；一套"走遍中国"丛书，源于《山花》开创的栏目。他笑着看我，相信了我不是玩笑。他的笑没有声音，只把双唇向两边拉开，让人看出一种宽阔的幸福。

现在，我和我的朋友们正在履行着这件重大的事，我们以这种方式纪念一具倒下的先驱，同时也鼓舞一批身后的来者。唯愿我们在梦中还能听到那个低沉而短促的声音，它以夜半三更的电话铃声唤醒我们，天亮了再写个好稿子。

兴许他们一生没有太多的著作，他们的著作著在我们的著作中，他们为文学所做的奉献，不是每一个写作者都愿做和能做到的。

有良心的写作者大抵会同意我的说法，而文学首先得有良心。

野莽
2019年9月

目 录

荷风居记

1

在楚地湖南，湘潭算得上是一座古邑名城，历朝历代，经济与文化都是极为兴盛的。豪商大贾、显宦政要以及文化名流，在这里忽聚忽散，也就成了常事。有地位有钱财有名声的本地人士，自然是要建造园林以作休憩的，故城里城外，有着许多座令人艳羡的私家园林。

远的不说，自清代以来，如乾隆时号称"湖南第一诗人"张九钺的"陶园"，光绪进士赵启霖的"思古堂"，清末名儒王闿运的"湘绮楼"，先为保皇党后为共产党员的杨度的"杨庄"，民国时大富商伍舜卿的"伍家花园"，丹青大师齐白石的"寄萍堂"，名教授黎锦熙的祖屋"诵芬楼"，还有先是军统头目后起义归向人民的沈醉的祖屋"沈家大屋"……呵呀呀，数都数不过来！

这些园林，或立或毁，或兴或衰，莫不与时世相关，概莫能外。

城中的私家园林中，最可艳羡者是沈一夫的"荷风居"。

荷风居地处城西陶公桥之侧，又高又厚的青砖围墙隔出一大片幽静，尘嚣之声不可逾越。园中有一个人工挖掘的湖，约四亩许，尽植莲荷。水自不远处的湘江引来，鲜活活的，终年不断。

湖中筑了一座规模不小的亭台，两层，高四丈，重檐八角攒尖顶，底层有回廊。亭内有旋梯可达顶层，倚栏赏荷，心旷神怡。主人题为：集芬亭。岸与亭相连的是一条木质廊桥，上有顶盖，下面一拱连一拱，极雅致，名叫彩虹桥。湖岸杨柳依依，时有莺声鹂语鸣响其间。园的后半部，曲径通幽，假山重叠，亭楼数处；四时花卉，长开不败，皆可入诗入画。

荷风居以"荷"而得名，所以能到斯处来赏荷，是一件很荣耀的事。

五月看新荷，先是初生之叶狭小，不能出水，称为"钱叶"，水中一点一点的绿晕，朦朦胧胧，很有意思。尔后所生之叶变大，蹿出水来，平浮于水面的叫"浮叶"，挺出水面的叫"立叶"，立叶好看，如一个个小巧的碧玉碟儿，装盛着如许的清新与鲜活，在微风里颤颤的，似乎不胜娇羞。七月看"荷澜"，碧澄澄如波澜一般，红的白的荷花，或亭亭直立，或摇曳横斜，便能体会到杨万里"接天莲叶无穷碧，映日荷花别样红"诗句的妙处。到深秋，朔风顿起，荷盖枯凋，荷梗呈褐黑色，满湖交错凸现出无数有弹性的线条，又别有一番风味，这叫作赏"残荷"。残荷自有好看处，更绝的是来一场稀疏的秋雨，雨点打在残缺的荷盖上，别有韵味，怪不得古人会说"留得残荷听雨声"。

荷风居是沈家好几代的物业。沈家在城中是名门大户，祖上做官入仕的不下十人。

如今的主人叫沈一夫，字觉之，自号荷痴。四十多岁，瘦矮个，窄脸，蓄着短须。家眷、童仆有十数人，一夫虽终日闲闲，却衣食无愁。乡下有良田百亩，足以提供全家的费用。遇着荒年，租米无法收上来，他决不催逼，一概免了，自己去向好友暂借应急。

一夫能诗，能画，更能书法。他的字隶、楷相参，很得《泰山金刚经》石刻原拓的神韵。他的字画不卖钱，纯属怡神养气之用。园中各处的匾额、楹联，皆自作自书，然后请人去雕刻。集芬亭的楹联云："千朵荷花三尺水，一湖明月半亭风。"他的书房不厌斋的联语是："明月同行如故友，异书难得比高官。"意思好，字亦好，可称双璧。他的每幅画，"主角"大多是荷，各个时序的荷皆画得得心应手，大泼墨写意，不着其他色，浓淡干湿，笔墨顽拙老辣，有徐青藤之风。他有一方"荷痴"的田黄印，却不轻易钤，钤此印的必是极有神韵的佳作。

城中人都知道一夫是个高士，很敬仰他。凡到这地方来做官、游玩的名流，首先想到的是要拜访他。一年之中，一夫也要宴请几次宾客，赏新荷、赏荷花、赏残荷，请的人大都是一些能书能画能诗的饱学之士——做官的也请，但必须精于此道，否则不请。

一夫的家宴很有特点，他对烹饪颇有钻研，菜、饭全与"荷"有关——他和厨子常于暇时，在这上面作许多探究。

荷花可以入馔。采鲜嫩的荷花，煮熟细捣，和以米粉，加上白糖，煮熟而成"荷糕"。又有"荷饭"，用荷花和饭同煮，入口芳香沁肺。荷叶用来煮粥，香清佳绝。

至于做菜，也多用荷叶做辅助材料。用荷叶包裹鱼块做"裹鲊"，还有"荷叶蒸肉""荷叶包鸡"之类。莲子做"莲子羹"，水极滚时，入锅易烂而松腻。"蒸藕"也极有特色，将蜂蜜灌入藕孔，封住，蒸熟后吃……

他赏荷、画荷、餐荷，是名副其实的"荷痴"。

他对仕途一点兴趣也没有，他喜欢一身闲闲，悠悠然地打发日子。

2

卢沟桥事变后，日寇气焰嚣张，欲将中华大地一揽怀中。城中忽驻下国民党的一彪人马，师长文一尊令马弁送来了名片，说是午后来荷风居叩访。名片后面写着一首小诗，聊表崇仰之意，但只是文从字顺而已，既无诗情也无画意。

一夫出于一种常规的礼性，便决定见见他。

午后，文师长长衫礼帽，乘一抬小轿而来。他没有着戎装、佩枪械，显出一派儒雅，这点令一夫心安。

"荷翁，久仰，久仰。"

文师长竟不是赳赳武夫模样，有些文弱，尤其是这一声"荷翁"，又使一夫添了几分欢悦。

4个马弁立在文师长身后。

一夫请他们一起去小坐、喝茶。

文师长却对马弁一挥手，说："你们先回去。荷翁是个雅士，不喜尚武之人。我们还要谈一阵，你们不必来接。"

马弁回去了。

他们一路揖让着走进了集芬亭。

正是盛夏，一湖碧翠，数枝红、白荷花点缀其间，真如画图。清风扑面而来，襟袖生凉，满座溢香。

仆人端上自家制作的"荷花香茶"及"荷糕"之类的点心。

两人谈得很投机。

为了佐兴，他们又对起了对联，约定以园中景物及此时心境为题。文师长哈哈大笑，请一夫出上联。

一夫略略沉吟后，说："柳绿三春色。"

文师长即刻答道："军威八面风。"

"……不错。"

"过奖。"

"纤尘不染。"

"好将难求。"

"一栏花气还熏。"

"无处角声不到。"

"兴发旧醅何害醉。"

"兵成妙阵亦堪书。"

几个来回之后，一夫觉得有些煞风景，怎么全是刀兵之象呢？心想：毕竟是行伍出身！

文师长喝了口茶，故作谦逊之状，说："弟不才，认输了，认输了！"

几日后，文师长又让几个马弁抬来一副紫檀木雕镂的联语，是赠给集芬亭的。联语云："四面绿荫托红日，三更画船穿藕花。"

陈词滥调，俗！字也是文师长写的，横如枪，竖如戟，一派霸气，为书家之大忌。

一夫从不喜欢别人为自己的园林景物作联、刻木，以为是看不起他。迟疑了一阵，才按住火气，收下了。叫人用麻绳把这两块长木板，胡乱绑在集芬亭的另两根楹柱上。

文师长隔几日便要来谒访一次。

不作诗，不谈文，七弯八拐地向一夫打听，建一座这样的园子需多少钱，城中是否还有这样的园子可以出让？言语间分明传达出某种暗示，想让他把荷风居拱手相送。笑话！可耻！

一夫越来越腻味他，稍坐一会，便推辞说一向身有小恙，恕不久陪，委婉地催客。

文师长只好悻悻地告辞。

文师长隔了好些日子没有来，一夫很高兴。他希望他永远不要来。

素来清幽可人的荷风居，忽地变得喧嚣起来。

时有士兵在园子外面试马、操练，口令喊得山响，一派杀伐之气。

一夫只好致函文师长，请他关照关照。文师长竟不作答，一切依然如故。

到街上去买菜的厨子，毫无理由地被两个喝醉了酒的士兵打伤。这使一夫很恼火，觉得太伤脸面，便到县衙去告了一状。这是准备去抗日的部队吗？无事生非，扰民侵民，可恨！县长曾是一夫父亲的门生，答应速告文师长，请他处置。

第二天下午，文师长全副戎装，领着一队马弁，把那两个士兵绑了来，押跪在集芬亭前。

"文师长，区区小事，算了，只要以后再不发生此类事件即可。"一夫说。

"不行，不重重处罚，人家会笑我治军无方。"

文师长命令马弁，用皮鞭轮番抽打那两个士兵。一鞭下去一道血印，两个士兵放肆痛嚎起来。

文师长横眉竖眼，大声吼道："给我着实打，打！"

这皮鞭，这血，这惨叫，一夫几曾见识过？

"文师长，算了。真令我目不忍睹。"

文师长依旧不肯罢休，铁青着一块脸。一夫这才知道，文师长是故意叫他难堪。这皮鞭分明一下一下抽在他的身上、心上，痛得他难以自禁。

末了，文师长一声冷笑，朝一夫拱一拱手，说一声："荷翁，得罪了。"便领着人急奔出门去了。

不知是文师长故意放纵，还是士兵们对沈府有了积怨，寻衅闹事者时或有之。收捐派款的名目，也越来越多，令一夫招架不住。

有一回，一夫被逼急了，便将文师长赠送的那两块紫檀木板雕镂的楹联，交付来收捐派款的人，以示抗议，说是"名人手泽，价值连城，尽可以作个抵押"。

3

转眼到了深秋。

湖里的荷莲凋残了。

一夫忽叫人到城中各处分送请柬，邀约各方名流前来夜赏残荷。

酒宴设在集芬亭的顶楼上。

园中各处张灯结彩，一派辉煌。

亭子四角挂着大红宫灯，宴桌的中央，用银盘托起烛架，红烛高燃，喜气洋洋的。

湖中的残荷之间，隔一段距离停泊一只小船，船头船尾有人高举灯笼火把。一湖火光，荷影相叠相重，摇曳变幻，极为壮观。

文师长也持帖前来。他大大咧咧坐在一夫的身边。

一夫端起酒杯，缓缓地说道："各位践约前来寒舍，一夫不胜感激，聊备薄酒素馔，以助雅兴。夜赏残荷，为荷风居一大盛事，岂能无诗？敬请各位引觞咏怀。"

酒好，菜好，诗亦好。有作绝句、律诗的，有作小令、长调的，状景抒怀，异彩纷呈，俨然兰亭遗韵。

一夫目光冷峻，吟了一首《临江仙》词："欢吟渐随流水，俊游暗惜华年，只将乐事忆从前：画船箫管夜，清秋赏荷天。烽火灼焦北宇，家园破碎堪怜，楼台花事已萧然。数行归雁远，何处角声寒。"

夜渐深。

今夜独独没有月亮。

文师长很少说话，轮到他作诗时，淡然一笑："文某识浅才薄，不能倚马而待，认罚三杯。"

一仰脖，哗啦啦灌下去三大杯酒。

诗也做了，酒也喝尽兴了。一夫忽然站起来，说："国难当头，日寇进逼，谁还可保住一个园子？更可惜的是敌氛未到，此园已不可保了。先祖建此园时，曾写过一篇《荷风居戒子孙记》，中有句云：'鬻吾园者，非吾子孙也，以园中一草一木与人者，非佳士也。吾百年后，园欲为权势所夺，则毁之而泣告先人，此吾志也。'今园林难保，遵先祖所嘱，将其破毁，虽痛不堪言，亦不失为一件快事。"

遂离席步到栏杆边，击掌三声，园中各处立刻沸腾起来。

湖中小船上的人，将舱中柴草抱出，堆在荷梗上，放起火来，霎时浓烟滚滚，火焰上蹿，映红了半边天。

有人用阔斧砍倒湖岸的柳树，有人用铁棍撬倒假山，有人用砍刀将桥栏、亭联尽数劈断。后院那边亦传来斧、凿之声，宛若是一个工场。这些人都是一夫雇请来的。

众皆愕然。

文师长不停地用手帕揩着额上的冷汗，一张脸苍白。

一夫哈哈大笑，笑声桀然可怖……

第二天，荷风居的黑漆大门上，挂了一把极笨重的大铁锁。园子里寂无人声，如同一个坟场。

一夫携眷回乡下去了。

乡下就没有文师长那样的人？！

密码

　　钟鸣觉得这个日子真不吉利，"9月3日"的"3"和"散"有点谐音，"散"在这里当然是指"分散""散开"，而不是"散步"。"散步"当然很悠闲，但他此刻在街头漫无目的走走停停，身旁是忙忙碌碌的车队人流，他显得格外的孤独和岑寂。看看表，4：40，秋天的太阳西斜得很厉害，红也红得触目惊心，他拖着一条影子，影子也有些疲惫。马琳真的和他"拜拜"了，这就是说她和他"散开"了，从此山是山水是水，没有任何关联了。

　　中午他在电工班里捧着饭盒子，有滋有味地咀嚼着从食堂买回的4两米饭和一份红烧肉，马琳的电话就打来了，约他4点钟在市中心的百货大楼门口见面，口气很轻松。

　　马琳在一家小旅馆当服务员，百货大楼是他们工作单位之间的中心点，他们见面的地点总在这里，很公平合理，然后再去公园和电影院。

　　他3:00下班，洗澡，换衣，然后揣上一个活期存折，他想给马琳买一件衣服，一件很时髦的秋季穿的中长风衣，当然是要买红色的。马琳今年才20岁，很青春的，她喜欢穿炫目的颜色，穿行在人丛里引人注目。存折上有两个月前存的1000元，是发的一笔超产奖金。

他和她认识大概一个半月左右，是去听一次文学讲座时偶尔认识的，认识得很突然，但是细想来又非常平淡。听完课后走出位于公园之中的一个会议室时，月光融融，到处晶莹剔透，她和他走在最后，缓缓地。稠稠的月光一直浸到脚踝那个地方，带着一种黏腻的感觉。

他说：我们到园子里走走吧。

她一笑，点点头。

他们在园子走了一圈又一圈，说了许多莫名其妙的话，临分手时，他约她再见面，她大方地说：好吧。在百货大楼门口碰面，谁也不欠谁的。他"嗯"了一声，很感动。

走出厂门的时候，班里的几个哥们对他说：今晚"搓"几盘麻将，怎么样？老地方。他说我没时间。他们大笑起来：钟鸣有女朋友了，被"管"住了！他脸红了一下，然后去坐中巴，4：00，他可不能迟到。

整4:00，马琳来了。他很远就看见她来了，长发披肩，黑色的套裙，黑色的丝袜，黑色的高跟鞋，而脸又是那么白净，明眸皓齿，像一件非常出色的艺术品。

在这一刹那间，他突然觉得自惭形秽，压根儿配不上她！他和她之间隔着的那一片夕阳，似乎变得无限宽阔，像一片金色的海水。他有一种要赶快逃开的感觉，仿佛这一片海水会淹埋他。

在他发愣的这个小小的时间内，她已经飘然而至，很真实地站在他面前。

他沉默，不是有意识的，而是找不到一句话来。

"钟鸣，你好。"

他猛地惊醒了，"哦，马琳，我在等你。"

她好看地笑了，两颊的酒窝儿很深。

"马琳，去百货大楼里看看，里面有好多种女式风衣哩。"

马琳摇摇头，说："钟鸣，过几天我要去深圳了，我是来向你告别的。你……以后会有新朋友的。"

钟鸣脑袋里"嗡"地响了一声：她甩我了！同时，又有某种解脱的轻松，是的，面对马琳，他感到一种紧张，从各方面来看，她比他强，男人最受不了这个。他点点头，很大度地说："我知道这一天迟早会到来，祝你一路顺风，我们在一起的日子非常愉快，我会时时想起你。"

马琳说："谢谢。"然后转身，朝他潇洒地挥挥手，走了，像一颗黑水晶，一闪一闪在夕光里，然后杳然而逝。

当马琳在他的视域里完全泯去的时候，那种轻松感随之消散，怎么？她就这么淡淡地和他告别，没有任何依恋，更谈不上忧伤，就像他们之间根本没有那回事一样。问题是他此刻却如此强烈地放不开她，想起初识的月光；想起看电影时彼此手的相握；想起在迪斯科舞厅他们疯狂地对跳，震得周围的人都不得不退到一边；想起到新华书店去购书，还有那次送她回家时甜蜜的一吻……这一切都在眨眼间成了过去时态！他有些愤怒，一个大男子汉就这么没出息，被她轻轻松松地"拜拜"了。

他赶快离开百货大楼，从此这地方将成为他心灵的一个伤口。他在街市上没有任何目的地走走停停。在走走停停间，阳光渐渐淡薄，风也清凉起来。

他把手放进口袋，摸到了那个软软的薄薄的活期存折，手仿佛被烙了一下，有点痛。真是好笑，他还准备给马琳买一件风衣，而人家是预计着来向他告别，来宣布"散开"的消息。他居然蠢得没有丝毫的觉察，其实，上一次约会时，她不是说到过深圳的事吗，而且很激动。可见他跟不上她的思绪，他不懂得她，他没有这个能力可以拴住她，他比不上深圳，深圳的魅力比他大，这只能说是他的悲哀。他能指责她什么，她没有对他许过诺，没有对他说过什么过分的话，细细推究，他们顶多可以算是玩得比较好的朋友而已。

他忽然想起出厂门时，班里几个哥们的话，今晚去"搓"几盘麻将！是的，这个晚上本属于他和她，在买过风衣之后，他们或去看电影，或去卡拉OK厅，或去公园，这一切都成为泡影，而这个晚上陪伴他的将是孤独和伤感。他不应该孤独和伤感，24岁，正是精力多得没处放的时候，他得痛痛快快地消磨掉他和她分别后的第一个夜晚。他决定今晚和哥们去"搓"几盘，在"清一色""一条龙""杠上花"的呼喊声中，把自己搞得疲惫不堪，然后沉沉睡去，迎来新的一天。今天发了100元奖金，加上取出的那1000元，好好地赌一个晚上。赌场和情场酷似，那样刺激，又那样能表现一个男人的气质。想到这里他觉得很开心，他朝那个金城储蓄所走去。

5:00了。小小的储蓄所居然排起不长不短的队伍，取款、存款，每一张脸上都喜气洋洋。

中国人手上的钱实在太多了，多得催使银行和储蓄所到处生根开花。钟鸣排在最后，随着队伍极慢极慢地移动脚步。

中国人对于钱的事素来慎重，两个营业员，不断地交换着存折、存单和钞票，生怕有什么闪失。营业员不急，顾客也不着急。他掏出存折，上面没有名字，但有一个密码输入了电脑，取款时填上单子，再写上密码，就可以把钱取出来了。

看着存折他头皮开始发炸，在这一刻，他怎么也想不起那个密码了。

他开始紧张起来，不完全是因为取不到钱，而是因为自己某种记忆力的丧失。因为忘记了密码，可以到单位开一个证明，让储蓄所的同志慢慢地检索，钱当然跑不到哪里去。

使他颓丧的是此一刻，他不明白记忆在哪个地方错了位，居然没有任何痕迹可以追寻。是因为马琳的告别让他伤心和愤懑，以致丢失了这个密码，还是当时存款和存款后的过于漫不经心，他没有把这个密码记在什么本子上，造成了这个密码在进入记忆时，根本就没有输进程序，在半路就消失了。他想，生活大概也是这样，有些密码，属于人生的密码，往往因为种种原因，在岁月的颠簸中，莫名其妙地失去。比如，他和马琳，原来应拥有一个属于他们的爱的密码，但不知道为什么丢失了，再也无法找到。"相见时难别亦难"，从另一个角度上解释，相见和相别都是一种选择，一种缘分，一种密码的设置和失落。他由衷地叹了一口气。

他让心平静下来，他要趁着这排队的工夫，好好地回忆一下那个丢失的密码。当然是一组阿拉伯数字，而且是5个，这一点他深信不疑。那么这5个数字的设计，是不是与他人生中的某件大事有关，比如说他参加工作的时间，那是1986年9月10日，因为没有考上大学，持着待业证去报名考试，考进机械厂，当上了一名小电工，这个密码是不是86910？不对。那么是不是父亲和母亲分手的那个日子，他记得很清楚是10年前的春深时候，黄梅雨阴悒了一块天，他刚上初中一年级，黄昏时下课回到家，小院里落红满地，母亲和父亲停立在廊檐下，笑得非常凄凉。

母亲说：鸣儿，我们一家最后一次在一起吃饭，我要走了，到很远的地方去，你以后和你爸爸在一起生活。

他当时没有哭，说：是不是去外祖父那里？他给我写过信，他在香港写的。

母亲点点头，说：这不是我走的主要原因，长大了你就知道了。

他长大后真的知道了是怎么一回事，父亲太不懂母亲，他们之间有太长太深的鸿沟，从出身到素养，从语言到风度，父亲配不上母亲。因为那天他刚刚考试回家，虽然是小考，但去考场途中心绪突然之间很恶劣，考得非常糟糕，所以那个日子变得很深刻，是4月28日，那么这个密码是不是82428呢？也不是。

他继续回忆下去，有一个日子跳入他的脑海，溅起很多很多的浪花。是高三的一个暑假，他们班到郊外的乡村去搞夏令营，一人一辆自行车，在黄昏的夕照中停靠在四周是小山的一片大塘边。吃过晚饭，燃起熊熊的篝火。暮色很浓很重，火焰舔去一角，那残缺的地方又疾速地复原。

他们围着篝火，喝白葡萄酒和健力宝，唱歌跳舞和朗诵诗歌。月亮出得很迟，只有一弯儿，像一把镰刀，把天幕割开一个口子，流出些许银汁，一切都朦朦胧胧。一直闹到午夜过后，都疲倦了，都有些醉意了，齐刷刷在自备的草席上躺下来，睡得又沉又实。

那晚，他居然没有喝一口酒，也没有说什么。坐在他旁边的是秦小珠，一个非常漂亮、非常聪明的女同学，和他同排，成绩总是全班第一。他的成绩总是排在她的后面。她的手轻轻地抚在那听健力宝上，久久地久久地没有动，火光在那柔长的手指上抹上一层红晕，很像一幅印象派大师的作品。

他们就这样坐着，他们都很清醒。四周静极了，这时候，他才注意到蛙声非常响亮，带着水的润湿，"咯咯咯……"，不时地传来"嘣咚"的水声，是蛙在跳跃，欣喜的跳跃。

小珠轻声说：我们到那边去听蛙鼓。没等他回答，她修长地站起来，走到塘畔的那棵柳树下去了。

他看了看周围，也跟了过去。

他们坐得很近，树影网在彼此的脸上，充满着一种神秘感。水波荡漾在脚边，清凉清凉的，蛙声满塘，挤得几乎没有半点空隙，忽稠忽稀，忽高忽低，充满着生命的躁动不安。

她说：我们好好考，考同一所学校好吗？

他说：好。"北大"或者"武大"。

然后，谁也不作声了，所有的沉默都为蛙声所填补，蛙声淘汰了多余的一切，蛙声簇拥着他和她。

露水飘落下来了，星星点点，他看见她的眼睫毛上缀着一点晶亮，是露水还是泪水？他掏出手帕轻轻替她拭去。她一动也不动。他们一直坐到天微微亮，才各自回到躺着的同学们中间，展开草席，远远地对视了一阵，躺下了。他们躺在同学们梦的边沿，幸福地想着心事。那天是7月4日，1986年的一个难忘的日子。

他不知道为什么，高考很不顺手，越是想到秦小珠的话，越是忐忑不安，总怕有什么差池，最后他落榜了。

秦小珠告诉他，她在大学里等他，明年再考。

他铁着脸说：不考了。心里却有点恨她，假若不是秦小珠说了那番话，不是有了某种欲望，而是很平和地去应考，他相信是可以考上的，因为他平日的成绩并不差。他知道他第二年也未必考得上，他便去当了工人。但他永远忘不了那个池塘边听蛙的日子，他恨她是因为太爱她。

那么，那天填的密码是不是86704？他反复地想了又想，觉得用的不是这个密码，这个密码绝对不会丢失。

队伍慢慢地往前移动，离柜台还有3个人的距离。柜台上的木格子一直连到天花板，存款和取款是一个一尺见方的小窗口。

他有些着急起来，那个密码他还没有想起来，过一会营业员问他，他该怎么回答？回答不记得了，岂不招人讪笑，怎么不记得这么重要的事情，一定是偷的或拾的存折！

他的额头上沁出了点点汗珠，干脆一走了之，又觉得里面的人同样会觉得惊诧，排了老半天的队，忽然走开，准是一个"掏包"的，掏了或没掏着都要赶快离开的。

还剩一个人了。一个很年轻的姑娘抬起头来，柔声说：下一位！

他的心一动，是她，那天存款时当班的正是她。在这一刻，他脑子里清澄如水，思绪的经纬一根一根绷直了，那天的情景很明晰地出现在眼前。当他把1000元钱放在柜台上时，这个姑娘很亲切地告诉他：可以使用密码，将来即使丢失了，钱也取不走。

那天没有什么顾客，柜台前就只他一个人，没有人催他，他尽可以好好地想一想，其实他什么也没有想，他只是很羞赧地看着她。

他觉得她很像秦小珠，眉毛又长又细，鼻子很小巧，嘴唇稍稍有点翘，矜持的翘，显得很有味道。

她又说：你可以组织一个五位数的密码。

他点点头，依旧看着她，她和秦小珠真的很像，秦小珠上大学后给他来过几封信，还寄过一些复习资料，但他没有回信，他觉得他和她已经不处在同一个层次了，即使真能生活在一起，悲剧也是迟早会发生的，正如他的母亲和父亲。

她笑了一下：你慢慢想，不要着急。他有些不好意思了。他和她并不存在任何联系，说到底不过是一种简单不过的业务关系，他来存钱，她办理存钱的事务，他老待在这里，颇有点无聊的味道。他不加思索地报出一组数字：72630。她突然之间脸放光彩，好看地眨眨眼对她的同事——一个中年女人说：你看几多巧，他报的这个密码正好是我出生的年月日。她朝他笑了一下，表示一种感激。

他的心一热，世界上的事真是太不可捉摸了，他随意报的一个密码，竟然是一个素不相识的姑娘的出生年月日！他和她之间是否存在着另外一种神秘的关系呢？当然这不过是一种猜想，命运中的密码是谁也解不透的，但它确实存在着。

他说：真是对不起。

她说：不，不。我好像早就认识你，我不知道为什么有这个奇怪的想法。

他点点头：我也是。该办的事都办好了，他该离开这里了，有点莫名的恋恋不舍。

她说：欢迎你常来。

他说：好。离开时他想起她的这句话，脸有些发烧，是欢迎他常来存钱、取钱，还是有另外的意思，当时确实来不及细想。

轮到他站到柜台前，他很高兴，失落的密码到底拾回来了，记忆的程序走上正常。她真的认出了他，说：你来了。

他"嗯"了一声。

存钱还是取钱？姑娘的目光含着笑意，很清很亮的笑意。

他一时噎住了，他该说"取钱"，取钱做什么？今晚去雀战，去赌，去挥霍马琳留给他的孤独和伤感。

他的目光刚触到她的目光，分明感到自己目光的怯弱，羞愧便如无数利爪抓着他的心：我这是怎么了？一个男人就这么窝囊，居然可以沦落到去赌场寻找什么，这就太可悲了。而这个姑娘，她一定对自己充满了某种程度的信任，最少她不会认为我来取钱是去作赌资的。他说：我来存钱，刚发了点奖金。

她点点头，问：密码多少？

他答：72630。

她脸一红，羞羞地去向电脑查询。

他迅速地填好存单，把100元钱放在柜台上。

她的同事大概有什么事要办，忽然走到内室去，店堂里就剩下他和她，只是隔着一道柜台。

她轻轻说：谢谢你把我的生日作为密码。

他低下了头，忽然说：我完全不知道这组数字会是你的生日，我只是随口说的。

她说：我知道。但是这不很有趣吗？

他有些激动了，喃喃自语：也许，我们会再一次见面的，我有这个直觉。

她的同事又回到座位上，手续很快就办好，快到6:00了。他收回存折，朝姑娘挥挥手，缓缓地走到街上去。他的心情非常温馨。

远天的夕光，静如一块玛瑙，充满透明的质感。

第二天上班时，才知道班里几个哥们出了事，先是赌，后是斗殴，打得头破血流，被逮到局子里去了。

他庆幸自己没有去。这一幸运，或者说这一厄运的避开，完全是由于那个神奇的密码，使得他保持了一次人格的完整。当然，他感激与这个密码有着最亲密联系的那个姑娘。

他再不会失落这个密码。

如果可能的话，在一个合适的时候，他要邀请她看一场电影，或者听一场轻音乐会……

羞
辱

很远的地方鸣响了一声长长的汽笛，铁轨兴奋地颤动起来，铿铿锵锵的车轮声由弱而强——火车进站了。

这是一趟专跑A城和B城的区间车，乘客永远饱和。在深秋的风里，站台上等待得有些焦躁的人们开始往铁道边拥去，各种颜色的衣服、裙衫组成一幅很醒目的图画。我也夹杂此中，在彼此的推搡中，突然感到自身的无可奈何，你不可能有任何自主的行动，你只能随大流。

当火车缓缓停稳后，我被推到一个车厢的门口，前后左右都是人，所有的肩膀和手都成为排斥别人的武器。尽管人们明白这样的区间车，足以使每个人都有一个座位，但似乎先登车一步仍是一种明智的选择的想法，激励大家奋勇前行。

车门打开了，乘务员大声喊："不要挤，有的是座位。"

她只好摇摇头，退到车厢里去。成团的人开始挤压成一条细流，艰难地通过车门。我的视线突然被一个宽阔而洁白的背影切断，那是一种纯如冰雪闪着光泽的白，使簇拥在他周围的所有色彩都变得暗淡。原来是一个大个子中年男人从旁边横溯而来，在队伍中加了个巨大的"塞子"。

我旁边不知谁咕哝一声："他妈的，他穿的是正宗的'皮尔·卡丹'，几千元一套，有派!"我用眼角的余光扫了一下，说话的竟是一个小巧玲珑的女士，小嘴，小鼻子，小眼睛，配着两撇细长的吊角眉。她真行，一眼就看出是"皮尔·卡丹"，而不是"大公鸡""稻草人"之类名牌。我却只知道那是一件白西装，白得像雪的山脊，再能引起联想的是领带，应该是猩红色的，再别一只金领带夹。我可怜的知识就只这些。

人流缓缓向前推进，穿"皮尔·卡丹"的大个子一伸手抓住了门边的铁把手，身子往上抬了抬，那意思很明白，他企图把一只脚搁上铁梯，然后手脚一齐使力，把身子嵌进那窄窄的门道。

就在这当口，斜刺里拱出一个黑瘦的小个子，整个身子如一只两头尖尖的梭子，光滑而又结实，那双眼睛滴溜溜乱转，他极快地插到大个子的前面。

大约是小个子用力太猛，大个子的身子往后仰了仰，随即便骂道："你他妈的，瞎了你的眼，弄脏这衣服你赔得起?"声音神完气足，那确实是有点派头的人，衣服自然是非常贵重了。小个子既不搭话也不回头，他沉毅地插到大个子的前面，一步一步随着前面的人往车厢里挤。大个子似乎很愤怒，猛力把身子往后面一倾，让后面的人与自己有一点距离，然后扯了扯衣摆，趾高气扬地登上车去了。

我又听见吊角眉由衷的啧啧声，她为这种做派而倾倒，至于这"皮尔·卡丹"是从什么门道弄来的，与她没有关系，她佩服的只是眼前所看到的。

吊角眉是紧随我上车的，我和其他人又紧跟在那面白色的旗帜后面，然后在一个空格坐下来。

大个子坐在靠窗的位子上，我坐在斜对面，吊角眉坐在顶外面靠走道的位子上。这个空格子共坐六个人，谁也不认识谁，只是在这个时间和空间的交点上我们蓦然相逢。

大个子忽然站起来，扯动脸上的横肉，塑出一个笑来，他对吊角眉说："这位女士，我和你换个位子好不好？我抽烟，怕影响大家。"

很殷勤很潇洒的绅士风度，吊角眉连忙站起来，说："好的，好的。"

他们开始互换座位，大个子的"皮尔·卡丹"白西装再一次引起满车厢的注目，这是他蓄意营造的效果。

吊角眉再一次从眼神里倾露出她的敬佩，轻轻说："这'皮尔·卡丹'是好东西！"大个子回转脸，笑了笑："也不过几千块钱，倒是我脚上这双皮鞋不错，意大利的，花了五百美元哩。"吊角眉莫名其妙地哼了一声："也不过是五百美元！"我知道这句话含义复杂，是在某种钦服后，对对方过分炫耀的小小冷淡和讥讽。

大个子知趣地坐下来，用皮鞋轻轻地敲着地板，那当然是对这双意大利昂贵的皮鞋的夸赞和未尽意的补充。

我突然发现那个又黑又瘦的小个子，正坐在斜对面的那个方格的最外面，他悠闲地吸着烟，吐出一个一个的烟圈，双眼却望着我们这里，仿佛在等待什么。

大个子终于停止了用皮鞋敲击地板，伸手到西装的内口袋里去掏烟，掏了好一阵，才掏出一盒"红塔山"来。我注意到他在掏烟的那个过程中，脸上的肌肉抽动了几下，目光有点沮丧，但当烟掏出来时，一切则已风吹云散。他撕开盒口，用手指在盒底弹了几下，几支烟便从盒中伸出小半截来，一一请我们抽烟，不会抽的也照例塞一支。

吊角眉说："这种烟抽不惯，我抽'摩尔'。"说毕从小提包里，掏出一支又长又细的烟（不是一盒，竟是一支），大个子忙用打火机打着火递过去，腰弯得很漂亮。待吊角眉点着了烟，大个子又为大家一一殷勤送火，最后才点着自己的烟。他吐了一口又浓又白的烟后，仍没有坐下，而是转过身子，脸对着小个子坐的那一边，很轻松地说："这里面有个朋友好手脚，刚才一下子掏走了我一千块钱，神不知鬼不觉，兄弟佩服。"他说完，很佩服地竖起大拇指。

"什么？你刚才被人偷了一千块，你知道是谁，大家帮你抓住他。"吊角眉弹了弹烟灰，很愤慨地说。

大个子摇摇头，说："不必，不必!一千块，小意思，不过一顿饭钱! 可惜，他掏错了口袋。"他解开西装的扣子，猩红的领带如一束下垂的火焰，金领带夹耀人眼目，他说："我西装内一边一个口袋，那个口袋不过放了一千块，而这个口袋却放着一万块，一万块哟!"车厢里"呵"了一声，"呵"得很谄媚。

大个子从口袋里掏出一大沓百元大钞，哗哗地甩了几下，声音很清脆，然后用几个手指一搓，散开成一个漂亮的扇面，再呼的一声合成一沓。他说："钱，有的是，就看你有没有本事来取了!"他又把钞票分成两沓，一手一沓地搓动手指，顷刻便成两个扇面，再飞快地插成一个大扇面。他好像是一个魔术师，玩钱就像玩扑克一样神妙。

吊角眉神经质似的鼓起掌来，大个子点点头："谢谢!这位朋友自然在这个车厢，我也知道是谁，不过，请放心，就送给你做零花。但我要告诉你，你还嫩了一点。你拿了人家的钱，还不走开，无非是想看到失钱的人如何痛哭、喊叫，甚至满地打滚，你才得到满足，这一套我懂！朋友，多多保重。"大个子优雅地挥挥手，坐下了。

车厢里一下子静下来，你望望我，我看看你，生怕被人认定是那个"朋友"，于是想喝水的不敢端杯子，想抽烟的不敢掏烟，想撒尿的不敢上厕所。所有的人都自觉或不自觉地怀疑别人，又怯怕被别人所怀疑。这大个子岂止是羞辱了那个"朋友"，而是仗着几个钱，羞辱了所有的人，这个王八蛋！

吊角眉说："你知道是谁，就点出来嘛，搞得大家都不舒服。"

大个子优雅地说："何必呢，何必呢。"

吊角眉不满地别过脸去看着窗外。

我已确定掏包的是那个又黑又瘦的小个子了，他的脸色很不好，不是怯怕、懦弱，而是一种真诚的失望。他下意识地搓着两只手，眼睛向上翻着，盯着车厢顶。他也太残酷了些，偷了人家的钱，还要看看失主是如何惊惶失措，如何痛苦万状，如何呼天抢地，以使成功的喜悦变得更浓更重。

林子大了，什么鸟都有。这种人的所谓自尊，大概也只有大个子采用的这种方法能够击倒他，那就是依旧用金钱来羞辱他，用失去金钱后的无所谓来造就他的极度失望，这是一种更可怕的残忍。

火车在一个小站停下了，有人起身下车，小个子也恹恹地站起来，无精打采地走向车门。

大个子又站起来，目送小个子的背影，直至消失，嘴角叼起矜持的笑意。

火车又铿铿锵锵地奔驰起来。

我的目光久久地停留在大个子身上，猜想他到底是干什么的。国家干部？不像，分明身上有很重的江湖气。教师？不像。科研人员？不像，整个儿都不像个读书人。个体户？这些年发了横财，有款有派，有点人模狗样了，也许是吧。

问题在于他怎么能想出这么一个法子来对付小个子。他悟出小个子是小偷，自然是想起上车时的那一幕，在车厢再次看到小个子，便能揣摸出他的心态，并做出如此高超的反应，这就让人深思了。那么，在他发财之前，是不是也是干的这样一个古老的职业？是不是也曾有过这种心理变态的历程？是不是也受过这样一次羞辱？然后，在车上便重演这样一幕戏剧，只是颠倒一下角色而已。至于他是怎么发的财，或许采用的是一种更合理的"偷"法，那就不得而知了。但可以相信，他这种用金钱构筑的自尊自矜，总有一天，同样会倒毁在金钱的脚下。

到了B城的车站，乘客纷纷从车上拥下来。我突然发现，那个大个子正和小巧玲珑的吊角眉走在一起，大概另一个萍水相逢的故事又有了开头……

一城黄梅雨

　　傍晚时分，雨又下起来了，稀稀疏疏地濡湿夜幕之后，继而密密匝匝溅出一片声响来。

　　讨厌的潇湘黄梅雨季。

　　只有罗琼很喜欢这个季节，因为她喜欢雨。她说不出是为什么，似乎是与生俱来的喜欢。雨声与这座古城，与这座老式的庭院，使她产生一种很古典的情怀。她会想起雨中城墙根的苔痕又深了几许，而穿过雨帘的昭山寺的钟声一定是水淋淋的。

　　她常自问，二十五岁，对于一个女人来说，是不是太老了？

　　她没有开灯，独自坐在厅堂前台阶边，痴痴地听雨。她很少看电视，《新闻联播》也罢，《焦点访谈》也罢，看又如何，不看又如何，生活照样有自己的轨迹。她觉得在雨声中，能捕捉到一种清纯的感觉。读大学念的尽管是数学，但那些枯燥的数字却丝毫捆不住她鲜活的思绪，她喜欢坐在一座琉璃瓦的亭子里听雨，感受雨天洋溢的清新气息，想象洗落尘埃后的世界何其清朗。她希望将来能住进一座老式的庭院，听唐诗宋词里收录过的雨声。

　　她果真有了这样一座庭院，当然不是她的，是旷天借给她的。这位不到三十岁的天牌矿泉水公司总经理，给她钥匙时，说："两套钥匙都给你，你可放心住。我若来拜访，只是一个客人的身份，照旧按门铃。"

她的脸一时红晕闪闪。旷天极少来，他太忙，来了，也是略坐片刻就走，他知道她在离开办公室后就再不想听矿泉水的话题。旷天有次开玩笑道："其实雨水和矿泉水都是水呀。"

她马上说："那不是一回事。"

心里想，旷天就不能谈点别的。那种渴望寂寞又希望打破寂寞的心境，无人知晓。

她坐在夜色里，听雨。

这种旧式的砖木结构的房子，在城里越来越少了。但这种房子，对于雨，却无异于知音，它是最能对雨做出敏锐反应的。雨点打在薄而微凹的小青瓦上，叮叮当当，像珠玑乱跳；而镜瓦上的雨声，尖锐而具有玻璃的质感。罗琼听到潺潺的流水声了。那是来自安放在屋檐下悬挂的枧内。枧是一种木板做成后刷了桐油的"U"型古老导水装置，有如渠道，高高低低，节节相连，一直把水导到天井边。她还听到如同擂鼓的声音，那是来自楠竹打通做成的溜筒里，它们竖在天井的漏眼上，把枧内的水导入地下的阴沟。旧式建筑的地下水道是很讲究的，纵横交错，形同蛛网，罗琼清晰地听到地下水流涌动的韵律，一时间竟以为自己是坐在一条船上，水流无限似浓愁。

就在这时候，电话铃响了。

她以为是旷天，但一拿起话筒，想不到竟是肖戟。

他说："打扰了，对不起。你那天给我的名片上有电话号码，我就打来了。今晚我想来看你，不知行不行？你的住处名片上没有，我要来怎么走？"

罗琼的脸红了，握电话的手高兴得发颤，好像他们早就约好了。她说欢迎你来，她告诉肖戟怎么到这里来，从一条大街转入一条小街，再转入一条巷子，巷子中部，十八号！

肖戟的笑声从那一端传过来，溅了她一怀。

他说，我会雇一辆人力车来的。又说，正隔纱烟窈，飘灯雨急，相望红楼。电话便搁下了。分明是古人词句，什么意思？不懂，只是心跳如鼓。其实，懂又如何，不懂又如何。

罗琼老半天才放下电话，连忙开灯，把客厅仔仔细细打量一番，很好，很洁雅，红木家具一尘不染，厅角花凳上的兰草叶片修长飘逸。她寻出一个烟灰缸，白瓷的，再搁上一碟糖果，然后又沏上一杯碧螺春茶，她想，等他来了，茶也不烫了，可以先喝了解渴。她又下意识地上楼，跑进卧室，在梳妆台前理理头发，镜子里的她容光焕发，在这一刻她有点自矜。然后，又慌忙下楼，坐到客厅里去静候。

她自嘲，好像是迎接国家元首。旷天来，也是他自个儿去寻烟灰缸的。

罗琼第一次见到肖戟，是在几天前的一个双休日。

黄昏，一天一地的雨丝，她坐在湘江边一座古香古色的听雨轩茶馆里。她喜欢听雨轩这个名字，喜欢它飞檐翘角的模样，喜欢它的八仙桌、雕花太师椅，还喜欢黄梅雨和黄昏。她独占临窗的一张桌子（其他桌子都有了三三两两的茶客），一边细细品着碧螺春茶，一边看雨和听雨。江上雨色微茫，雨色白里透出嫩青，淡淡的帆影，薄如鸟翅。而打在琉璃瓦上的雨声何其光洁，可以听出雨中含一种绿玉的色彩。她想她是进入古代的一段什么文字里了。

茶馆门口停下一辆人力车，车帘一掀，走出一个三十来岁的人来，白绸布扣短衫，黑色的笔挺的裤子，米黄色的皮鞋，手上拿着一把连枝带叶的青黄梅子。他对车夫交代了几句，车夫便把车子靠到屋檐下，坐下来。这一切都被罗琼看到了，她并不喜欢注意人，是他身上和手上的色彩如此和谐，引起了她的注意。

还有那件老式的短衫，使她惊讶，她承认，他穿着却是十分的文雅。她开始看他的脸，眉目似乎熟识，在哪里见过，想不起。她想，人海茫茫，见过又如何，没见过又如何。

他走进茶厅，双目一扫，竟没有空下的桌子，似很惆怅。他的目光终于停了罗琼身上，罗琼觉得身上发热，便索性对望着他，两人几乎要同时发出一声"啊"来，但又忍住了，他们似乎心都颤了一下，是一种久已盼待的激动。接着，他们的脸上都有了彼此邀约的笑意。

罗琼看重那几枝雨天采撷的优雅的梅子。肖戟为她听雨、看雨恬静的神情所感动。

他径直走向她的桌子，面对面坐下，把几枝梅子放在桌子一角。

她说："真好看，冒雨采的？"

他笑笑："只有你欣赏它，这便是它的幸运了，我就送给你吧。"

她说："谢谢。"

他要了一壶碧螺春茶。

她心又是一跳。

没有任何寒暄，他们好像早就约好了似的，在雨声中，有一搭没一搭地闲聊。

"你是做什么的？"

"你猜猜。"

"我想，你不是工人，也不是什么机关干部，看你的手指很粗大，好像天天要搬弄什么东西，可我猜不出你是做什么的。"

肖戟笑了，说："其实，你猜的方位是对的。我是博物馆的，天天搬弄青铜器，手都磨出老茧了。我叫肖戟，之所以去郊外采梅子，是想起古人'梅子黄时雨'的句子，觉得太有意思了。你呢？"

罗琼从坤包里掏出一张名片递过去，说："做的是俗事，见笑，见笑。"

肖戟说："人不可俗，不可不随俗，做什么事并不能说明什么，像我们博物馆不见得个个品逸于玉、才高八斗，也有俗物的。"

罗琼很满足地点点头。

肖戟说："像你，抽闲到听雨轩听雨，而不是为了喝茶，能有几人？"

罗琼羞得低下了头。

天色渐暗，雨还在下，他们该分手了。

他们一齐走到门边，肖戟把人力车叫过来，付了三十元车费，说："这位小姐让你拉到哪就拉到哪。"

车夫点头称"是"。

罗琼忽然有些恋恋不舍，她望了望肖戟，摆了摆手，坐到车上去。车帘放下了。她看见肖戟目送着人力车渐行渐远，突然感到他很孤单。

门铃终于响了。

罗琼定了定心，顶着已经稀疏下来的雨点，轻捷如一只小鹿，踏过鹅卵石铺砌的花径，去开院门，门外站着的正是肖戟。

他的装束和那日在茶馆时一模一样，只是举着一把油纸伞，提着一小篮黄黄的梅子，梅子很肥硕。他满脸是湿润的笑，白绸短衫上有被雨溅湿的淡淡的印痕。不知怎么的，罗琼为这幅雨中夜访图而心动。

肖戟没等罗琼打招呼，就跨进了院门，反身把门关上，弹簧锁清亮地一响。然后，他把伞举到罗琼的头顶。他说："也不打把伞，看，头发上尽是水珠子。"

罗琼心里暖融融的。

走进客厅，肖戟收了伞，把伞竖在阶边栏杆前，有细细的水线渗下来，很蜿蜒很温柔的弧线。

罗琼很欣赏男人的这种细腻，似乎可以窥见他平日生活的底蕴。

肖戟把一小篮梅子放到几桌上，说："尝尝新，托人去乡下买来的。"

罗琼笑了："还没吃，我的口水都酸出来了。这是碧螺春，早沏好了，你先解解渴。"

肖戟坐下了，喝了口茶，发出一种"啜"的声音。罗琼便知他是个内行，这个"啜"声轻而柔，不是那种饮牛似的豪响。

肖戟说："我在博物馆的回廊散步，听到瓦瓴上的雨响，正好又有这篮梅子，就决定来看你。"

"我真的很高兴。你散步，一个人？"

罗琼一惊，她怎么问这句话。

"我常常是一个人散步。我一个人已经很久了。你是不是觉得我很老气，油纸伞，布扣绸衫。我真的觉得自己很老了，大概是天天摆弄青铜器的缘故，好几千年的东西，天天看着、摸着，还能不老？"

罗琼咯咯地笑起来。

"但我爱这一行。常想人抵得过一件青铜器吗？人生长者不过百年，何况还有早逝早殇的。权又如何，钱又如何，难得的是有个不与世俗认同的知交。"

罗琼的脸猛一阵发热。

肖戟掏出香烟，打着火，吸了一口，说："不碍事吧？"

罗琼一笑："吸都吸了，还问什么？"

肖戟一支接一支地吸烟，烟灰缸里积出一层烟头："在这种老式的建筑里听雨，是最有意味的，不像那些钢筋水泥匣子，一片啪啪的声音，而且是灰白色的。啊，你不尝尝梅子？"

罗琼说："你给我挑一个。"

肖戟挑出两三个肥硕的梅子，递给罗琼。

罗琼咬了一口，甜甜酸酸，又皱眉又咂嘴，样子很调皮。

肖戟一笑："这大概正如人生。"

门铃又响了。

罗琼手上还剩下一个梅子，突然滚落到地上，滴溜溜转。

肖戟惊疑地问："谁？"

"是他。"罗琼有些慌乱，说，"是他！他来做什么？"

她掏出小手帕，把烟灰缸里的烟头倒在上面，扎成一团，一扬手丢到院里的花木丛中，又把茶杯、烟灰缸塞到花盆后面。

肖戟先是惊愕，继而满脸浮出不屑来，他似乎明白了什么。他说："那我走了。"

罗琼说："请……走……后门。"

肖戟脸色铁青，问："我们做了什么？"

罗琼一脸苍白，差点落下泪来。

"明白了，这房子是他给你的？你成了他什么人？"然后又叹了口气，说，"好吧，走另外的门。"

肖戟是从后门出去的，他没有拿伞，径直走到一天风雨里去。

来的果然是旷天。

走进客厅，他一屁股坐下来，说："睡了吗？"

"我在楼上看书，看着看着就迷糊过去了。"这一刻，罗琼为自己的谎言而深觉可耻，她为什么要这样说，不知道。

"我是路过这里，车停在巷子外，突然想进来看看。"

罗琼一声不吭。

"嗯，这里面怎么有烟味？来客人了吗？"

"什么？没有哇。"

旷天下意识地环顾一下整个庭院，想说什么，又没有说。

但罗琼听懂了：这庭院是我的，别弄个什么别的人进来。

罗琼的心尖痛尖痛，一种很沉重的耻辱感压得她喘不过气来，是的，这庭院是旷天"借"给她的，她为此而深怀感激，但她并没有对他许诺什么。她还是她。而今晚的一幕，却伤害了肖戟。

在肖戟的眼中，她是什么人？毕竟她曾心安理得地住在旷天的房子里，这就够了，不是俗物是什么？肖戟说得对，他们做了什么？什么也没做!她却那么慌乱地去掩藏肖戟留下的痕迹，为的是不使旷天不舒服。她明白，肖戡对她的失望一定是刻骨铭心的，他会不会丧失在人世间寻找知交的自信？！

后来，旷天悻悻地走了。

罗琼发现了肖戡遗落的那把油纸伞，她拿起来，抱在胸前，哭了。

第二天下午，旷天决定天牌矿泉水公司的核心领导成员，当然包括总经理助理罗琼，一起乘车去京湖度假村，一边游湖，一边讨论工作方案。

游过了湖，讨论过了工作方案，然后在一座湖边的竹楼上品尝活鱼宴，蒸鱼、煎鱼、煮鱼、鱼丸、鱼翅、鱼羹……满满腾腾一桌子，高脚酒杯里斟满了橙黄色的轩尼诗XO。

雨打竹楼，叮叮当当，如弹竹琴。

罗琼又想起了听雨轩，想起了雨中孕熟的梅子，神情很是凄迷。

旷天说："除罗琼自便外，我们要一醉方休。"

忽然有人说："昨晚，有个人跳湘江大桥自杀，像一只鸟一样，飘到水里去。"

"谁？干什么找那份罪受。"

"听我的一个朋友说，是博物馆的，姓肖，尸体上午已经捞上来了。"

罗琼的脸霎时白了，白得吓人。

"琼，怎么啦？"旷天问。

"没什么。"

旷天说："什么自杀、死人，不说了，来，干杯！"

罗琼蓦地跟着站起来，手有些抖，酒泼洒出一些。然后，兀自一仰脖灌了下去。

众皆愕然。

罗琼跌坐下来，举着杯子喊道："给我斟酒，给我斟酒！"

旷天要夺罗琼的杯子，罗琼瞪圆双眼，说："你心痛了是不是？酒钱，我付！"

旷天一挥手，说："斟酒!"

罗琼一口气干了三杯。

罗琼的眼直了，哈哈地笑得人毛骨悚然。

旷天说："回城!"

雨下得很大，浪浪有声。

几辆汽车向城里飞去。

罗琼和旷天坐在同一辆车里。

罗琼说："肖戟死了……肖戟死了……梅子黄时雨啊……梅子……黄……时……雨……"

汽车停在小巷口上。

罗琼挣扎着下了车，雨点打在她脸上，凉凉的。

旷天想扶她进屋去，她说："旷总，我能走，别勉强我，好吗？"

说完，她踉踉跄跄地走进长长的小巷，那么暗，那么幽深，那么孤独。现在她才知道，肖戟可以用这样一种方式，表达一种痛失知己之恋的千古之恨，这难道不是另一种意义上的爱？是不是可以这样说，他们爱过、恨过、得到过、失去过，这个过程虽然短暂，却很永恒。正如一件青铜器，既古老又很新鲜。许多人一辈子也没有找到过这种感受。

第二天，她在总经理室里，很慎重地辞去了总经理助理的职务。并把庭院的钥匙和应付的租金，放在旷天的面前。心里说：肖戟，我把房租都付了，我不是他什么人。再一想，付又如何，不付又如何，肖戟总是走了，只不过自己心安罢了。

旷天痛苦地说："你就不懂我的心？"

"我们都不懂，虽相处两年，形同陌路。"

说完，罗琼说声"谢谢"，走了。

走了。离开这座令她不敢回眸的古城，走得远远的，带着肖戟的那把油纸伞。

一天一地的黄梅雨。

因缘

许多年后，禅通寺的长老懒云说："因我之梅花诗而缘起，少牧、霜白二位施主便有了数十年难解难分之关联，时耶？命耶？是乃因缘也。"

古城湘潭的东郊，有一座小小的亭园，名叫香雪园。主人姓巫，名少牧。

香雪园是巫家的祖产，历三世而传到了巫少牧的手上。七八间古式老屋，有厅、房、室、阁之属。有一个两亩大小的园子，中央凿一池，蓄着清水与萍藻，养着一些红鲤紫鲫；傍池长着十来株老梅，铁干虬枝，历尽岁月沧桑，隆冬时绽放洁白的花朵，称得上是名品；梅树之中，筑一座小巧玲珑的亭子，名曰嗅梅亭。在月明雪净的夜晚，主人常独携一壶暖酒，坐在亭中喝酒赏梅，直到醺醺然方归。

有一座亭园，还有二十余亩水田供人租种，少牧的日子是快乐而悠闲的，虽不富庶，但能小康，上无老，下无小，只有一个妻子巫氏，生活上没什么可愁的，少牧最大的乐事便是治印、玩石。他舍得下功夫，秦玺汉印，殷契周铭，拓本原件皆有相当收藏，摹刻品味，不知日之将夕。又喜欢赏玩奇石，常于暇时，到山中或河滩去搜寻石头，凡有异状奇纹的，一一拾回，或盆盛，或水养。兴致盎然有如孩童。只是没有什么珍品，故每每心以为憾。

巫少牧喜欢独居静处，不善交游。也有闻其名上门求刻印石的，巫少牧却有怪癖，一是决不邀其进屋，只在园门口询其欲刻何名，然后说："三天后来取吧。你在门口等候。"二是不可问印钱多少，他刻印不取分文，一问，他便拂袖而去，让你尴尬在那里。

这是一个怪人。

1945年的冬天，接二连三下过几场大雪后，春节便临近了。园中的白梅齐刷刷开了，到处浮着暗香。

巫少牧在书房磨墨抻纸，用大篆写了一副对联："庭院已闻春消息，枝头莫问花心情。"然后，刷上浆糊，乐颠颠拿到园门外去贴。漫天皆白，皮靴踏雪的声音使少牧十分惬意。红纸黑字，衬在一片雪光里，暖意融融。对联贴好，少牧正欲进园，背后忽响起一声喝彩："好字!真得石鼓文之妙谛!"

少牧回头，却是一个着一袭黑袍之僧人。没有戴僧帽，一个光光的头，眉宇间竟有英气勃勃。

"请问可是少牧施主？"

"正是。"

"我是禅通寺出家人懒云。看雪寻梅，五里外便闻有异香，一路寻过来，多有打扰。"

懒云？那个诗僧懒云？少牧虽少有交游，但也间或听人说起过这个名字，他的"欲剪白云缝破衲，且搬青岭作蒲团"一联颇为人赞赏，想不到懒云竟来到他的家门口。

"可否让我一赏巫府梅花？"

少牧连忙说："上人莅临，实为幸事。有雪有梅，怎能无酒，不知上人可饮酒否？"

懒云说："有酒更好，说不定可催出几句好诗来哩。"

少牧让进懒云，关了园门，对巫氏说："暖一壶酒，备几碟子素菜，摆到嗅梅亭去。"

巫氏笑着去了。

少牧领着懒云来到白梅前，梅花开得十分刚劲，花瓣上是雪，花蕊里是雪，衬着被雪涂抹得若隐若现的枝干，别有一番风韵。

少牧看见懒云的眼里闪出一种晶洁的光彩，一刹那间他很感动，出家人六根清净，想不到也有如此情怀。懒云时而用手轻触树干，时而用鼻细嗅梅蕊，然后又走到池边，看梅花映在水中的影子，看鱼儿在梅影间穿巡。忽然，仰起头来，吟道："光泻天地外，雪压僧衣冷。寒池水不动，鱼嚼梅花影。"吟罢，神情痴痴的。

少牧说："好个'鱼嚼梅花影'，道古人之未道，奇句也！"

懒云说："见笑！见笑！'雪压僧衣冷'，巫施主，我想讨一杯酒喝了。"

少牧说："痛快。走，上嗅梅亭去。"

酒、菜已备好，二人坐下来，先痛饮三杯，再谈论些诗文字画，一时颇为相契。

少牧说："懒云上人，你的诗我将用大篆写出，然后请人刻一碑，立于梅林，岂不是一件雅事？但不知城中有否最好的刻手？"

懒云说："俞记石刻坊的俞霜白便是一个好刻手。"

一大壶酒喝空了，二人皆有了醉意。

懒云说："贫僧要回寺了。施主若有闲暇，可来小寺走走。"

说毕，懒云踏雪而去，霎时便不见了。

俞记石刻坊嵌在平政街的尾端，门脸很小，两边的门柱上，一边用柳体写着店名，一边写着刻件的品种。刻坊为两进，店堂里码着大大小小的花岗石、大理石、青石……后面是一个极小的园子和一个厨房，园子里种着贱花贱草，如牵牛花、鸡冠花、指甲花。刻坊上面有小楼，作一家休憩之所。

店主姓俞，名霜白。

俞霜白是个很不错的刻手，大件的可打凿石狮、石虎、石龙，小件的刻碑更是精妙，可以使原作不走样地重现于石头上，即便是一些微细之处，也神形俱备。只是因世道动荡，生意不是很好，一妻三子勉强糊口而已。

一九四五年的年关将临，三十二岁的俞霜白可真犯愁了。欠石料铺的钱该一一还清，最小的还在吃奶的孩子也病了，过年总得备一点年货，可是钱呢？

俞霜白坐在店堂里，望着漫天大雪，叹道："想不到这样好的手艺，竟换不来一家的温饱，老天不公啊！"

就在这时候，店门口停住了一辆人力车。

巫少牧从车中走了下来。

少牧走进店堂向俞霜白拱拱手，说："你可是霜白先生？"

俞霜白忙回礼，说："正是我，客人请坐。"又对里面说："沏杯茶来！"

少牧说："禅通寺的懒云上人说你是个好刻手，便想请先生刻块诗碑。"

"不敢当，不敢当。请一示原件。"

少牧便从怀中掏出一张宣纸，展开来。

霜白眼睛一亮，说："诗是上品，字是上品，难得难得。请坐下细谈。"

一个上十岁的男孩子端上一杯茶来。他拉着霜白的袖子说："爹，我饿嘛。"

"让你娘给你去买东西吃。"

"娘说没钱。"

"你等一等，爹过下子给你去买。"

孩子走了。

少牧看见霜白的眼角有一点亮亮的东西，那是泪。

霜白说："不知先生有何要求？"

少牧说："想选一块大些的花岗石，不要过多地打凿，保持自然形态，再借先生绝技，刻上这首诗。"

霜白说："我懂。"

少牧掏出一张两百元的银票，说："俞先生，我放下定金，碑成以后再算，好吗？"

霜白说："小店从不需下定金的，何况也不用这样多。"

"不。先生要购石料，如何可让你垫付？你的手艺，何止两百元？！"

霜白喉头哽咽，竟说不出话来。

少牧缓缓地喝着茶。

顿了一阵，霜白说："虽萍水相逢，我知道你是在解我的难。十日后，我会将诗碑送到府上来!"

少牧说："谢谢。"

十日后，正是大年初一。

一辆马车冲着风雪驰到香雪园里来，俞霜白对巫少牧说："我一是来送诗碑，二是来贺年。诗碑立何处，请指点，我连立碑的工匠都一并雇请好了。"

少牧见马车上还有好几条汉子，不禁大喜，说："霜白兄，烦你想得周到。"又仔细看那碑石，浑然一大坨，有棱有角，只是正面略打凿平整，将诗深深刻上，粗犷中见精细，混沌中有匠心，忍不住用手拍拍石头，说："霜白兄之刻石，有大家气象。"

诗碑被工匠抬至池边，斜斜而立，一端临池，一端靠着梅林，这一角风景陡地增色不少。字涂的是金粉，与白雪、白梅、寒池互衬，相得益彰。

少牧说："诸位请到厅堂喝酒消寒。"

想不到霜白竟是好酒量，连干上十杯竟无醉意，话亦渐多："少牧先生，我观你的书法，得益石鼓文甚多。可猜想先生作此幅大篆乃一鼓作气，字与字、行与行、结体与结体之间气脉相连，神意贯通，如音乐旋律、节奏的运用，或高或低，或强或弱，或勃然轰鸣或逶迤曲折，有'渴骥奔泉'之势，此境常人难达。"

少牧点头，并非霜白夸奖了他，而是霜白真正是内行，论书入木三分。又问及刻碑工序，霜白亦娓娓道来：先是读稿，细细端详稿的大小、行距、结构、排列等，继而是择石，何处该打凿，何处该研磨，接着是上墨、敷蜡、覆透明拷版纸、双钩原件、上样，然后才是镌刻。

酒酣耳热，少牧又邀霜白至其书房，看他所治的印石和搜寻的奇石。

对少牧的印，霜白细看数方后，便知他得力于《山公山碑》与《吴天发神谶碑》，又在汉印上积累相当功力，但学而能化，为我所用。古人刻印不外乎冲刀、切刀和冲切刀结合三种方式，而少牧却独创单刀法，实为不易。

看罢印石，霜白又看少牧的藏石，虽有异状异纹，引人叹赏；但毕竟没什么珍品、绝品，便说："想不到少牧兄如此痴心于石。寒舍倒有一尊祖传供石，什么时候得闲来看看，也许——那称得上是一个珍奇之物!"

少牧双眼便睁大，心痒痒的，说："我定当择日上府一饱眼福。"

那是一块什么样的供石呢？以霜白之眼力，那绝对不是一件俗物。

临别时，少牧按乡俗，给每个工匠一个红包封，内各十块大洋。又给霜白三个红包封，也是各封十块大洋，说是给三个孩子的压岁钱，霜白只好收下。

少牧送至香雪园门口，说："元宵节一过我便造访府上，来看你的家藏供石，如何？"

霜白说："我恭候先生便是。"

巫少牧来到俞记石刻坊，是旧历的正月十六，即元宵节后第一天。从大年初一到元宵十五，少牧总是在想着霜白家的供石是何模样。十六一早，便雇车进城。巫氏让他系上围巾也等不及，巫氏很奇怪一向喜欢独处的丈夫，也喜欢起热闹来了。

霜白一见少牧，说："我猜先生今日必来，酒、菜已备好，来，上楼饮酒，然后观石。"

"不，先观石而后饮酒。"

两人禁不住哈哈大笑。

上得楼来，小小厅堂里有一小桌，两把方凳，桌上暖着一壶酒，摆着几碟菜肴；屋角有一树根托架，极古拙，上置一个很大的紫砂盆，盆中置一尊供石。少牧眼便直了，连呼吸都急促起来，围着供石左看右看，一番惊喜一番沉吟。

供石高三尺许，宽一尺许，造型如一座高岱，前后合计有五十多个如指头一般大的峰峦，山脚二寸许见方的平浅处磨凿出一个砚台，砚台边青苔点点，隐隐现出四个小篆：秦汉遗韵。石色苍古，浑然天成，确是一件难得的宝物!

霜白说："且边饮酒边看，以免菜凉了。"

少牧似若未闻。

少牧看到得意处，说："品赏石头时，要在心中存着一些诗情画意，这才能缘情会意，获取许多妙悟。此石让我想起老杜的诗'一览众山小'；想起秦观的词句'山抹微云，天连衰草，画角声断谯门'；又让我想起'四王'的山水画，真是神品。此生能见此石，乃因缘所致，多谢霜白兄不吝见示。"竟朝着霜白深鞠一躬。

霜白慌忙上前，扶住少牧，随口说一句："这石头哪能比少牧兄之亭园，愧杀我了。"

少牧酒也不喝，菜也不吃，在供石边一直看到近午，然后说："我已饱眼福，心头塞满了诗思画构，何用酒菜？"

遂告辞，匆匆而去。

少牧竟病了。

是想石头想病的。

一日，霜白闻讯来看望少牧，见他脸色苍白，四肢无力，便问病因。

少牧犹豫良久，方说："霜白兄，我有一言难以启齿，自见了你的那块奇石，日思夜想竟成疾厄。这香雪园我很觉乏味，心为所累，如兄玉成，以此园及园外之田地换你一石，不知你意下如何？"

霜白惊得一震，忙说："千万不可！如先生喜欢这块石头，我留着也无用处，愿意赠兄怡目疗疾。"

少牧摇了摇头："夺兄之好，已觉内疚，既然你以石相赠，就不许我以园回赠吗？你若不收，我也不要你的石头，宁愿抱病而终。"

霜白只好答应了。想了一会儿，又说："少牧先生，你总得有个住处，那片小铺面你若不嫌弃，便一并赠你，可否？"

少牧说："如此甚好。"

两家在互换住处之前，少牧在家中设宴，除两家大小外，还下帖请了懒云和尚。

当着懒云和尚的面，少牧将房契、地契交与霜白；霜白亦将赠石的契文与铺面的契约交与少牧。

懒云和尚只是饮酒，席终时，说："泰山之重，可使轻如鸿毛，此庄子之齐物观也。二位施主因贫僧之诗而结因缘，岁月悠悠，或荣或枯，皆可无悔。"

少牧和霜白频频点头。

霜白的两个大孩子匆匆吃过几口饭，欢呼着跑到园中去玩雪。俞夫人抱着怀中熟睡的孩子，恍如做梦，她想不到一块石头竟换来一座亭园和二十亩田地，从此一家无衣食之愁了。他偷瞥少牧的夫人，脸色很是平静，巫夫人看着病容顿消的少牧，眼中流出一种欣慰和满足。

巫少牧一家搬进了俞记石刻坊。两口人，住这么一座房子，足够了。除带出一些书籍、印章、石头和衣物之外，其余的都留给了霜白。他用油漆将店名和刻件品种之类文字一概涂去，又将那尊奇石置于卧室床前，朝夕相伴，其乐融融。赏石之余，便是操刀治印，自觉日有所进。巫氏见他身心快乐，无病无灾，虽居室狭促，却从无一句怨言。

田产没有了，便断了生活之源，少牧先是变卖些古玩、字画，毕竟非长久之计，便挂出"喜石印社"的招牌，征收印件，以博润资。少牧的印刻得好，求刻者倒是不少，维持起码的生活是绰绰有余的。少牧依旧无忧无虑地过日子。

他再没有去过香雪园，他怕去了引起霜白的误会，以为他还恋着园子。他真的再不想那个园子了，有这一尊供石，此生足矣。

霜白倒常来。霜白突然卸去生活的重负，感受到一种从未有过的轻松，他购置了一些石头，在园中打凿一些石兽，从从容容，不为赚钱只为技痒而已。

他每次来看少牧，见他为生计操刀不已，总觉不安。而少牧却乐乐呵呵，拉霜白上楼，让巫氏炒几个菜，两人喝酒聊天，至半醉方止。霜白心里说：少牧不愧一个豁达磊落之人，为爱一石，而要舍去许多的舒适，此最为不易！

解放了。

乡下开始了轰轰烈烈的土改。

一日，少牧看报，读到一篇贫雇农斗地主、分田地的报道，遂一惊。他突然想起了俞霜白，有房子，有田地，该不会被打成地主吧？他心乱乱的，便去了禅通寺，由小沙弥引路，在僧房见到正在打坐的懒云和尚。

懒云闭目屏息，如枯木寒岩。

少牧说："懒云上人，我将园子、田地赠予霜白，你是证人，如今他将被打成地主，我想邀你一起去，和土改工作队作一解释，如何？"

懒云缓缓说："去与不去，说与不说，皆无所益。"说毕，再不说话，沉入深深之禅关。

但少牧还是独自去了。

接待他的是一个年轻的土改队员，他听完少牧的叙述，如闻神话，以一园换一石？不是吃饱了撑的？！何况，俞霜白拥有园子、田地已在三年以上。"你懂不懂，他收了三年的租子，不是地主是什么？"

少牧悻悻而归。

他觉得他对不起霜白。

回到家中，少牧把那尊供石用一个破被单包扎好，塞到床底下。他不想再看到它！他把所有的心思都放在制印上，在刀声石屑中，日子打飞脚一样过去。

公私合营了，他成了国营刻字社的一个工人；后来又调到潭城画院，当了专业篆刻家，发表作品、出书、办个展。但他却时刻关注着俞霜白，打探着霜白的各种消息：

霜白成了地主分子。

香雪园分给了几家贫苦的农民。

霜白一家住在园外的一座茅草屋里，家计日艰。幸好霜白有一门绝妙的石匠手艺，被指令带几个徒弟，到处揽活。钱全交给公家，由队上给他记工分……少牧曾借着下乡写生的机会，去霜白家谒访，但霜白不在。俞夫人正在切猪草，一见少牧，慌慌地说："霜白说，你千万不要来……"然后既不让座，也不沏茶，便缓缓地退入后屋。

少牧心上一寒，忙走出茅草棚。忍不住他又去了香雪园，围墙早已不存，水池填成平地，白梅竟不知何去，七八间老屋已为数家而分割，窗门漆色斑驳脱落，到处是烟熏火燎的痕迹。他对一切都感到陌生，只好逃也似的离去。远处的山梁上，用石灰水写着几个巨大的字：人民公社好。

少牧唯一能做的，便是经常让老伴带些钱去乡下，悄悄地去俞家，把钱交给俞夫人，让她为孩子买些衣物和学习用品。巫夫人一直没有参加工作，当着家庭妇女，没有单位，也就没有人管她，去何处也不须向谁告假。但每次去，俞夫人总要推辞再三才收下钱，却决不让巫夫人久留。

巫夫人从乡下回来，少牧必问见到霜白没有？

"没有。他出外做石匠活去了。"

少牧神情便恻恻然，他真的很想见一见霜白。

懒云说："我倒常见到霜白。"

少牧惊问："你去见时怎不告诉我？"

懒云说："我本世外之人，却不能不理红尘之事。霜白施主处境如此，我岂可坐视不管？各地庙宇常有些石匠活，我便让他们找霜白施主去做，便常于云游中与他见面。风霜岁月，一家生计，他不得不随处为家，人已日见其老。并非我不告诉你，实是他不想见你，一是怕连累你，二是怕你知他苦况，心生憾怅。"

少牧禁不住掩面而泣。

回到家中，寻出两块好石头，一为田黄石，一为鸡血石，于更深人静时，刻出二方印章。一阳文，铁线体，为"俞霜白印"四字；一阴文，汉印风韵，为"因缘难解"四字。然后，交予懒云，请懒云转赠霜白。

1966年初夏，巫少牧小园里的牵牛花、凤仙花开得格外惨红。

他已被勒令停职检查，天天关在家里，单位是不用去了。他有什么可检查的？论出身，他在新旧社会都是以刻印为生，属于"工人"的范畴，又无血债劣迹，无非是在印艺上有些名声，出过书，办过个展。写就写吧，用宣纸，用小篆，写他的经历他的"三名三高"思想，他没有什么痛苦，倒有一种书写的快感。写累了，把笔一搁，走下小楼，坐在小园中，看阳光下的牵牛花、凤仙花，红得那样惨烈，如血一般凝重。

一天深夜，门突然被撞开，闯进一群戴着"造反有理"红袖章的汉子，有本单位的，也有外单位的。

少牧问："干什么？"

"抄家!破'四旧'!"

少牧望着吓得瑟瑟发抖的老伴，安慰说："别怕，没什么，无非几本破书。"

一摞一摞的书被搬到大街上去，堆成一座小山。

床底下的那尊供石也被抄出来了。

少牧冲上去问："这是一块石头，也属于'四旧'吗？"

一个汉子撕开包着的破被单，看着这块有着大大小小峰峦的石头，突然厉声吼道："岂止是'四旧'，这不是地形图吗？看不出你还在为谁搞情报!"

少牧怒目圆睁，说："胡扯!这是块供石，是个宝贝啊，千万别毁了!"

"抬下去，砸了!"

几个汉子便把供石搬下楼去，使劲地丢在石板街面上。

少牧急急地窜下楼，扑到那块石头上。

但他随即被蛮横地拉开。

石头在铁锤下碎成几块。

那一堆书籍也被点燃了，火光熊熊，映红一条街。

少牧捧起一块碎石，号啕痛哭，疯了一般。

那群汉子喊着口号，威风凛凛地走了。

巫夫人说："少牧，少牧，别想不开。石头砸碎，得留着人。你说呢，你说呢？"

许久许久，少牧才平静下来，捧着那块碎石，喃喃地说："霜白，我对不起你!"

自此以后，少牧整天不吭一声，目光直直的，像一个傻子。除了吃饭、睡觉，手上总不离那块碎石。他的脑子里交织着许多幻象，一幕一幕，像放电影一样。风雪中的白梅怒放；懒云吟诗时的庄肃神情；霜白雕刻诗碑时铿锵的锤凿声；土改时，霜白被推到台上挨斗；"轰"的一声，供石四散飞开，如山崩地裂……

巫大人终日守着他，细声款语地劝说。

少牧却如木雕泥塑，置若罔闻。

几个月后。

那是一个秋天的上午，大雨豪畅，街面氤氲着一片白色的雨雾，雨点打在石板路面的声音，竟如马蹄乱响。

一个穿着褐黄色蓑衣戴着斗笠的农民模样的人，飞快地闪进了巫少牧的家。

是俞霜白。

他望着惊疑的巫夫人，摘下斗笠，说："我是霜白，我想和少牧说几句话。"

巫夫人说："哦，是霜白！他在楼上，痴痴呆呆地捧块石头，唉！"

边说，她边把门虚掩起来。

霜白脱下蓑衣，飞快地上楼，木楼梯咯吱咯吱的声音，熟悉而又亲切，他有一种回到家的感觉。

少牧捧着石头坐在床上，目光极渺茫地望着窗外。在他看见一个人影向他走过来时，突然问道："你是谁？"

霜白说："少牧，少牧，我是霜白——俞霜白！"

少牧仿佛从一个极遥远的梦中走出来，散漫的目光逐渐聚拢，把霜白打量了好一阵，然后竟两眼是泪，呜呜咽咽地说："霜白，你的供石在我手上毁了——我对不起你！"

"少牧，你听我说，我没有多少时间，我是来跟你说几句话的。我和队里的人在小东门砌堤的护坡，我故意用锤子砸伤手，才得到请假，过下子还得去医院包扎一下。"霜白边说边伸出左手，大拇指还在涔涔地流着血。

少牧把石头往床上一搁，在一刹那间竟如常人，疯傻之迹象全无，他在抽屉里翻出一小包先前刻田黄石时所收集的粉屑。

"这是止血的良药，让我给你敷上。霜白，你想得我好苦!"

"少牧，我也是。可我不便来啊。是懒云上人让我来的，但一直没机会，直到今天……"

"懒云上人呢? 许久不见了，他还好吗? "

霜白叹了口气，说："几个月前，我在禅通寺雕一个石件。一天夜里，有一伙人来砸佛像，我亲眼看见懒云如山一般站在佛座前，任他们用木棒打，头上鲜血直流，却岿然不动。后来又有许多僧人并排立在佛座前，以死护佛。那伙人也怕出人命，便退走了。我到僧房去看他时，他说：'俞施主，你明日速速离寺，此处将有大劫。我闻巫施主因为供石被毁终日痴迷，恐怕还得烦你去看他一次——我知你不想与他碰面，可此症拖久了，恐有性命之危。我这里写下一偈，你交给他。他是个明白人，可医他心病。'说毕，让小沙弥研墨抻纸，写了四句偈语。"

"懒云如今还在禅通寺?"

"当晚便由人抬走了。深山处处，哪里没有庙寺? 只是不知他的行踪罢了。"

霜白从内衣口袋里掏出一张折好的黄表纸，展开来，递给少牧。

少牧念道："园破园在，石碎石存。百年过客，不过一瞬。"念完。心中忽地一亮，嘴角浮起几丝冷淡的笑。

霜白又见到了当年的那个少牧。

"少牧，岁月悠悠，请多保重。再要见面，恐是大劫之后。我走了。"

本想留住霜白，寻一些现款相赠，可他如今每月只发二十元生活费，便长长地喟叹了一声。

霜白的脚步一直响到楼下。

少牧趴在窗口，看着黄蓑青笠的霜白横剪雨幕而去，泪水又哗哗往下直淌……

岁月匆匆，如弹指间。

一九八〇年冬，破败的禅通寺经几年修整，又焕然一新。懒云已是禅通寺的长老了，白髯垂胸，步履矫健，若论俗寿，已届九十。

应邀而来的巫少牧和俞霜白都早已过花甲之年。

懒云说："二位施主，一向可好？"

霜白笑了笑："好，好。"

少牧说："过些日子我将上京办一个展。霜白应邀将去人民大会堂参加民间工艺师授奖大会，正好一路同行。"

懒云仰天朗笑："二位此生恐怕还是因缘难解难分。来，来，来，且随我到寺后的园中一走。"

雪花飘飘，天地净洁。

三人来到新辟的园中。

竟有数棵白梅凌寒而放，花影倒映石池中，极为壮美。白梅边又叠着几尊奇石，如狮子，如虎，如云，如狼。

少牧和霜白一时愣住。

懒云说："梅、石皆老衲从各处收集而来。霜白之园早已不存，少牧之石亦成碎片，但天地间园韵不绝、石魂犹存，万劫轮回，是为佛法。我撰稿的《重修禅通寺记》，由少牧施主以大篆书写，由霜白施主展刀锲刻，已立于山门之侧，不知二位可看了？"

霜白说："长老之文，少牧之字，皆精妙难言。我忝列此中，实在是荣幸。"

顿了一下，霜白面对白梅、奇石，高声背诵《重修禅通寺记》：

禅通寺者，前临湘水，波涛之声拍于石阶；后倚潭山，古木之荫碧上檐墙。建于晋，盛于唐，乃为湘楚之大道场也。沧海桑田，时移世易，而鹿苑传灯，龙池雨会，因缘和合，我佛慈悲。不意莲台倾颓，钟鼓喑哑，遭逢十年之浩劫。毕竟善恶立报，妖雾溃散，乃有再振丛林之伟举。殿阁新呈，佛像重光，相期普度菩提。植白梅数本，垒奇石几尊，以补尘世之毁之阙。吁噫乎，莫不功归觉海，福植恒沙。

是为记。懒云撰文，巫少牧作字，俞霜白刻石。

声音渐次洪亮沉雄，蓄满一园，又滔滔滚滚向前面殿阁涌去，余音袅袅，充盈于天地之间。

雪花下得更密更紧。

早熟

这个夏天的夜晚，到处闷热如同蒸笼，一丝风也没有，灯光下仿佛飘袅着黄白色的热雾。天渐渐黑下来的时候，十七岁的高中生许成，已经规规矩矩地坐在自己的卧室里，看一本《高中数学难题巧解》。房门敞开着，吊扇在头顶呼呼地转着，但身上仍然淌着汗水。

他各门功课都不错，对各科都有浓厚的兴趣，但最喜欢的还是数学。

他最佩服的是他的父亲许新——清华大学电机系的高才生，如今是三千人的电机厂的厂长。他渴望将来能考上理工科大学，然后当一名工程师，然后呢，当一个指挥若定的厂长，那多有意思。

在这一片工厂宿舍区，许成一嗅到浓烈的钢铁和油烟的气味，就激动得脸块通红，他觉得这种气味很刺激，就像他喜欢踢足球，一嗅到从脚下升腾起的一团团尘烟，心跳就加速一样。在去工厂子弟中学的路上，他常会不由自主地拾起一小卷铁屑，从那瓦蓝瓦蓝的光泽上，联想到蓝色的大海上疯驰的舰艇。父亲领导的电机厂，很多电机是装配在这些舰艇上的。

他的功课总是班上第一。这个高二的暑假，他除了白天偶尔去踢足球外，几乎都待在爷爷家，晚上也不怎么出去。

爷爷说："还是细伢子，该玩就得玩，别让许家出个书呆子。"

许成说："父亲叫我陪着你住，就是要照应你哩，我老出去玩，你犯病了怎么办？"

爷爷哈哈笑起来："我的好孙!我的好孙!"边说，眼眶子都湿了。

在许成的眼里，爷爷已经很老了，七十岁是个好大的数字啊!"人生七十古来稀"，许成老从书上读到这句话。

爷爷头发白了，背也有点驼了，脸上的皱纹刀刻似的又深又密，他就奇怪爷爷还那么精神，还那么眷恋他的钳工手艺。有事没事老在工厂里转，厂里发生一件针眼大的事都逃不过他的眼睛。

爷爷退休十年了，让他退休的时候，许成听父亲说，爷爷哭得惊天动地。父亲说："他老人家十五岁进厂学徒，在这个工厂干了几十年，有感情了，舍不得。"

许成是进初中那年，由父亲陪着送到爷爷家的。奶奶早死了，就爷爷一个人，爷爷又不肯住到他们家去。爷爷住东宿舍区，他们家住西宿舍区，相隔有一公里远。

那天爷爷高兴极了，说："孙伢子，你来我这里住，你同意？"

许成说："我同意。你不舒服了，我照拂你，代替父母尽孝心，他们工作太忙了。再说，你可以教育我，比如艰苦朴素，比如爱岗敬业……"

爷爷笑着打断许成的话："都是你父亲教的，你怕是背书啊。第一件事，爷爷知道你喜欢踢足球，明天我去给你买   个好足球!"

许新说："你老人家莫惯坏了他，玩多了影响功课。"

爷爷不乐意了，说："你小时候比许成还顽皮，不也考上了大学，放心，我许家不会出败家子的。"

果然，第二天，爷爷就送了许成一个很漂亮的足球。

在父亲动员许成去爷爷家时，许成有些怕，是爷爷那个模样使他怕，这么老了，口里还缺了几颗牙齿。但这个漂亮的足球，使祖孙间的隔膜消失了，他感受到一种很真切的慈爱。以后的日子，他觉得很自由很幸福。

爷爷做的饭菜可口极了，也从不念叨要他刻苦学习，倒是常动员他出去玩。天寒地冻的夜晚，爷爷常会走到他的床前，为他披紧被子，然后要看上好一阵，才走出房去。有时他醒着，微闭着眼睛，听着爷爷放低的呼吸声，泪水会情不自禁地溢了出来。

爷爷低低地说："孙伢子在学校受了什么委屈呢，梦里都伤心落泪，唉。"

一眨眼，许成和爷爷住了四个年头。

他觉得爷爷是那样的老，而自己又是那样的小，永远长不大。

许成发现这个夏天的夜晚，变得神秘起来。他一边看书，一边用眼角的余光扫着客厅，不时地有几个老人进来、出去，和爷爷悄悄地耳语，脸色很庄穆。他还看到工厂的车队队长小陈叔叔进来后，爷爷把他拉到一边，小声地说了一阵，只断断续续听见爷爷说："明早六点，你派几部货车……我们……在厂子的东门……上车。"陈叔叔连连点头，然后急匆匆地走了。

爷爷突然伸出头，往房里打量许成。

许成迅速地收回目光，很认真地看书，装着什么也不关心的样子。

许成发现爷爷的目光很亮，脸上充满着兴奋。爷爷在客厅里开始来来回回地踱步，像一只关在笼子里的老虎；忽然又下意识地捧起大茶壶，咕噜咕噜地仰脖灌下一大壶水，放下壶，指头又"格格"地捏出一派脆响。

他猜测爷爷有什么大事情要做了，要不不会这样激动。是一项重大的技术革新？还是一项很见效的合理化建议？

今天中午，许成到父亲家去。一进门，只见父亲和母亲坐在沙发上，脸上阴阴的。桌上的碗筷也没有收，零零乱乱，他便收拾起来。在厨房洗碗时，他听见父亲说："车间已经有一半停产了，没有钱去买原材料，政府答应拨一笔款，又迟迟拨不来。这个月的工资还没有着落。"

母亲说："我们那个装配车间，工人都在骂娘，情绪很大。"

许成细听起来，碗筷的声音停止了。

他听见父亲对他喊道："许成，别洗了，到爷爷那里去。"

他放下碗筷，悻悻地走出来。他知道他们是要避开他，谈一些不想让他听的事。

走出家门的时候，他想这工厂是怎么一回事呢，车间停产，工资发不出，真怪。他发现父亲虽然还只四十五岁，却老了不少，颧骨突得那样高，像云贵高原一样。父亲过去很少这样愁过，总是笑意盈盈的。

他不禁叹了一口气，他自己都觉得这一口气叹得莫名其妙……

此刻，他又偷偷地瞥了爷爷一眼，他想爷爷肯定有什么好办法帮助当厂长的儿子。

许成越来越钦佩爷爷了。他喜欢听爷爷讲怎么当劳模，戴着大红花，站在天安门城楼观礼台上，看满天的焰火五彩缤纷，在那一刻真正地体会到了当家做主的自豪。

十点来钟的时候，和爷爷经常在一起的几个退休老工人走进屋来，然后进了爷爷的卧室。大门关上了，卧室的门也关上了，接着，许成听见吊扇呼呼转动的声音。

在这一刻，许成莫名其妙地激动起来。

这样热的天，关门闭户做什么，当然是有一桩很秘密的事情要商量了。他听见爷爷在关门时，充满着一种极度亢奋所产生的战栗，而且还特意伸头望了他一眼，那种目光深含警惕。

许成轻轻放下书，站起来，也不趿拖鞋，而是蹑手蹑脚地光着脚板来到爷爷的房前，再稳稳地把耳朵贴在门上，就像电影里的地下工作者一样，充满一种诡丽和惊险。

听着听着，许成的脊背后冒出了一摊冷汗。

爷爷要领头带着几百号退休工人到市政府去"静坐"，要求市政府迅速拨款，使电机厂的生产恢复正常。工资可以暂时不发，但厂子不能垮!由车队派车，明早六时准时上车，开往市区，然后驰往市政府。

他听见爷爷说："一切要保密，出了事由我负责。这事与许新没有关系，我不是为了他，我是为了这个厂!"

车队队长小陈表示，就是撤职也不在乎……

许成想：爷爷说只是为了工厂，难道就没有一点私情？他怎么会不知道他的儿子，急得眉头打了结？多好的爷爷啊。

听到里面说"就这样吧"的时候，许成慌忙往房里缩，一不小心将椅子碰得"咣当"一声响。赶忙扶正了椅子，坐下，装模作样地看起书来。

爷爷卧室的门开了，客人都走了出来，然后又开大门出去。爷爷突然走进许成的房间，说："孙伢子，今晚太热了，你回你父亲那里去，他们有空调，嗯？"

许成说："好吧。"

他知道爷爷怀疑上他了，也许夜里他们还要商量什么呢。

爷爷又说："明天你就在那里吧。爷爷明天要和几个老朋友去玩，没人给你做饭。"

许成抬起头来，望着爷爷，爷爷的眼里竟有一层薄薄的泪水。在这一刻，许成很感动。

许成默默地走出爷爷家，心里憋着一块什么东西，很难受。他想到吴天家去，吴天是他的同班同学，玩得挺好，就住在不远的地方。

吴天的父亲吴政，是电机厂的副厂长，挺和气的一个人，胖胖的，脸上尽是笑，和许成父亲许新的关系也很不错。许成每次去，吴叔叔都问长问短，还叫吴天好好向他学习，成绩这样好，又懂事。许成总是说："吴叔叔，你不知道吴天的外语有多好，将来准要去当外交官呢。"其实许成最佩服吴天的，是想什么问题都想得比他深，性格又直爽，有什么说什么，不像他父亲吴政那样深奥莫测。

有一次，吴天对许成说："我爹这个人不甘心做副手的。"

许成说："你怎么知道？"

吴天沉思一阵，说："晚上，有人打业务电话来，他下意识地说：你是哪位？我是电机厂厂长吴政。他就不肯在厂长前面加个'副'字。"

快到吴天家时，许成又突然转身往自己家走去，还是先去告诉父亲吧，让他别发愁了，也许爷爷他们一"静坐"，款就拨下来了，厂子就活了，多好。

许成对父亲既充满一种敬佩，也有一种说不出的遗憾。父亲除了对工作洋溢着热情外，对其他的东西都没有什么兴趣。比如足球，多少人为之如醉如痴，而父亲却十分淡然，甲A赛也好，世界杯赛也好，他一概不看，也看不懂，什么越位、点球、任意球、角球、红牌、黄牌、五四一、四五一……他总是一句话："踢个冠军又怎么样？经济会一下子赶上美国、日本？"至于什么绘画、书法、围棋、交响乐、栽花种草，他认为那是闲人所为，有事业心的人不屑为之。但许成能依稀感觉到，父亲对许多事的极精明的算计，那种算计可以用数字去表示，这大概是学理工科的学养所致。许成不知道这到底是好还是不好，但知道父亲的这种生活形式，毕竟过于单调和枯燥，太缺少情趣了。

许成回到家里，已经十点多钟了。

家里很凉爽，空调使夏天变成了暮春，全身上下顿时清凉。

父亲和母亲在看一部美国西部片，但许成看出他们的心思并没有放在屏幕上，目光显得有些飘移。

对于他的回家，父亲很惊惶，问："你怎么回来了，爷爷同意了？"

许成说："是爷爷叫我回来的。他……好像在策划一件大事。"

许新眼睛一亮，随即又平和下来，漫不经心地说："你爷爷都七十岁的人了，还能策划什么大事，细伢子乱猜测。"

许成仿佛受了委屈，大声说："不是乱猜测，是我亲耳听见的，爷爷明天要领人到市政府去'静坐'，请求政府迅速为厂里拨款哩。"

许新下意识地猛然站起，捂住许成的嘴巴："嚷什么，不知道细声讲。坐下来讲，到底是怎么回事？"

许成坐下来，一五一十讲完他所知道的一切。他发现父亲越来越平静，耷拉着眼皮，仿佛要睡着了。这使许成很愤怒：爷爷为厂子都这样操劳，你倒没事一样。

许新说："成儿，你去睡吧。细伢子莫管这些事，你只安心读书就是。"

许成只好回卧室里去，把门掩关，然后把耳朵贴在门上，想听听父亲和母亲会说些什么。

父亲什么也没有说，他依旧在看电视。

母亲也不出声。

许成觉得很乏味，便躺到床上去睡。过了一阵，朦朦胧胧中，听见父亲对母亲说："我到厂里去看看，你也早早地睡吧。"

母亲说："你好像很高兴？"

父亲说："高兴？啊，不……"

大门响了一下，父亲走了。

许成眼皮一合，沉沉地睡了过去。

他做了一个很有味的梦。

他居然大学毕业了，穿着一身湛蓝色的工作服，走进一个很大很大的车间，车间里有冲天的炉火，有很高大的龙门吊，有各种各样新式的机床，有铿锵铿锵的大汽锤……有人喊他"许厂长"，然后递给他一大沓图纸。他展开图纸，不知从哪里飞来一个火星子落到图纸上，烧出一个很大的洞。他用手去摁，怎么也摁不灭，一张图纸很快就烧完了。他急得大喊了一声，便醒了过来。

窗外显出了熹微的晨光。

看着桌上的钟：五点二十分。

他想起昨夜爷爷所说的话："六点……厂东门集合……"便

猛地跳下床,穿好衣服。打开门,发现母亲盖着一床毯子,斜靠在沙发上。看样子,父亲一夜未归!

母亲听见脚步声,醒了,问:"起来这样早?你爹一夜没回来,也没打个电话来。"

许成说:"妈,你睡吧,我跑步去。"

走出宿舍楼,凉风扑面而来,许成的脑袋顿时清醒了。他飞快地朝厂子的东门跑去,他想看看爷爷他们怎么集合,怎么上车,那一定很悲壮。

电机厂的东门紧闭着,四周一个人影也没有,静悄悄的。

许成想到是不是爷爷他们改变主意了?不,爷爷性子倔,不会轻易改变主意的。那么,是不是由于他泄了密,父亲昨夜采取了紧急措施,说服爷爷他们放弃了这个重大的行动。如果是这样,他就成了一个可耻的告密者了!

许成在一棵槐树下坐下来,他希望他的联想都是没有道理的。这时候,他最渴望的,是听到汽车发动机隆隆作响的声音。

"许成,坐在这里做什么?"

许成突然看见小陈叔叔从那边走过来了。

"陈叔叔,你怎么还不开车出来?"

小陈一愣,随即说:"车都封了。"

"怎么封的?"

小陈说:"昨天半夜后,许厂长和一个姓吴的交警,敲开了我家的门。说是昨天傍晚市里发生了重大交通事故,一辆货车撞死人后逃走了。有人看见车子进了我们这块地方,所以厂里的货车必须封存待查,车库钥匙和车钥匙,全被他们拿走了,车无法开出来。"

小陈说完，走了。

许成记起来了，父亲有个当交警的同学，姓吴，还来过他们家。许成心里急呀，这个事故出得太巧了，出在这个节骨眼上！那么，爷爷他们无法进市区了，这是郊外，离市区还有二十里地哩！

天大亮了，东边闪出了好看的霞光。

没有人到这里来集合。

许成腻腻地站起来，他想回爷爷家去。

吴天一边奔跑一边叫他的名字，许成停下来，等着吴天。

吴天喘着粗气，说："我想你应该在这里。"

"你找我有事？"

"走，到荷花池那边去，我有事要告诉你。"

荷花池在厂东门外不远的地方，说是池，其实是一个很大的湖，种着很大一片的荷花。荷叶碧沉沉的，上面滚动着晶莹的露珠；荷花有红有白，正舒展着厚硕的花瓣，晨风中飘着可人的清香。

许成和吴天在池边坐下来。

吴天说："昨晚厂里发生了大事，你知道吗？"

许成说："知道一点。我昨晚在父母家睡，只知道父亲突然出去了，到刚才还没有回来。"

"这就对了。我父亲昨晚也出去了，不过今早两点钟就回来了。我在我房里看一本科幻书，关着门。父亲以为我睡着了，和母亲在隔壁说话，我都听见了。"

"他们说什么？把人都急死了。"

"你爷爷要领人去市政府'静坐'，为了一笔什么拨款，不知怎么让你父亲知道了，当夜召开紧急会议，商量对策。听我父

早熟 | **065**

亲说，党委书记出差去了。在会上你父亲提出稳定是天大的事，必须采取应变措施。第一，暂时没收车队队长车库的钥匙，当然是要想一个巧妙的办法；第二，由保卫处派人把为首的几个人暂时看管起来，送到乡下的一个扶贫点上去，'人无头不走，鸟无翅不飞'。第三，让政工处的干部到退休工人家去，讲清党的政策，号召老工人当稳定团结的模范。我父亲说：'许老都七十岁了，还是不要看管和送走吧。'你父亲说：'没有例外，谁影响安定团结就处理谁。'会一散，保卫处就带着人将你爷爷他们带走了。"

许成听了，头上好像响了一个炸雷。他没想到父亲为了保住官位，连爷爷也敢抓。事情又没有发生，劝说一下不就得了，非得要这么强硬吗？爷爷好心为厂，却落得这样一个下场。许成突然恨起自己的父亲来。

吴天说："许伯伯这样做，我父亲可就高兴了。他对母亲说：'乱抓人是犯法的，他许厂长鬼蒙了头，不是自己要找不愉快吗？看样子我是要准备挑更重的担子了。'"

"吴天，你是说，吴叔叔故意点醒我父亲不要抓我爷爷，其实是激将法，让我父亲去犯这个错误，他好当厂长？"

"嗯。我不喜欢父亲搞这样的名堂。他昨晚说话时，喜气洋洋。我心里很难受，所以我要告诉你，我们是好朋友。你可以在适当的时候，提醒许伯伯一下。"

太阳升起来了，许成和吴天的影子很单纯地投在地上。

他们在荷花池边坐了很久很久。

快中午时，许成才回到家里，母亲在做饭，父亲坐在客厅里看报。许成没有理父亲，一头扑进卧室里。忍不住呜呜地哭起来。

父亲走进来，问："许成，你怎么了，哭得这样伤心？"

许成边哭边说："你问你自己，你怎么把爷爷抓起来了？"

父亲的脸色森严起来："细伢子不要管这样的事，你不懂。"

他边说边回到客厅里去。

许成追出来，说："我懂。你想保官位，其实你犯大错误了，吴叔叔正高兴哩，他可以走马上任了。"

"你听谁说的？"

"吴天告诉我的。"

父亲突然拉住许成的手，声音变得很温和："许成，我不是为了保官位才这样做的，我是为了大局，保一方平安是天大的事。你爷爷带头闹事，我不能以私损公，不处理他，别人也处理不了，你懂吗？我如果下台了，有更能干的人去当厂长，不是更好吗？我可以当工程师，搞设计，你总不会因为我不当厂长了，就不喜欢你父亲了吧？"

许成一下子噎住了，什么话也说不出来。

"你放心，你爷爷不会受罪的，生活有人照顾，只是让他们反省自己的错误。"

许成说："我还是住到爷爷那里去，我在那里等他回来。"

父亲说："好吧。"

一连三天，许成除了吃饭到父母家，其他时间都待在爷爷家那边。书也不想看，几乎整个白天，都和吴天以及其他同学，在青草稀稀拉拉的足球场上踢球，像野马驹子一样奔跑、追逐、呼喊。他和吴天都踢前锋，互相传球，互相掩护着朝对方的球门冲去。这种情景，使他们都很感动，人要是永远长不大，多好，永远纯真，永远无猜疑算计。

爷爷是第四天清早回来的,当钥匙在锁孔旋动时,许成立刻醒了,跑出去打开门,一头扑到爷爷的怀里放肆地哭起来。

爷爷说:"好孙子,爷爷好想你,好想你。"

"爷爷,我也是。"

"不是党委书记老王回来,你父亲还要关我一阵的。这叫大义灭亲?这个忤逆不孝的家伙!老王说厂里有人告状告到市纪委去了,非法拘留好人,这个错误犯大了,他许厂长恐怕是当不成厂长了。"

不知道为什么,许成为父亲辩护起来:"爷爷,他是为了大局哩,你莫怪他。"

爷爷拉着孙子坐下来,又捧着大茶壶灌了几口白开水,叹了口气。

"我不怪他,怪谁?孙伢子,你也是个读书人,你想他为什么要这样做?我们全厂工人、干部都为这个厂子的前途担心,他却不想这些。他只是想脱身,找一个好借口,故意犯一个上面能够原谅的错误,保一方平安么,连他的老子都敢治么。不当厂长了,他会到另外的地方去当官。我的儿子心里有几个眼,我还不知道?"

许成大声说:"爷爷,不,不,父亲不是这样的人!"

爷爷咬着牙说:"是。他是这样的人!"然后,又慈爱地对许成说:"你长大了,要走正路,要光明正大,做一个堂堂正正的男子汉。"

许成点了点头。

一个星期后,许成见到父亲时,他说:"我被免职了。吴天的爸爸当上厂长了。"

许成听出他的口气很轻松，没有半点沮丧和怅惘。如果不听爷爷的那段话，他会佩服父亲能上能下的潇洒，佩服他阔大的胸怀。但此刻他只有厌恶，他知道父亲精心的算计又一次获得成功，从此再不用为厂里的特困而发愁，他只需等待一个新的任命。

许成问："你准备回设计室去画图纸？"

父亲一愣，然后很平静地说："听从党的安排吧。啊，今晚有一场足球赛，是中国对日本，我想看一看，你教教我怎么看足球。"

"不，晚上我要陪爷爷，你自己看吧。"说完，许成飞快地走出了家门。

正是黄昏。

许成没有立即回到爷爷家去，而是去了荷花池。

西斜的太阳，泼出一池的胭脂，池水变得很稠很黏。荷叶重重叠叠，荷花亭亭玉立，没有一点俗尘的沾染。

他在一块草地上坐下来，痴痴地看着夕光中的荷花池。

他想他应该和吴天说点什么，像吴天一样，坦诚、磊落。他要告诉他，当吴叔叔算计他父亲许新时，许新早已设计好一个更大的圈套，让吴叔叔很高兴地钻了进去。吴叔叔当厂长了，接收过来的是一副烂摊子，资金缺乏，车间停产，工资待发，人心浮动，他将为这一切殚思竭虑，倍受煎熬。而父亲许新却虚晃一枪跳出重围，然后到别的地方去走马上任，因为父亲在市里有很多关系，何况他的下台是那样能够让人理解和同情。他还想和吴天探讨，他们是不是过早地接触到人性的黑暗面，因而也就早熟了，早熟是一件好事还是一件坏事？他还想说，将来他不想考理工科了，他想读文科……

渐渐地，夕光暗淡下来。

许成听见了爷爷苍老的呼唤："孙伢子呀——吃晚饭啊!孙伢子呀——吃晚饭啊!"

许成站起来,大声回答着："爷爷——我来了!爷爷——我来了!"

许成觉得他突然长大了。

风雪夜归人

　　虞汀写完一份党史材料，圆圆地打上最后一个句号时，才如释重负地松了一口气。

　　看了看表，十二点差五分。也就是说，从吃过晚饭到现在，她为这份党史材料的考证、撰写，差不多花了六个小时。她本来打算下班后，到市委的食堂里用过餐，再上街去逛一逛商店，眼看就是新年了，该去买件新衣服，还有化妆品什么的。

　　从大学哲学系毕业，分到市委党史办，一晃就是几年。机关的生活太单调了，何况是一个市的首脑机关，整天地泡在材料里，人也变得和材料一样老气。她没穿过过于时髦的服装，也不敢过分化妆，连说话和笑都是轻轻的、压抑着的，这机关大楼的严肃气氛，悄悄地改变着她的一切。

　　在大学时她不是这个样子，风风火火，敢笑敢闹，什么时装表演、诗歌朗诵、专题辩论会……她都去参加，她成了男孩子注目的焦点，惹得班上的女同胞又嫉又疼。那时的她，真正是光彩照人，朝气蓬勃。

　　而现在呢，常有一种"老"的感觉，二十八岁，整天地厮守着一间办公室，一堆永远没完的史料、报告，连谈恋爱都觉得无兴致。

今天下班，原本把晚上的活动想得好好的，老主任说这个材料你晚上突击一下，明天市委要讨论，要确定一个爱国主义教育的点。轻飘飘一句话，就把她"钉"了一个晚上！她本想头一别，说声"我有急事"，可说不出口，刚刚入党转正，又到市委党校参加了新干部培训班，能不识抬举吗？！

她发现自己"老"，是有一次在街上碰到中学时的一个女同学，女同学一身俏丽，口又快："哎呀呀，虞汀呀，我们的美人怎么成熟得这么快！"那两道打量她的目光，在她脸上扫来扫去，怪怪的。"有男朋友吗？"

虞汀又摇摇头。

"别把自己弄得像个女官员似的，男孩子就怕这个！"

那一刻，虞汀的脸红得发烧，竟呛得说不出话来。

虞汀收拾好桌子上的东西，下意识地拿出小镜子照了照，她发现自己很憔悴，脸黄黄的，两眼尽是血丝，便慌忙把镜子收起来。该回宿舍去了，也许这座叫"红宫"的市委办公大楼，巍巍十五层，上千号人早已走得一空，她是最后留下的一个！想到这么大的一座楼就她一个人，心里又有些恐慌，不是怕鬼怕坏人，而是一种过于阔大的寂寞对心理的侵蚀。

她得赶快离开这座楼。党史办在十四楼，乘电梯下去，呼呼地快得惊人，然后走出大楼，步行几百米，就到了她的宿舍了。宿舍里依然是她一个人，这样岑寂的冬夜，没有热茶，没有夜宵，她觉得自己很可怜。

在她站起来准备走出办公室时，她听到窗玻璃上发出极细极细的声音，像窃窃私语，充满温柔。她急步走到窗前，往外面看去，啊，漫天大雪，羽毛似的抚摸着窗玻璃。她莫名其妙地眼睛湿了，她把脸贴到玻璃上，玻璃很暖（因室内有暖气的缘故），像贴着另一张脸，久久地。

虞汀终于熄了灯，走出办公室，再带关了门。关门的声音尽管很轻，但在这空荡荡的大楼，在这子夜时分的寂静中，却变得十分宏重。楼道上的顶灯，洒下乳白色的光辉，稠得像奶汁似的。

她从东头走向楼中央的电梯口。刚走两三步，她分明听见西头的一间办公室的门远远地响了一声，她吃了一惊：有贼！不可能，大楼门口有昼夜值班的人，市委大院门口也有警卫，谁敢到这里来行窃？那么，一定是一个和她一样刚加完晚班的人了。

她的心里充满了暖意，她并不孤独。这座楼有多少部门，连她都弄不明白，这第十四楼有几个单位，她也不清楚。她听到西头的门响之后，传来很重的脚步声，是一个男人，而且还很年轻！女人的脚步没有这么重，在机关工作久了已磨得无棱无角的男人的脚步也没有这么急促有力。

从远远的西头走过来的人渐渐清晰，果然是一个三十不到的男人，一米八的个子，戴一副宽玳瑁边眼镜，穿一件黑长呢子大衣，样子很像日本电影《追捕》中的杜丘。虞汀的脸忽然红了一下，不急不慢地朝电梯口走去。

男人很快到了电梯口，他按了按门边的电钮，等电梯从楼底升上来。他在这个等电梯的时间里，才转过脸来，对慢慢走来的虞汀微微一笑，并不说话。

虞汀在这一霎时后悔自己走得太快，为什么不等这个男人先乘电梯走呢，自己乘下一趟，反正已经很晚了，也不在乎这几分钟，谁知道他是干什么的。

　　她想：我可以装着忘记什么了，再折回办公室去。就在她准备转过身去时，那个男人开口了："你也在加班？我还以为只我一个人哩。"男人边说话边做出一个优雅的手势，宏重的声音衬着这个手势很迷人。

　　虞汀的身子转不过去了，依旧朝前走着，她点点头，说："外面下雪了哩。"

　　男人说："你一定想起了小时候垒雪人的趣事了，要不怎会这样高兴？"

　　"是吗？"

　　"没错。这座楼里没有人像你这样特意说出下雪的事儿，他们都麻木了。"

　　虞汀开心地笑了，这男人很有情趣，说话也坦诚，分明在夸着她。

　　"你呢，也喜欢这雪？"

　　"喜欢。第一瓣雪触到玻璃上时，我就发觉了，我就想起了小时候打雪仗、垒雪人，想起了在大学校园结着伴去寻梅，梅香从雪花的空隙里飘出来，清雅而带点苦味。"男人的声音真好听，像在朗诵一首诗。

　　虞汀立刻沉溺在雪花梅香的氛围中，心突突地跳着。她已经好久没有这种感觉了！

　　铃声一响，电梯升上来了，接着电梯的门缓缓地打开了。男人优雅地做了一个"请先上"的手势，并且一直站在门边，手指摁在电钮上，以防门突然关闭。

　　虞汀很感动，她笑了一下，很快地走进电梯里。接着，那男人也跟了进来，门关了。他又在那个"1"字的按钮上点了一下。电梯开始下降。

这个小小的电梯间，四壁都是合金钢的，晶亮晶亮，照得见人影；顶灯十六盏，投下明亮的光。他们分靠着两壁，中间便空出一大块地方，红色的地毯很干净。那男人微低着头，虞汀则仰起头去看顶灯，灯光流淌在她的脸颊上，痒痒的。她忽然有了一种想说话的欲望，甚至埋怨这个男人也不说点什么。男人只是低着头望脚下的地毯。

虞汀问："你在哪个部门？"

他抬起头来，说："无足轻重的部门。你呢？"

"党史办。我叫虞汀。你的大名？"

"大名艾捷，小名毛伢子。"

虞汀咯咯笑起来，笑得胸脯子一耸一耸，这个男人真逗！

男人又说："你的笑声很像我的一个女同学，真的。"

虞汀说："艾捷，我猜这个女同学准和你得有一点什么瓜葛，要不走出大学好几年了，你还记得她的笑声。"

艾捷没有出声，只是轻轻叹了一口气。他把目光移到电梯电子显示屏上，"十三——十二——十一——十一——九"，"九"刚一闪，突然，顶灯熄了，电梯震动了一下，猛地停住了。

虞汀惊叫了一声："停电了？"

艾捷说："停电了。"

"那我们走不出这电梯了？"

"走不出去了。电梯不让我们去看雪，怕我们着凉。"

"你还有心思开玩笑？"

"不开心就这么干着急？电梯不相信眼泪，你哭也没用。"

虞汀跺了跺脚，说："偏偏这时候停电？"

艾捷说："应该说，偏偏一男一女在子夜乘电梯时停电，是不是？"

虞汀不作声了，这男人不简单，一下子就把她的心思看透了。

她说："艾捷你打打电话吧。"

"这电梯没有安电话，是一种很老式的电梯。我们耐心地等吧。"

虞汀大喊起来："等电来救我们？"

"应该说我们并没有濒临死境，无非是耽搁一点时间而已。"

"要是一夜不来呢？"

"上班总会来电的。"

虞汀的心一抖，上班时来电，许多人看见他们一脸疲惫地从电梯里走出来，那可是天大的新闻了。她没有作声，噘着嘴，可惜艾捷看不见。

寂静在电梯间弥漫着，压迫着虞汀的胸口，使她很难受。她终于耐不住，说："就是你，要不我会乘下一趟电梯的。让你一个人在电梯里，我则可以在停电后，顺着楼梯走下去。"

艾捷说："上天可怜我孤零零一个人乘电梯，便让你来做伴，你说是不是？"

虞汀"哼"了一声。

不管怎么说，停电是一个严峻的事实，在黑咕隆咚的电梯间，只有一个男人和一个女人。而且，虞汀渐渐觉得空气在变凉、变冷，没有电，中央空调也停了，不供暖了。

她说："真倒八辈子霉了！"

"嘘——"艾捷肯定是嘟起嘴，才发出这种声音来的，虞汀想。这种模样一定很有趣，像一个不谙人事的小孩子。

她任性地说：“真倒八辈子霉了！”

艾捷说：“别瞎嚷嚷。你听，雪的声音，很远很远，又很近很近，沙沙沙……像春蚕在噬着桑叶，像春天的雨洒在碧绿的枝叶上。你听听。”

虞汀不作声了，细细地听起雪来。

“虞汀，听见了吗？”

“听见了，挺温柔的——其实雪落无声，是心有声。”

艾捷显得很高兴，连连说：“你不是一个俗人。说真的，我很感谢你，你能理解我。我们那个室的人老说我神神道道的，不像个市委的干部。连我老婆也是这样认为，好在我们分手了。真的，雪花太美了。我想起古人所说的一段话，你想听吗？”

“想。”

“天公剪水，宇宙飘花，品之，有四美焉：落地无声，静也；沾衣不染，洁也；高下平铺，匀也；洞窗辉映，明也……”

待艾捷一念完，虞汀说：“你怎么分到市委机关来了？这不是委屈了你！”

艾捷说：“命运安排吧。我是学中文的，喜欢写诗写散文，却被选到这里来了。其实，我真的不适合这里的工作，一切都很刻板，周围的人似乎都是‘克隆’出来的，说一样的话，写一样的文字，连走路的姿势都如出一辙，平平稳稳，不快不慢。我再干几年，也会一样的，对于个体生命的体验来说，几乎是白纸一张，或者说在这里即使工作几十年，不过是一天的重复。有什么意思？”

虞汀的脸又红了一下，喃喃地说：“我也有这种感觉。”停了一阵，她又说：“艾捷你刚才说起的那个女同学，我猜她肯定不是你的妻子。"

"是的，在毕业前夕她得了白血病……后来就死了……那是个很有才气的女孩子，我们很要好。她笑起来特别好看，笑声像珠子落在玉盘里，有一种圆润的质感。后来，我工作了，结婚了。妻子是父亲同僚的女儿，是双方父母撮合的。我们压根儿不是一路人，她老抱怨我在仕途上没有作为，还是一个副科长，她说你这'副科病'什么时候可以治好！我想和她谈点什么别的，诸如诗歌、散文、绘画、音乐……她说：这些都是酸文人的破玩意儿，疯疯癫癫的，特没劲。吵呀，闹呀，谁也没法改变谁，最终只好彼此说声'拜拜'，各奔前程吧。"

"真的离了？"

"离了有两年了。"

不知道为什么虞汀觉得很痛快，很解气，她好像成了艾捷的那个女同学了。她问："两年了，找到可心的人了吗？"

"没有。整天关在这栋楼里，到哪里去找？"

"你们科室没有女的？"

"老的结婚了，少的，好像都和男人一个样子，雄性得很，一个个都想建功立业，在仕途上有所进步。"

"那就不理她们呗。"

"当然。"

艾捷黑暗中从口袋里摸出香烟和打火机，说："你不介意的话，我想吸根烟。"

"别吸。吸烟损害身体。"

"好吧。"

"不过，你可以打着火，看看几点钟了？"

一个火苗子灿然跃起来，把黑暗舔出一个洞。艾捷就着打火机看了看表，说："凌晨一点了。"他又举起打火机，朝虞汀照了照，说："你的脸色很疲倦，你该休息一下。"他从口袋里掏出一张折好的报纸，展开来，递给虞汀，"垫在地上坐一坐吧，电还不知道什么时候来呢。"

　　虞汀接过报纸，垫在地上，靠着壁坐下来。暖气停了，真冷，冷气嗖嗖地往骨缝里钻，手指都有些僵硬了。她"哟"了一声，牙齿颤颤地上下触了几下。

　　"冷吗？我怎么倒觉得有些热，我把我的呢子大衣给你吧，你搭在身上，抗一抗寒。"

　　虞汀正想说"不必"，但黑暗中一个东西飞过来，是呢子大衣，内里还热烘烘的，洋溢着浓重的男人气息。她紧紧地抱住了呢子大衣，然后小心地展开，裹在自己的身上，身子立刻暖和了一些。她有了一种躺在床上的感觉，这呢子大衣像一条小棉被似的。这个男人心多细，懂得关心人、体贴人，说话又有趣，他妻子真是瞎眼了，这样的人到哪里去找？

　　"虞汀，还冷吗？"

　　"不冷了。"

　　"这呢子大衣还是我那女同学替我去选的。那天下好大的雪，她把我领到商店里去，给我挑了这件呢子大衣，还坚持着要付款。她父母是工人，下面还有弟妹，每月家里寄的钱不多。但犟不过她，由着她付了款。以后，趁她不注意，我把钱夹在她的课本里。她发现了，问钱是不是我的，我一口否认。她叹了口气，说：'你何必呢。'我装糊涂，说钱真的不是我的，也许你自己什么时候夹的却忘记了。"说完，艾捷得意地笑起来了。

"这呢子大衣你一直穿着？"

"嗯。"

"艾捷你女朋友也算是个幸福的人了。"

"可惜，她不在了。"

"要是她还在，你一定会去找她？"

"当然。"

虞汀的心头又是一热，连她自己都不明白，她为什么会这样，她又不是他的那个女同学，瞎掺和什么。

"艾捷，你真想吸烟，就吸一支吧。"

"不吸，说话比吸烟好。"

"你说点儿什么有趣的事吧。或者说你要找个什么样的人？你一定想找个什么美女吧？"

艾捷说："现在哪里还有美女？"

虞汀笑起来，说："我看你这人顶好的，只怕你条件太高，人家攀不上。"

艾捷突然话锋一转，问："你有男朋友吗？"

虞汀说："有了。"

"你男朋友一定……不错。"

"嗯。"

两个人都不作声了。虞汀的不作声是因她刚才的谎言，为什么要说有男朋友了呢，奇怪！是自尊所致，还是为了别的什么，她一时也说不清。

艾捷缄口不言是真的有了某种遗憾，好好的一个女孩子，怎么就有了男朋友呢？他焦躁地摸出一支烟，打着了，狠狠地吸了一口，再吐出一大团烟雾来。在此刻，他真的感到了寒冷的逼近，脱去了呢子大衣，身上只有两件薄薄的毛衣了，而温度已在零度以下。他的身子开始微微发抖，这种抖动通过合金钢墙壁的共振，传到了虞汀的心上。

她问："艾捷，你冷吧？别逞英雄了。坐到一块儿来吧，盖着这呢子大衣，也许会暖和一些。"

艾捷说："别……这样。一男一女的，我没什么，你……一个女孩子……我不冷……"

虞汀突然站起来，说："什么年代了，还这么酸文假醋的。再说，都大半夜了，一男一女待在这电梯里，说也说不清了。还是留着身子别病倒吧，生存是第一需要的。"她一把拉住艾捷的手，劲道很足，把艾捷拉到自己身边，然后并排坐下来，再把呢子大衣展开，盖在两人身上。

艾捷真的是寒着了，上下牙直敲，一身凉凉的。

"艾捷，还冷吗？"

"嗯……"

"你把……我……搂紧吧，你会暖和一些。"艾捷不动。虞汀抓过他的手，放到自己的腰间，说："我冷，我冷，你搂着我吧。"

艾捷真的搂紧了虞汀，他的身上顿时热流飞溅。他的腮搁在虞汀的头发上，他嗅到了一种很清纯的香味。他发现虞汀身子越来越软了，软成一团，紧紧地缩在他的怀里。

他问："还冷吗？"

"还冷。你再搂紧些。"艾捷把她抱到自己的腿上，又拉了拉呢子大衣。虞汀突然伸出手，在他的胸脯上抚着，很重很重。

艾捷说："我讲个故事给你听吧。"

虞汀说："不听！"

"那么，我给你念几首古人写雪写梅的诗吧。"

"不要不要！"

虞汀俨然变成了一个任性的小女孩，在他的怀里拱着、扭着。

"好，不说了，不说了。"艾捷只是紧紧地搂着她，他听见她说："抱……紧我……"

他的血便一下子冲到了头顶，他开始大口地喘气，开始腾出一只手来去摸索着解她的衣扣，手变得非常笨拙，老半天也解不开一粒扣子……

顶灯突然亮了。

艾捷的手触电似的停住了，整个身子都缩在呢子大衣里的虞汀，问："怎么啦？"

艾捷又像兴奋又像绝望地说："电来啦！"

话音刚落，虞汀仿佛从梦中醒过来，挣出他的怀抱，一伸手把呢子大衣拨开了。一切都亮堂堂的，果然来电了。她的脸红得如霞，羞涩地说："我们……怎么啦……你没做什么吧？"

艾捷说："一切都挺好的，没发生什么。你……不后悔吧？"他一边说一边穿好了呢子大衣。

虞汀分明感受到艾捷冰冷的目光，她为刚才的失态而自惭，怎么会问他"你没做什么吧"，那意思是想洗清自己什么似的。她重新走到他的身边，紧紧地倚着他："我不后悔。也没什么后悔的。"

艾捷低下头去，吻了吻她的脸。

电梯急速地往下降。

她说："怎么就来电了呢？"

艾捷说："凌晨五点了。"

电梯在一楼停住，门开了，他们相倚着走出来。门卫是个半老头子，他认识这楼里的每一个人。他说："是你们？艾捷，虞汀！就你们两个？"那声音里充满了狐疑。

虞汀说："就我们两个！你觉得还太少吗？"她说完很快意地笑起来。

艾捷调皮地说："老同志，早晨好！"

他们走出大楼，雪还在纷纷扬扬地下着。市委大院外，是本市一个最大的广场，静得没有一点声音。

也没有商量什么，他们径直朝大院外走去。他们想去打雪仗、垒雪人，或者相拥着在风天雪地里走一走。好久没这么快乐了。也许，上班之后，这一向庄严肃穆的市委大院会沸腾起来，传递着他和她的新闻，那又能把他们怎么样？他们做什么了？又碍着谁了？这院子里就没有爱情故事嘛！没有，就生长一个给他们瞧瞧。

他们来到了广场上，一天一地的白，一天一地的静。隐隐约约，从广场的西北角上，袭来清雅的梅香。是的，那里有几棵梅树，在这冰天雪地里，肯定绽开了数不清的花骨朵儿，春天离得不远了。

广场真像一片浩瀚的大湖，有遮檐的观礼台如一座湖心亭阁，广场边的一圈栏杆如长堤留影。

艾捷说："这景致真好，真像张岱在《湖心亭看雪》中所写的。"

"你念念。"

"你又不想听，不念了。"

"我要听嘛，我要听嘛。"

艾捷清了清嗓子，用浑厚的男中音朗诵起来，一边朗诵一边拥着虞汀朝广场的西北角走去。

"……大雪三日，湖中人鸟声俱绝。是日更定矣，余拏一小舟，拥毳衣炉火，独往湖心亭看雪。雾凇沆砀，天与云与山与水，上下一白。湖上影子，惟长堤一痕、湖心亭一点，与余舟一芥、舟中两三粒而已。"

梅花的香气越来越浓烈了。

春风三柳

这条巷子叫春风巷，很长，曲曲折折的，走出巷口是车来车往的平政街，巷尾则通向雨湖公园，公园里一年四季都很热闹——但街上和公园里的喧嚣，却惊扰不了春风巷的幽静。高高的巷墙，接纳着一线天光；墙基上褐色的苔衣如岁月无声地淤积，有一队队的蚂蚁在上面穿行；斑驳的院门后，关着一个个平淡无奇的故事。

巷子里有十几户人家，却有三个户主姓柳：柳乔授、柳益言、柳一堤。

他们是一个不大不小的七八百号人的木材加工厂的电工。这个厂是国营厂子，而且他们是电工，在二十世纪五六十年代，那是很让人羡慕的。小巷中的各色人物，有站柜台的，修鞋的、补锅的，只有他们三个是产业工人。那时间工厂，除干部之外，电工是既有技术又不累人的行当，腰间系着电工皮带，上面插着剪丝钳、螺旋刀、试电笔、电胶布，在厂子里转悠着。"车工紧，钳工松，吊儿郎当是电工。"因此巷子里的人，便称他们是"春风三柳"。

他们都是技工学校毕业的，先后各相差两届，柳乔授年长，比柳益言大两岁，比柳一堤大四岁。是前后分到这家叫作飞跃木材加工厂的。厂子里只有单身宿舍，没有家属宿舍。先是柳乔授喜结良缘，便在春风巷租房安家；不久，柳益言找了个农村的妻子，到农闲时妻子要来城里住上一段日子，单身宿舍人多，不方便，也住到小巷中来。柳一堤一想：我孤零零住在厂里干什么，单身一人，不在乎这点租金，故而屁颠屁颠跟来了。

三个人亲如兄弟，上班一起去，下班一起回。在厂子里，大家分别叫他们大柳、二柳、三柳。电器出了故障，最重的活，叫三柳，因为他最年轻；但二柳往往要争着去帮忙，他说："大柳，你守着这个窝，我和三柳去，两个人动手快，也有个打商量的人！"

大柳在家里，架子挺大，什么家务事也不做，横草不会拿成竖草；又会生孩子，一年一个，连生了四个，把个当车工的妻子刘凤英累得瘦瘦。但她一点也没有怨言，脸上永远是笑。家里有好菜了，她会说："大柳，去叫二柳、三柳来，你们兄弟喝几盅。"

二柳是三个人中最能干的，做饭、炒菜、洗衣服，麻利得很。他知道三柳是个懒鬼，又好玩，会吹笛、拉琴、下棋，就是不会料理自己，便让三柳和他搭伙食。下班回来，二柳忙得手脚不停，三柳却坐在天井里拉二胡，什么《病中吟》《良宵》《空山鸟语》……都是刘天华的曲子。二柳一边听一边心里叹息：三柳可惜地主出身，其实他应该去搞艺术，那年去报考，政审就过不了关，至今，连对象也没说上，单身苦哇。

在本市的电工界，三个人都有些名气，技校毕业，又特别肯钻，厂里安装什么新设备，遇到什么新难题，三个人一琢磨，没有过不去的火焰山。到二十世纪六十年代初，大柳的技术级别是六级，二柳、三柳是五级，差一级并不是别的原因，是大柳的工龄长些。

大柳的嘴皮子功夫好，最没有味道的技术问题，他可以讲得山环水绕，妙趣横生，所以常被邀到外厂讲学。听过课的人，说他讲技术像说书。这是真的，大柳业余爱看小说，什么《林海雪原》《铁道游击队》《烈火金刚》，简直可以倒背如流。夏天的夜晚，巷子里的人都出来享受"过堂风"的凉快，大柳便成了一个众星捧月的说书人，听得人不肯去拉尿，死死地憋着。到了子夜，他在关键处丢下一句："明日还要上班，欲知后事如何，且听下回分解。"摇着蒲扇，提着木靠椅，回家去了。

　　二柳不爱听书，他坐在灯下读薄薄的或厚厚的技术书籍。他有一肚子"宝贝"，就是说不出来，好像喉口有个卡子，把要说的话卡住了。但他的手上功夫特别好，许多话都凝在指尖上——什么活都干得漂漂亮亮，连大柳也承认自己在做上面不如二柳。

　　大柳说书的时候，三柳就在自家的天井里拉琴，或者吹笛子，这些书他早看过了。琴声或者笛声，从天井里到小巷中去，衬着大柳的说书声，格外有韵味。他的笔杆子不错，能写技术论文，还在省、市的技术杂志上发表过好几篇，就是懒，也对这些没太多的兴趣。他最佩服的是刘天华、贺绿汀那样的音乐家。

　　日子过得飞快。

　　到二十世纪六十年代中期，大柳已经有四个孩子，三女一男，老满是个儿子，这使大柳和刘凤英感到欣慰！柳家有后！但也有了许多忧愁，双方父母都在乡下，要寄钱负担，这眼前齐刷刷六口人，月月工资用不到头。桌子上顿顿是很简单的饭菜，也就不好意思来叫二柳、三柳去喝几盅了。二柳呢，也有了三个孩子，有了孩子，妻子就出不了多少农业工，得往乡下寄钱，老是唉声叹气的。

只有三柳还是一个快活的单身汉。

他常在星期天，买些肉食和酒，邀了二柳，到大柳家去。三柳进门就说："嫂子，借你的手艺，炒几个菜，大家高兴高兴。"

刘凤英说："三柳，你得攒钱找老婆啊，老这么乱花钱，怎么得了？"

三柳一笑："我这个出身，还成什么家？我看中的，人家看不中我，人家看中的，我又不一定看中她！这叫命里没缘。"

为三柳的对象，大柳、刘凤英没少操心，左托人右求人，看过的姑娘有一两打，不是春风无意，就是流水无情。最后，刘凤英把娘家的姨侄女都"搬"出来了，三柳一听，连连摆手："嫂子，你饶了我吧，这辈分不合！真成了，我要喊你做姨妈，巷子里的人会笑脱牙齿的！"

刘凤英说："你呀，你呀，真是书读蠢了，这有什么关系呢？"

三柳认真起来，说："万万不可！万万不可！"

大柳说："你放心，我给你再物色一个。"

那个姑娘挺不错，是大柳一个老朋友的女儿，在一家街道企业当会计。但大柳给三柳"改"了成分，说是小商出身。

大柳领着三柳去看对象。

那户人家很热情。三柳虽然年纪不小了，但细皮嫩肉，举止文雅，样子很中看。

小小的厅堂里，挂着一幅齐白石的《虾戏图》。

三柳走拢去，看得津津有味。

这画真不错，有笔有墨，虾子可以画得这样传神，难得！

他说："从前我们家的大厅里，挂着齐白石的画，还有郑板桥的画。"

主人突然问："你们家不是做小生意的吗？还有闲心挂画！我这画是土改时分的。"

"不。我们家有上百亩的田地，不做小生意。"

主人脸阴下来了。

大柳忙扯了三柳，说："三柳，我忘记了，厂里要加班哩，我们走吧。"

"厂里不要加班哩。"

大柳狠狠瞪了他一眼，他才莫名其妙地跟了出来。

好多日子，大柳都不敢去见那个老朋友。

在二柳唉声叹气的时候，三柳便知道他家里又遇上困难了，便悄悄去邮局，以二柳的名字往他家寄钱。

二柳收到家里的信，奇怪，我没寄钱呀。一想，便猜出是三柳，但不管怎么问，三柳一概不认账……

二柳说："嫂子，三柳常偷着往我家寄钱，问他，他也不承认。"

刘凤英的眼睛红了。

几大碗肉食摆上了桌子，一瓶"莲花白"酒也打开了。

三柳对几个孩子说："放肆吃，攒劲长，将来去做大事业。"

孩子们欢呼起来。

酒斟满了。

大柳说："来，我们干一杯。又让三柳破费了。"

三柳说："你说这个，我不爱听。过去，我在你家吃了多少顿饭，我从亇讲客气话。"

"好，不说了，不说了。"

大柳的满儿子叫铁坨，才五岁，一双筷子都拿不稳。

三柳便不时地给他夹菜。

三柳问："铁坨，你喜欢我不？"

"喜欢。"

"喜欢什么？"

"你会拉琴。"

三柳忙斟上酒说："好。你喜欢拉琴不？"

"喜欢。"

他一口干尽杯中酒，说："大柳，嫂子，我有件事一直窝在心里，不好意思开口，让铁坨做我的徒弟吧，我来教他拉琴！"

大柳说："那当然好。"

大柳叹了口气："这辈子我在这方面不行了，铁坨这一代有希望。"

"柳叔叔，我也要喝酒。"铁坨说。

"不行。当音乐家是不能喝酒的。"

"那你怎么喝酒？"

"我不是音乐家，我是电工！"

三柳的眼里噙满了泪水。

第二天，三柳上街去给铁坨买了一把小型的二胡，还有书包、铅笔、连环图，然后送到大柳家。他说："大柳，铁坨是块好料子，是不是改个名字，叫铁弦？"

大柳说："行。"

从此，每天夜里，三柳的家里，传出了他教胡琴的声音，一直到很晚很晚。

大柳突然要出国了。

这是一九六六年的年底。

去的是越南。当时，越南的抗美斗争闹得风起云涌，很缺少专业技术人才。应越方之邀，组织一批专家，去举行技术培训班。不知怎么的，大柳被选上了。第一，他出身好，社会关系单纯，又是中共党员；第二，他技术好，且能口若悬河。

接到通知，大柳并不怎么高兴，尤其是刘凤英。那是枪林弹雨的战场啊，凶多吉少。更重要的是那时候出国，不像现在的条件优越，没有置装费，没有双份工资，没有高额的生活津贴。在市里集中时，上级还反复强调，要保持国格，衣服要鲜亮，抽烟的要抽"大中华"，而大柳平素抽的是本省产的一角三分钱一包的"红橘"烟。

大柳真是愁死了。

二柳说："出国是好事，你如今是专家哩。家务活，我和三柳帮着，你放心。"

三柳点头，拿出二百元让大柳去置装，去买一些小纪念品，以及"中华牌"的香烟。

大柳走前，三个人痛痛快快喝了一顿酒。

大柳这一走，就是一年。

这一年，三柳变得勤快起来，和二柳一起常去大柳家，看有什么重活做没有，买米、买煤、买黄泥、买引火柴，他一股脑儿包下来。他们买好了东西，送到大柳家，说声："嫂子，我们走了。"刘凤英喊他们喝茶、吃饭，他们执意不肯，也不肯坐一下。大柳不在家，他们一点也不肯造次，免得有人说闲话。

到了晚上，大柳的三个女儿到二柳家去，由二柳指导她们做作业，温习功课。铁坨（现在叫铁弦）则到三柳家中，跟三柳练二胡。

三柳很喜欢铁弦，这孩子有悟性，二胡学得又快又认真。

在有月亮的夜晚，三柳教铁弦拉《良宵》。

"铁弦，你听这曲子就像这明亮的月光一样，水一样清，蝉翼一样透明，你的心要平平静静的，才能拉出那种味道来。"

铁弦点着头。

在风雨如晦的时候，三柳教铁弦拉《病中吟》。

"你看，几多造孽，一个人病了，又没钱买东西吃，没有人照顾他，安慰他，他在那里叹气，泪水在心里流，苦得很哩。你试试。"

铁弦便小大人似的苦下一张脸，把二胡拉得呜呜咽咽。因为刘凤英不识几个字，大柳的信常寄给二柳、三柳，关于信中的内容，让他们转告；更多的篇幅，是谈他在越南的工作、生活，以及对他们的想念。

第一封信最为二柳和三柳津津乐道。

大柳在信中记叙了他在越南培训班第一次上课时的情景：

大柳夹着备课本，走进了教室。

学员们响起经久不息的掌声。

他在黑板上写下：柳乔授，工人。

越方翻译的脸上露出了不屑的神情。因为学员中有不少是技术员和工程师，一个工人能讲课吗？

这一切瞒不过大柳。

他由缓慢的讲述，渐渐地变得急促起来。一会儿深奥，一会儿浅显。翻译艰难地翻译着，额头上满是汗珠。

一个上午，大柳不肯休息，急风暴雨似的讲下去。在临近午时，翻译突然晕倒了，因过度紧张而致。

第二天，翻译主动上门来，请大柳讲课速度放慢些，而且每讲一小时，休息十分钟。他说："柳教授，你太幽默了，你怎么可能是个工人呢？"

三柳说："我就喜欢大柳这一身傲气。"

二柳说："他那张嘴是铁嘴，讲这样的课，小菜一碟!"

给大柳复信的任务，自然由三柳承担，他的文笔很流畅，谈大柳的家事，谈孩子们的学习，特别谈到铁弦的进步，而且要惊叹一声：不出十年，绝对在我之上!当然也谈厂里的情况，泛泛地谈，"文化大革命"的事，诸如武斗、大批判、大联合、停产闹革命，统统不能写，这使三柳很沮丧，他觉得他有很多话要说，塞在心窝里特别难受。最遗憾的是关于二柳的一段"英雄传奇"无法写在信上，他只是含糊地告诉大柳：二柳是一条铮铮汉子，了不起!

那是厂里两派闹得剑拔弩张的时候，他们吃过饭后的所有行动，便是贴大字报、开批斗会、搞大辩论，你骂我是"保皇党"，我咒你是"绊脚石"。但一部分老工人不理他们的茬，照样天天上班，二柳和三柳就是此中的两个。电工房原先三人，大柳走后，就只他们两人了。他们两个什么派也不是，天天坚守在岗位上，三柳说："我们是'促生产派'，瞧那些搞'革命'的，字写得水爬虫一样，话也讲不完整，丑死了。"二柳忙说："三柳，少说多做，惹不起我们躲得起。"

是祸其实是躲不过的。

这天，他们坐在电工房值班。电工房里面有个配电间，管理全厂的电源。正商量着星期天为哪个车间检修，门外传来了杂沓的脚步声，有人在喊："把闸拉了，全厂停电，要不没有人来参加批判会。"

二柳一听，忙从配电间里拉出一根接在电源上的很长的电线，一手举着线头，一手把配电间的门关了。

三柳一见，惊出一身汗，这通了电的电线是二柳早就备好的，他要干什么。

二柳威风凛凛地站在电工房的门口。

一大伙人逼了上来。

二柳冷冷地看着他们，然后，用线头在铁门框上划了几下，电火花啪啪爆出，怪骇人的。

"让开些，我们要拉电闸。"

二柳说："看守电源是我的职责，你们不要难为我。"

他把线头触向自己的胸口，吼道："我先死了，你们再从我尸体上踏过去!"

众人一时愣住了。

三柳说："你们还不快走，真出了人命，谁负责？!"

那些人慌忙退走。

此后的几天，二柳让三柳在食堂给他买饭送来，他就吃住在电工房。幸而厂里来了军宣队，配电间有战士值班了，二柳和三柳才恢复正常的生活秩序。

三柳想：二柳怎么一下子变成这样了呢？平日蔫头蔫脑，想不到有大智大勇!

大柳从越南回来了。

一年不见，二柳、三柳发现他瘦了许多，黑了许多。

大柳说："你们还是老样子。我差点报销了。那天正上课，美国飞机来空袭，一梭子子弹打穿屋顶，射到讲台上，把我的大茶缸子射了一个小洞，茶水哗哗往外流，我倒是神色自若，那个翻译冲过来，把我按倒，用身子护在我身上。哎，那倒是一个好人。"

二柳、三柳一齐笑了。

厂里正筹备成立革命委员会。

因为大柳出国在外，没有什么恩恩怨怨，竟然被选举当上了革委会副主任，分配管后勤一摊事。事不多，他闲得发了愁，便常去电工房，系上电工皮带，和二柳、三柳一起干活。

三柳说："你这是与民同乐。"

大柳说："这革委会一定不是个常设机构，我不能让技术生疏了。"

二柳说："那是的。"

大柳发现二柳的心情总是悒悒的，几次想问，又忍住了。

终于有一天，二柳主动和他聊起了心中苦衷：孩子一天天长大，农村教育质量又差；妻子的身体多病，连种点菜都费劲。想让大柳帮个忙，让他在乡下的一家子进城来，立起城市户口。

大柳知道，这是一件天大的难事，那年月能由农村户口转为城市户口，这个本事了不得！他对二柳的事一直放在心上，他翻过许多文件，但都不符合二柳。有一条最基本的规定：要想"农转非"，或在城里的一方是残疾人，或在乡下的一方是残疾人，二者必居其一。大柳很坦率地把自己的苦处告诉了二柳，对于帮不上忙十分内疚。

二柳却说："我已经很感激了。"

大柳很困惑地望着二柳。

几个月后，二柳到制材车间去修理电器。车间门口有许多在轨道上来来去去的铁平板车，或装大棵的原木进车间，或把锯制好的枕木、板材运出来。这种装了木材的铁平板车很笨重，重的有一两吨。当一辆铁平板车迎面驰来时，二柳躲闪不及，右脚的小脚趾和无名趾被铁轮子在上面辗过，痛得晕了过去。

二柳被立即送进了骨科医院。

听到消息，大柳说："何必呢？何必呢!"

三柳泪水哗哗的，他知道此中原因，人都是为一份生存的权利啊。

二柳对大柳、三柳说："请不要告诉我家里，女人家没经过大事，怕出意外。"

大柳利用他可怜的权力，安排两个青年工人到医院照顾二柳。

三柳偷偷地给二柳家寄了一百元钱。

刘凤英每隔几天就要熬出一碗骨头汤，亲自送到医院去。她听说，喝骨头汤可以滋补骨头。骨头汤熬得很酽很酽。

两个脚趾头完全粉碎了。

医生建议去上海的大医院，或许可以恢复原状。

大柳同意这种治疗方案。

二柳出奇的执拗，他不去上海!

医生说那就只有锯掉了，以后……就会走路一拐一拐，成了残疾了。

二柳说："……我来签字吧……"

大柳背过脸去抹泪。

三个月后，二柳出院了。缺了两个脚趾头，走路的姿势都变了，一摇一晃的，像一片风中的飘叶。

大柳拿出二柳的"申请报告"和医生开出的伤残证明，跑到当地居委会、派出所、公安局，总算把"农转非"的事跑成了。

二柳的一家子搬进了春风巷。

二柳特意备办了酒菜，请大柳一家和三柳到他家聚一聚。

二柳对他的妻子和孩子说："多年了，我们受到大柳兄嫂和三柳弟弟的照看，恩重情长，来，你们和我一起，向他们鞠个躬。"

大柳和三柳说："二柳，你又见外了。"

二柳把他们按在座位上，一家子恭恭敬敬鞠了一个躬。

大家坐好，喝酒吃菜。

二柳说："三柳，我有句话要对你说。"

"你说吧。"

"你以后不要见外了，还在我这里吃饭，好不好？"

三柳喉头咽咽地，说："只要你们不嫌弃，我来，我来!我反正是一个人，就把你们两家当作自己的家了。"

"文化大革命"终于结束了。

革命委员会的牌子纷纷摘下。

大柳当上副主任，并不是因造反起家，也没有什么劣迹，大清查后，上级告诉他可以留在科室当干部。大柳摇了摇头。他要求回电工房，和二柳、三柳在一起，不是一件很快活的事吗？

他们又和从前一样，一起上班，一起下班。巷子里的人都说："这三个人哪，几十年了，还是一个心性，不容易!"

老百姓平平淡淡的日子，执着地向前伸延着，活得艰难，也活得充实。

铁弦高中毕业了，并且成了恢复高考后的第一届音乐学院的大学生。

铁弦接到通知书时，立即跑到三柳的家里，大喊道："柳叔叔，我考上北京音乐学院的民乐系了!"

三柳接过通知，久久地看着，然后号啕痛哭起来。

他的梦想竟然在铁弦身上实现了。

不，他、大柳、二柳的各种梦想都在孩子们的身上实现了。

两家的孩子，有的进了大学，有的参加了工作，都成人了!

小老百姓还奢望什么?

做官? 发财? 想也没想过。

三柳对大柳夫妇说："铁弦考上音乐学院，我此生无憾了。就让我送他去学院吧，我想看看音乐学院到底是一个什么样子。我还要带上这把旧二胡，坐在校园里拉一拉——我总算是进了一回大学的校园了。"

大柳、二柳说："那是的。"

秋天开学时，三柳陪铁弦去了北京音乐学院。他把铁弦安顿好后，自己住进了学院的招待所。一连几天，他去参观教室、演奏室、图书馆、学生宿舍。他觉得他年轻了。

在一个月夜，他坐在学院花园里的一张石凳上，拉起了二胡。他拉的是刘天华的《良宵》。一个个音符，在月光中轻盈地飘飞，然后和月光融成一体在弓子上流来流去。

一位白发苍苍的老教授在远处凝听，当曲子结束时，他走过来，问："先生，您是这个学院毕业的吗? 您拉得太好了。"

三柳站起来，说："这是我一生梦中都想来的地方，可惜，直到今天才有幸拜访。"

老教授轻轻叹了一口气。

大柳、二柳、三柳都退休了。

厂里现在建起宿舍楼了，按条件他们都可以搬去住的，但谁也没有去。他们住惯了春风巷，"春风三柳"，多么有意思。

两家的孩子都陆陆续续搬出了巷子，有了自己的巢，有了自己的孩子。

他们现在是真正地闲下来了。忙碌了一生，老了，也该歇歇了。

三柳虽说是一个人，但一点也不寂寞，两家的孩子来看父母时，首先来看他。

"快叫爷爷!"

"爷爷!"

三柳乐了。他也有孙子了。

日子真快，又一代人面世了。

大柳、二柳去孩子家时，一定要三柳同去，高高兴兴玩一天，再走回春风巷。路灯下，三个人的影子叠在一起。

许多的时间，他们消磨在雨湖公园里。

带上围棋、象棋、二胡和钓竿，坐在亭子里、林荫路边和水榭中，自由自在地玩耍。

下棋和钓鱼累了时，大柳、二柳让三柳拉一段刘天华的曲子。三柳喜欢拉《空山鸟语》。

三柳拉得太好了，各种鸟语从弦上飞跳出来，你唱我和，热热闹闹，杜鹃、百灵、喜鹊、布谷、黄鹂、夜莺……树丛里的鸟儿也争相鸣唱，它们却不知道它们的伴侣在哪里，只看见三个头发渐白的老人坐在夕光里，那么安详，那么宁静……

垂钓死湖

春三月。

城郊外的死湖，大且深，水蓝得发黑，依仗雨雪的恩泽，居然终岁不枯涸。湖边的水草和水上的绿萍，怡然自得地生和死，更替的过程却痕迹不露，于是生命便总是天真烂漫。小鱼小虾快活地成群结队，偶尔还有一尾金丝鲤耐不住寂寞，"呼"地跃起，击出一圈圈的涟漪，死湖便显得有些春心摇荡。

九点多钟的时候，笼罩在湖上的雾，忽然一层一层地掀开了，像旧式的宅院掀开一层层的风帘绣幕；太阳露出一张闺秀似的溢满红晕的脸，羞答答的。又过了一阵，太阳亮了起来，像一面铜锣，它的声音便是金黄金黄的光线，铿锵地落在死湖上，到处是明晃晃的，一湖的金箔银屑，很中看。风吹过来，湖水荡动不止，好像死湖从梦中醒来，即刻就要跳跃而起。死湖原来是活生生的湖！

湖东的几株垂柳下，颤颤地伸出三支钓竿。一支是三节竿，可伸可缩，手柄是有机玻璃雕制的，透明如水晶，看得出是从渔具店买来的。浮标呢，是一截又粗又短的软木，白白嫩嫩，像一截小藕。另外两支，是普普通通的小水竹做的，竹节很密，用烟火熏烤过，黄黑相间，如同蜻蜓的尾巴，浮标是空心塑料管，快活地在水面漂闪。

除了他们，没有谁到死湖来钓鱼。

细细的柳条在他们头上拂过来，拂过去，传出碎碎的声音。真静。

"师兄，这地方有什么鱼钓呢？你每天来，鱼篓子总是空空的。今天，又把我们哄来了，跟你做伴，你这老家伙，一点儿都不憨厚。"

坐在中间的马为德，转过脸，对右边的苟汉生小声埋怨起来。

"马老二，你真是个急性子，未必钓竿一伸，鱼就往你怀里跳？钓鱼就要沉得住气。古老三，你说对不对？"

坐在马为德右边的古孟龙，瘦瘦的脸上泛出一层笑，点点头，慢条斯理地说："苟老大说得对，你急什么，我们又不指望钓了鱼做下酒菜。反正是没事，耗点儿时间免得天难得黑。马老二，你如今又没有老婆，难道还怕空手回去有人扯耳朵吗？"

苟老大哈哈大笑起来。

马老二憋得一块脸通红，话卡在喉咙里再也吐不出来，钓竿在手中只是乱晃。

"两位师弟，连我在内，筷子夹骨头——三根光棍。虽然是有儿有女，又都成了家，可我们是实实在在老了，老了又没有伴了，日子难熬也难挨。"

苟老大叹了口气，脸色阴阴的。忽见又白又嫩的浮标往下一沉，很调皮的样子，愣愣地半天没反应过来。

"老大，起竿呀，你的心思伸到哪里去了！"

马老二猛地吼了一声，震得垂在头上的柳条沙沙地摇晃。

苟老大"啊"了一声，慌忙起竿。迟了，什么鱼也没钓到，钓上的饵早被鱼叼走了。他尴尬地笑了笑："这鱼也真狡猾，就像一些贪官，叼走了食，还不伤着自己，手段高哇。"

古老三说："是你老了，手不灵活了。"

马老二忙附和了一句："都老了。"

"是老了。两位师弟，还记不记得，当年我们三个共操一台五吨大汽锤，我踩闸，你们用大铁钳夹着锻件翻来翻去，眼到手到，百发百中，要重就重，要轻就轻，没出过一件废品，身手矫健得像猴子一样。"

"老大，好汉莫提当年勇，如今我们成了老猴子了。"马老二颈上的青筋鼓起老高，说完了才感到一阵轻松。

古老三没作声，只是用眼角的余光扫描着苟老大。突然，他抛出一句话："大师兄，你好像有心事？"

"老三说话总是说半句留半句，老大有什么鬼心事？无非是半夜里醒来，被窝里少个说话的人！"

苟老大没有作任何解释，他索性放下钓竿，掏出香烟，给他们各扔了一支，自己叼一支在嘴上，打着火猛地吸了一口，再闭住嘴把烟咽下喉去，过了好一阵，才张开两片嘴巴，烟雾便"呼"地涌了出来，一团一团的。

"说不想是假话，想得心里都发痛。你们晓得，我四十来岁，你嫂子就得癌症把我撇下了。我拖着三个儿女，一个人挣钱养家，里里外外全靠我一个大男人撑着，苦哇。儿女大了，又帮着他们成家，一个一个往外飞，如今那空空的屋里，就剩下我一个人，孤孤单单地和一个人影子做伴。上班还心不烦，后来退休了，我是每天盼着天黑，天黑了又盼着天亮。儿女们都好，要我去跟他们住，可他们要上班，留下来的还不是我？连孙子们都要上学、上幼儿园，我成了一个多余的人了。我当然不肯去，还不如一个人留在老屋里，闲腻了就和墙上你嫂子的遗像说几句话。"

马老二、古老三听着听着，眼圈就红了。

这话说到他们心眼里去了，他们是同病相怜：老伴虽说是这两三年过世的，可儿女们自有他们的世界，一个个忙得脚不沾地，上班忙，下班还要忙着去进修，或者去挣另一份工钱，即使来看一下，也是屁股刚一沾凳子，就匆匆忙忙地走了，时间比金子还贵重。如今，他们都老了，只有寂寞是不请自来的常客。

好静。三个人的头上，静静地浮着一个一个的烟圈，烟圈静静地缠上柳枝，然后又被柳拂碎了，碎得无声无息。

古老三望了望湖对面，眼睛一亮，说："你们看，那边还有一个工棚哩。"

"工棚？是不是守鱼的人住的，防止有人半夜三更来偷鱼！"

苟老大笑了，"老二，你这不是废话吗？这个湖是野湖，鱼自生自灭，谁管？如果那里住着守鱼人，首先就要来管我们了。"

马老二问："你说那工棚是做什么用的？"

"我听说……这湖要填了，填了做住宅区，有些工厂在这里买了地皮。上次，听一个过路人讲，那个……工棚是湘中机床厂的，住了人，守着他们的这块地。"苟老大说。

"这地方太偏僻，说不定还闹鬼哩，即使看守的人是条大汉，未必就心里不打战。要是我马老二，就会怕。"

古老三诡秘地笑出了声。

"你笑什么？"

"马老二，你去问老大。"

苟老大的脸上似乎亮了一下，说："是个女的在守，五十多岁，无儿无女，丈夫是工伤死的。"

"这个厂的领导缺德！"马老二愤愤地骂道。

"是她自己坚决要来的，说是快退休了，领导没安排她什么事，她闲得骨头痛，硬把这个差事要到了手里。"

古老三偷偷地打量了一阵大师兄，突然问："老大，你好像做过详细的调查，要不怎么这样清楚？"

马老二一拍大腿，说："对，古老三是个细心人，什么事瞒不过他，大师兄，你从实招来！"

"你怕是审理犯人啊。我也是听说的。"

"听谁说的？"马老二穷追不舍。

"听一个不知姓名的人说的！"

苟老大把烟蒂子一扔，重新拿起钓竿，再也不说话了。他的手握着有机玻璃把柄，清凉清凉的，心里有了一种麻酥酥的感觉。

古老三只好把目光，收放到自己的浮标上。浮标兀地往下一钻，分明溅起一点小小的水花。他猛一起竿，钓起一条两寸来长的鲫鱼，尾巴甩得哒哒响。

"老大，老二，我发市了。"

苟老大头都没有动一下，像在想什么心事。

马老二嫉妒得骂起来："这死湖，死绝了！怎么我老马的钩就没鱼来咬！"

"那是因为你太性急。上次，人家给你介绍个对象，八字还没一撇，就忙向儿女去汇报。儿女一片反对之声，一件好事就砸锅了。"

马老二"哼"了一声。

古老三重新上饵，放下竿子，脸却转向苟老大，说："大师兄，嫂子走的时候，对我和老二讲：你们要劝他再成家，男人没有女人日子太难了。那时，你总讲负担重，怕后娘亏待儿女。如今儿女都大了，你也该有个打算了。"

"是啊，老三说得好。你心里如果有人了，别思前想后的，一口气把那个证领了，做好的粑粑下了油锅，再捞起来也是熟的！"

苟老大顿了一阵，才说："今天约了你们来，是想商量一件事的。我是有了一个合适的人，早几天跟儿女们一说，个个慷慨激昂，好像天要塌、地要陷，说什么也不同意。"

"理由是什么？这些小崽子，只管自己快活，老辈子的大事他们倒管得细！"马老二气得一拳头砸在泥地上，砸出一个很深的坑。

"理由很简单：一个六十五岁的人，还结婚，他们的脸往哪里放？二是家里的财产给了别人，他们不甘心。"

古老三想了一阵，问："如果你硬要结婚呢？"

"他们说，以后的事，他们就不管了？"

"他们敢！他们喊我马二叔，到了那步田地，我要用拳头来开导他们。"

"那不是一个办法，有法律，有公民准则，要动什么拳头？！"

沉默。

对岸的那个工棚，门忽地打开了，接着走出一个女人来，因为隔得远，面目看不清楚，但走路的步子很轻快。她手上挽着一个竹篮子，一直走到湖边的一架木跳板上，蹲下来洗衣服，不时地还用手搭在额前往这边眺望。

太阳越升越高了，湖上有袅袅的白色水气蒸腾。木跳板上的那个人影，变得影影绰绰，好像一幅水彩画。

古老三说："大师兄，假如你什么都不怕的话，假如女的又很通情达理……"

苟老大打断他的话头，说："她倒是很懂事理。她说，家里的钱和物，都留给后人，只来一个人就行了。"

"难得她这样开明。"马老二啧啧称赞起来。

"我也想好了，儿女的责任我尽了，也对得住死去的人了，我得想一点儿自己的事。"

"对。对。将来有了新嫂嫂，也请她为我为老三找个伴。"

古老三笑了："老二呀，大师兄还没'圆房'，你就打起如意算盘来了。"

苟老大说："应该的，应该的。"

那木跳板上的女人，大概是把衣服洗好了，站起来，提起篮子，向岸上走去。走了几步，又回了一下头。

她一直走进了那座工棚里。

过了一阵，棚顶的烟囱里升起一线笔直的炊烟。阳光照耀着炊烟，透明、轻盈，似乎还闻到饭菜的芬芳。

苟老大痴痴地望着那一线炊烟，喃喃地说："午饭正安排哩。"

"大师兄，你不要我们带中餐，现在快中午了，你安排我们在哪里吃饭？有酒？有菜？这附近没有饭店呀。"马老二伸长了颈根，好像刚从饿牢里放出来。

苟老大正要答话，古老三用手一指湖对岸的工棚，神秘地说："自然是到那里去，好酒，好菜，师兄师弟要好好地喝一场。"

马老二一愣，立刻明白过来，搓着大手掌，呵呵地笑。

三个人收拾好钓竿、鱼篓，站起来，各自从树下推出自行车，把渔具挂在车上，推车走上斜斜的土坡。绕湖的这条路，可以到达那座工棚。垂柳依依，直拂人面。

　　"爸爸。爸爸。"

　　"爸爸。是我们——"

　　后面追来了几辆自行车，铃声杂乱地响着。

　　苟老大觉得耳熟，一回头，面前齐刷刷摆着六辆自行车，是他的两个儿子、两个儿媳，以及女儿和女婿。连他的两个孙子、一个孙女也带来了，笑嘻嘻地搭在车上。苟老大惊得半天没说出话来。

　　"爸爸。"

　　"爸爸。爸爸。"

　　"爷爷。爷爷。"

　　"爷爷。"

　　后辈人错杂地、亲热地叫着苟老大，他兴奋得一块脸通红闪亮，心里像灌了一碗蜜，应都应不过来。

　　"你们怎么来了？"

　　"爸爸，您忘了，今天是您的寿辰，我们在洞庭春酒楼订了寿席，请您去哩。邻居说，您到这里来钓鱼了，我们就一同骑自行车找到这个地方来。"

　　苟老大还以为儿女们忘记了他的生日，所以特地约了两位师弟来这里，一是商量商量终身大事；二是请他们尝尝她的手艺，当然他没告诉师弟今天是他的生日。想不到在他把这一切安排好之后，离工棚不过一段很近的距离的时候，他的后辈们会突然出现在面前。

"马二叔，您一定要去陪我爸爸多喝几杯寿酒。爸爸老说您人好心好哩。"

"担当不起。大师兄硬是像我亲哥哥一样，陪他喝酒，应该应该。"

"古三叔，您酒量好，我们都要向您敬酒哩。您一上桌，八面威风，我们只怕都要败下阵来的。"

"你们想得周到啊，心眼子比我们这一辈灵活，我们哪里招架得了？"古老三叹了口气，突然从鱼篓里抓出那条鲫鱼，使劲朝湖上扔去。鱼儿凌空划出一条银白色的弧线，然后落入湖水，尾巴一甩，不见了。

三个孙子挣扎着从自行车上跳下来，扑到苟老大的怀里，叽叽喳喳地说个不停。

"爷爷，妈妈给你买了新皮鞋。"

"还买了新衣服。"

"好大的蛋糕，九层，喷香喷香的。"

"……"

苟老大望着湖对面的那一缕炊烟，目光渐渐暗淡下去。是的，后辈人待他不错，孝顺，懂礼貌，他还能奢求什么。

"老二，老三，去喝几盅吧，看在后辈人的份上，我们走。"

古老三问："不去那边了？"

"要去的。只是今天去不成了。"

他们把车掉过头来，跟着这支声势不小的队伍，背向着工棚，吃力地踩起车来。古老三在车上缓缓回过头去，那工棚上的炊烟没有了，像被一只无形的手猛地掐断。他妈的！古老三莫名其妙地骂了一句粗话。

正午的太阳，寂寞地照耀着死湖。没有风，因而死湖上没有一丝波纹，水草、浮萍凝然不动。这蓝得发黑的湖水，飘出了一种腐旧的气息，不填平是不行了。

自行车队朝城里驰去……

火光冲天

前面是一片无尽的丘陵，成片成片的杂交林和茅草塞满了视野。

太阳显得很疲劳，亮着一张枯黄的脸，冷冷地看着他们，带着一种神秘的嘲讽。风飒飒地刮过来，铺开一片深秋的寒意。在一个小山岗子下，有一块卧倒的残碑，上面刻着密密麻麻的谁也不认识的篆字。

"他娘的，钻了三天，也没钻出这个鬼窝！"

周启林低低地骂了一句，骂得很压抑，只有他一个人听得清楚，心火烈腾腾地冲到喉咙口，又拼命地咽了下去。

因为离他几步远的地方，站着一个面色白皙的年轻人，个子单瘦，鼻梁上架一副白框子眼镜，肩背一只帆布工作袋，痴痴呆呆的。和他在一起，周启林感到气闷。要不是当初森林局的领导跟周启林讲了几箩筐的好话，他决不愿出这趟差！

三天之中，他们第二次来到这儿，也就是说，他们转了一个大圈，又回到了原地。有人说，当行走没有既定的目标时，由于右脚迈动的跨度总比左脚长，所以人是沿着一条弧线前进的，那么，回到原地是难免的了。

三天来，他们几乎没有吃过一点正经的东西，饿了就是喝水，喝得肚子发胀。已经到了深秋，山野间的野果早已落尽了，比如说乌亮乌亮的"洋桃饭"，鲜红鲜红的"将军籽"，全没有了。他们迷路迷得不是时候。为了减轻行走的负担，帐篷、行军锅全丢弃了——留着也没有用。

周启林有一肚子火要对这个书呆子发：你读了研究生，为什么偏偏要分到我们局里来？分来了不安分，为什么偏偏要赶在这时候到这个鬼地方来搞森林考察？既然进了山，为什么在一个悬崖上去采集标本时，把一个皮囊掉进了深谷？那皮囊里有指北针，有火柴，有地图，有压缩饼干和罐头，有……他娘的，反正是什么都有。而现在是什么也没有了。除了自己肩上背的尼龙睡袋和一支枪，口袋里还有一盒"白沙"香烟，和一盒火柴——里面只有一根了。

周启林下意识地摸了摸口袋，然后，古怪地打量着他的同行：一个蛀书虫！一个窝囊废！你倒好，别的都掉了，偏偏你那个鬼帆布工作袋没有掉，里面全是一些没有用的树皮啦、树叶啦、笔记本啦，还有他娘的几本书！周启林恨不得擂他几拳。你居然还叫"卓吾"，只能叫"蠢吾"！老子在山林里钻到五十多岁了，从没有塌过场。当初不叫你背这个皮囊，你称雄，一定要背。这下子好，我一跟头栽到你小子手上，往后还做不做人！

卓吾虽说饿得东倒西歪，倒还是像没事一样。他把眼镜往上推了推，对着夕阳出神地看。忽而莫名其妙笑了，大概是看出了什么妙处，鸡屎蠓子（知识分子）总是这样，什么玩意到了他们手里，就变得有滋有味，臭美！

周启林终于忍不住，一把扯下扎头的头巾，揩了把虚汗，几个纵步跳到卓吾的跟前，手一劈："还看鸟！我们——迷——

路——了！"

"迷路了。"卓吾淡淡地说，好像迷路是别人的事，与他无关。

好吧。你没事一样，过下子你就会哭了。没有东西吃，枪里的子弹也不多了，碰见了野兽——即使不碰见野兽，假如五天之内走不出去，饿也要饿死。当然要算因公殉职，几个花圈、一篇祭文，打发我们去"西天"。周启林气得有些糊涂了。眼前这个书呆子，再讲也是白讲，他只晓得标本、标本，除此之外，什么也不明白！

落日的余晖，最后灿烂地亮了一下，急速地熄灭了。浓重的烟霭升起来，稠稠地漫开去，可怕的夜来临了。来得真快。远处不时地传来狼的嗥叫声，空气惊恐地颤抖着。

"周师傅，你看怎么办？"

"怎么办？我不晓得！你翻一下书本，看有什么办法没有。"

卓吾搓着手，可怜巴巴地望着周启林。

周启林从肩上摘下"半自动"，努力睁大眼睛往四周看了看。在附近的一个小山丘上，隐隐约约现出一座破败的山神庙。也不知道是哪个朝代的遗物。好多年前这地方是有人烟的，但是现在没有。现在只有风声、狼嗥声，只有茅草、树棵子，只有无边的寂寞。

"跟我来！"

周启林吼了一声，吼得惊天动地，吼得卓吾打了一个冷噤。

朦朦胧胧中，周启林领着卓吾沿一条铺满茅草的小路，往山上慢慢攀去。路虽不很陡，但他们走起来却相当费力。

"来，扯住我的衣。你这书硬是读不得，读得人一点力气也没有，走几步路就出气不匀！"周师傅一边骂，一边呼呼地吐粗气。他觉得恶心，一身酸痛，胸口像压着一块铁板。

卓吾顺从地扯住周启林衣的后摆，一步一步往上摸。他近视得实在厉害，加上饿，眼前一片模糊，什么也看不清楚。在大学里，他的功课是很不错的。因为他太用功，常常在寝室熄灯后，还捻亮手电在被子里看书。眼睛对得起书，书可就对不起他的眼睛——一只零点一，一只零点零一。

"抓紧些，蠢猪！"

周启林又吼了一声。

卓吾不作声，任周启林去骂。他不敢回嘴，一切都只怪自己，如果不把那只皮囊掉了，也不会落到这步田地。

走了一截路，离山顶不远了。周启林甩开卓吾扯衣的手，说："怕是碰到'岔路神'了，他娘的，让我来丑她一盘。"

说着，就拉开裤子，朝天撒起尿来，边撒边骂："'岔路神'呃'岔路神'，你若怕丑就躲开些，不怕丑老子就不客气了。"

撒完了尿，他又"扑通"一声对着山顶的庙跪下，咕咕哝哝念起什么符咒来："天灵灵，地灵灵，天地一混沌。土地爷，老山神，指点迷途出山林……"然后虔诚地磕了几个头。

他相信这个！"岔路神"传说是异性，怕丑自然会躲开，那就万事大吉。

卓吾忍不住笑了。

"笑死！你懂什么？这是山里的规矩！"

周启林恶狠狠地对卓吾说，卓吾立刻不敢笑了。

他们终于来到了山神庙前。

夜色立刻把四周笼罩住了。依稀可辨的山神庙又小又破，有一扇墙已经塌了一半，庙里空无一物，幸好有顶，可以避一避夜来的苦霜。

　　周启林把卓吾牵到庙里坐下，然后就匆匆地出去了。不一会，抱来了一大捆干茅草，很细心地铺好；解开睡袋包，扔一个给卓吾，自己身边放一个。

　　"书呆子，睡到上面去，看软不软和？"

　　卓吾像个听话的孩子，坐到茅草上，又松又软，舒服得很。

　　"蛮好！蛮好！"

　　"不好才怪！沙发几时有这样软和？你坐好，我到附近去灌壶水来，晚餐是没办法开了，喝点水好睡觉。"

　　说完，拎起一只水壶，山猫子一样蹿出了小庙。

　　脚步声渐渐远去，所有的冷清全向卓吾袭来。他有些怕。周师傅在身边时，不管他怎么骂、怎么吼，他都觉得温暖。一个怪人。他想。

　　这些天来，跟着周师傅到处转，又是别扭又是有味。

　　周师傅是看不起他的，他深深地感觉到了。看到一棵树，他就要讲出它的属科，量一量它的径围，周师傅就会露出一种古怪的笑容。是公的？还是母的？会不会生崽？周师傅刻薄地问。他只好尴尬地笑一下，不作声。眼下，周师傅这人有情绪，这情绪当然不是针对他一个人的。但他从心底里认为周师傅是个挺好的人，尽管有情绪，依旧把他所安排的活计做得让你挑不出半点毛病。

　　眼下，迷路了，周师傅心里火烧火燎地急，可还得细心地照料自己，还得装出很有信心、很有力气的样子忙这忙那。

　　先些天的一个傍晚，周师傅打了一只野兔子，一边剥皮，一边说："卓吾，领导要我好好照料你，我老周一颗心时刻吊在喉咙眼里，生怕出事哩。今晚请你吃野兔子肉，吃了有劲。我的崽都没有享过这样的福，老子不耐烦服侍他。"

篝火熊熊地烧着，周师傅用一根削尖的棍子，叉着剥了皮的野兔子在火上烤，烤得金黄透亮，香气挑逗地漫向四野。烤好了，用刀子切成一坨一坨的。再摆上小碟子，放进一把盐。

兔肉烤得真香真鲜，卓吾觉得平生从没尝过这样好的野味。

一想到野兔子肉的美味，卓吾的涎水都下来了，肚子也咕咚咕咚响起来。他实在太饿了。几天来，一粒米也没有咽下去，肠子痛得打结，头晕晕沉沉的。他又想到了周师傅，他一定也很饿，上山、下山来回跑，年纪又比自己大得多。他恨自己没有出息，一个文弱书生，到了山林里竟什么也施展不开。

那只皮囊是怎么掉下去的？卓吾想。在一座悬崖边，他发现了一棵从来没有见过的树，叶子是紫蓝色的，树皮褐里透红，整个树形如一条挣扎着欲腾空而起的虬龙。他好喜欢啊，一口气跑上去了，到了树边，把皮囊随手一甩，皮囊一个滚子滑到深谷里去了。至今为止，他还没有弄清那棵树叫什么名字。是一棵非常珍贵的还没有被发现的树？或者只是一棵普普通通的树而已，是他产生了幻觉？他问过周师傅，周师傅也说没见过。

脚步声七零八落地响到庙里来——卓吾从脚步声中，感觉到周师傅已经非常疲劳了，他从来走路都是很有劲势的。

"来，喝口水。饿了吧？"冰凉的水壶塞到卓吾的手上，他接过来，喝了个痛快。水，从口里灌下去，甜甜地流过食道，一直哗哗地淌到心上，真够舒服的。

"睡吧。"周启林懒懒地说。

周启林抖抖索索从口袋里摸出烟盒，抽出一支叼在嘴上，然后又小心地寻出火柴。手指刚捏住火柴准备划时，又猛地停住了。

"周师傅，你吸吧，我不怕闻烟味。"卓吾劝道。因为他闻不得烟味，周师傅每次吸烟都躲到一边去。

"你以为我是怕呛了你？只有一根火柴了，你晓不晓得？留下作正用。"

周启林说得有气无力，眼睁睁地望着烟，却不能吸，对于一个老烟鬼，这种煎熬实在是太残酷了。

卓吾鼻子酸酸的，差点儿掉下泪来。

周启林忽然把烟卷纸儿扯开，抓起两撮，分别塞在两个鼻孔里。

"啊——嚏！"

周启林痛痛快快地打了几个喷嚏，精神似乎好了不少。黑暗中，有几点涕沫溅到卓吾的脸上，他没有去擦。他感到一种满足，仿佛自己也过了一下烟瘾。

周启林躺下。卓吾躺下了。一人睡一头，各人钻各人的睡袋，挨得紧紧的。秋夜的山中，气温急骤地下降，彼此可以感受到一种十分温馨的气息在交流。

但是谁也睡不着。饿。

庙的一面墙坍塌了，使内外依旧连成一个世界，同样的寂寞，同样的寒冷。天上升起一弯淡淡的月亮，有几粒星子在夜的深处闪亮。风冷飕飕地吹来，下霜了。

"卓吾，冷不冷？"

"不冷。就是有点饿。"

"我有一个好办法，饿了你就想一想平生吃过的好菜。那一年，我到省里去开劳模会，餐餐是好东西，海参席，拔丝苹果，还有麻婆豆腐，又麻又辣，好口福！"

"不对，不对。周师傅，你到省里开会，主要是吃'湘

116

菜'，麻婆豆腐是'川菜'，怎么会有？"卓吾忍不住反驳起周师傅来。

周师傅居然没有发脾气，只有一片粗重的鼾声，如滚雷般响起。他太累了。

卓吾过了许久许久才睡着。

到天明时，卓吾昏昏地睁开眼：周师傅不见了。按照原定计划，他们必须在今天十二点之前返回到一个森林观测站去。森林观测站在哪儿，全弄不明白了，没有地图，没有指北针。这是个极荒芜的地方，简直是个魔宫，神秘难测！卓吾骂了一句。他忽然发现他的睡袋上，盖着周师傅的羽绒工作袄，怪不得昨夜觉得身上发热。早晨寒气重，周师傅就这么出去了，会要着凉的。

不远处传来一声枪响，闷闷的，准是周师傅放的。卓吾感到四肢无力，眼睛直冒金花。他终于尝到了饥饿的滋味。长到这么大，他从没有饿过。小时候读书，放学回到家里，妈妈还在做饭。他只要喊一声"饿了"，妈妈立刻塞给他几块蛋糕。每顿饭，爸爸妈妈争着给他夹菜，老逗引他多吃一些。吃完了，爸爸还要摸一摸他圆鼓鼓的肚子，才满意地点一点头。

周启林气喘吁吁地走进庙里，一手提枪，一手提着一只耷拉着翅膀的野鸡。那野鸡的翅膀上中了一枪，滴着血。

"起来！起来！吃了东西好去找路。"

卓吾连忙挣扎着起来。

周启林寻出一把雪亮的小猎刀，把野鸡搁在一块小青石板上。然后开始剖鸡，温温的血慢慢地渗出来。他用 个小口杯接住滴下的血，接了一阵，血才盖住了口杯底。

卓吾看见周师傅的手微微发抖，面色苍白，脸上的肌肉可怕地痉挛着。

"来，喝几口。"

卓吾吓了一大跳，这怎么喝？又腥又涩的。他长这么大，从没喝过鸡血。只有野人才这么生活。我不喝。

"来！还斯文什么？"

卓吾倔强起来。他可是读过大学的人。人有人的生活方式。饿死也不喝。

周师傅的脸扭曲着。一双眼闪出野性的光。兔崽子，这是什么时候，还这么臭美。我们得保住命。你还年轻，死了太可惜，国家培养你，票子花了几箩筐！你懂不懂？老子已经五十多岁了，死了倒没有什么可惜的。

卓吾惊恐地往后退，脚碰在睡袋上，仰面一跤，半天都爬不起来。

周启林一手抓着口杯，猛地逼上前，弯下腰，拼力吼道："你不喝，老子就捏死你！喝！"

吼完，一手托起卓吾的头，把口杯塞到他的嘴边，慢慢往下灌。

卓吾憋得一张脸铁青，强忍着喝了两口，就咬紧牙再也不肯喝了。

周启林放下他，仰脖把所剩的血喝干，又用舌头使劲地舔了舔杯沿，舔得呷呷响。

喝完了鸡血，周启林又用刀割下几块鸡肉，剁得碎碎的，抓着往口里塞，拼命往下咽。没有锅子，也没有盐，只能是这个吃法。生肉毕竟是太难吃了，咽了几下，咽不下去，只好"呸"地吐到地上。

卓吾望着他嘴边的肉屑血斑，胃直翻，总想呕吐，但到底没吐出来。

歇息了一阵，周启林说："得赶快走，趁着还有点力气，要不全他娘的完蛋！"

他艰难地穿好羽绒工作袄，把两个睡袋捆好，枪、卓吾的帆布工作袋，他一把揽过来，分挂在两个肩上。

他们跌跌撞撞朝山下走去。

毕竟胃里填塞了一点东西，身上也就有了些力气。但是每走一步都很费劲，摇摇晃晃如踩在棉花上一样。

太阳升起来了，又大又红。像一个巨大的红苹果。可惜不能吃。卓吾想。

往哪儿走？不知道，已经全无方向感了。走了多远？不知道。只知道先是直立着走，然后是匍匐着"走"——一步一步往前爬。

记忆中似乎走了很远很远的路。

太阳也走累了。从东边到西边，绕了一个圈。黄昏了。

他们爬到了那块篆字石碑前，把下巴搁在碑沿，再也爬不动了。他们挣扎了一天，其实不过移动了五六百米。

休息一下吧，卓吾。

嗯，该休息一下了，我们走得太久了。

卓吾，真对不起你，我这向导是怎么当的？他娘的真窝囊啊。

不怪你，周师傅，只怪我太粗心了。

四周太静了，而且一切都变得陌生，变得不可捉摸、不可思议，透现出一派神秘的气氛。他们互相用眼睛定定地望着。他们什么也没有说，是眼睛在"说"话，"说"得那样的多。

卓吾，这碑上是什么字，可惜我不认识，这辈子就吃亏在少读了书。

以前我见过这块碑，是以前？不，是早几天。我业余喜欢看书法之类的书，所以半懂不懂地识得几个篆字。这是一篇祈天的祷文，是讲人生命运的不可揣测，是讲……对大自然一种神秘力量的拜服。真有意思。大自然是神秘的。我们迷路了。一个山林通，一个大学生，居然迷路了！命运……

局里不会丢下我们不管的，中午没赶到观测站，他们会来寻找的。老局长是个好人。只是他们不知道我们在什么地方。卓吾，你有文化。你小子量一量径围，测一测树高，就能把一棵树的材积算出来。我就没办法。周启林叹了口气，眼泪汪汪的。

他一伸手，摸到了那支步枪。他记得里面还有三发子弹。他的心里猛地一亮。

他侧过脸，慈爱地抚了抚卓吾的头，像在抚摸自己的儿子。然后，抱着枪慢慢地爬开。是的，要爬开些，别吓了卓吾，他还是个孩子。我那儿子胆子就小，小时候放个"冲天炮"都不敢。周启林想。

离卓吾有十来步远了，周启林吃力地把枪托起来，让枪口朝天。枪颤抖着，这么沉，像一座山，好容易才把枪稳住了。他把手指按在扳机上，冰凉冰凉的。一咬牙，连续地按动扳机。

"砰！砰！砰！"

枪声真小，一点也不像平日那么炸亮，那么有威力。连耳朵都出毛病了？聋了？聋了可不得了，平生没什么爱好，就喜欢听几段花鼓戏。小刘海在茅棚别了娘亲，肩扛担往山林去走一程……蔡鸣凤在大街思前想后，思家乡想骨肉珠泪双流……《打铁》《讨学钱》《补锅》……花鼓戏有味，听不厌。耳朵没问题，我毕竟听见枪响了。如果附近有人在找我们的话，一定能够听见！卓吾千万不能出事。我老周好没出息啊。

他想吸一根烟。太想了。好像有一百年没有吸过烟了。在家里，老伴骂他是"烟筒子"，一天两包，吸起来可以不熄火，腾云驾雾，神仙一样。他摸到了烟，又摸到了火柴盒。盒子里只一根火柴了，一根！

一根火柴！他的心又一动。得想法爬到一个高坡上去，放他娘的一把火，烧得天红地亮的，只是要寻个空旷地段，不放把火，来找他们的人是看不见的。对，放火！

他忽然觉得周身被什么烧灼着，骨节间运上一股劲来。他爬回来，爬到石碑前。卓吾昏过去了。这孩子，骨架太嫩，经不得熬打。我还行，到底是老骨头，还有几成"钢火"。

他把睡袋包解开，把一个睡袋盖在卓吾身上，自己则抱了一个睡袋，挣扎着站起来，往山上走去。放火……烧红半边天……有文化的人稀罕……放火……这脑袋还真管用，什么东西都涌到眼前来。小时候，要有这么灵泛就好了，一定读得进书。一定会认得那碑上的字。不过，那时家里穷，读不起书。悔。

他走了几步，又倒下了；又站起来，走。死也要死到山上去，死之前，要把火烧得旺旺的。卓吾年轻。我虽不算老，可是没有用！他一步一步地挪到了山上，挪到了山神庙前，挪了多久，他不知道，人成了一架机器，发疯地蹿。他笑了。其实他根本就没笑出来，是一种感觉。反正他高兴。

他觉得自己已经不属于自己了，完全属于一种意念。这种意念就是：放火。他的行动完全听从这种意念的指挥。他神奇地完成着意念所传导给他的昭示。

他终于走进了破庙里。

他把庙里垫地的干草移到庙前的坪里。他把坪周围的一些树权枯柴码到干草一起。他掏出了火柴。

他一点力气也没有了，身子像一坨死铁，什么感觉也没有了，痛和饿，他全不知道。

一根火柴。就只一根。要是有两根就好了。一根。没有什么退路，一定要划着，一定要点燃草堆！

他伏在草堆前，一只手拿着火柴盒，一只手捏着这根火柴。他闭目养了一会儿神。他不相信世界上真有什么神灵，他拜土地、山神，骂"岔路神"，只是按照山里的规矩办事。但此刻，他希望真的有什么神灵，保佑他把火柴划着。阿弥陀佛！

他憋住气，然后，用火柴往磷片上划去。"唰！"一个火苗一跳，颤颤地、小心翼翼地亮得灿烂，如一朵红山茶花。他把火柴杆，轻轻地触近干草堆。"嘭！"干草堆抛出一个很大的光的弧圈。燃了！我点燃了！他大喊了一声。小时候，放鞭炮时我也这么嚷过。他把鸭绒睡袋吃力地拖过来，压在火堆上。

火烧得更旺了。

他看见火光抛向极远的地方，天地间一片辉煌，好看死了。他看见老局长慈祥地笑了，分明在说：老周呀，我把个活人交给你，你可得给我送回来，全局才这么几个宝贝，出了事，我找你算账！他看见许多人朝火光扑来了，他的老同事，他的老伴，他的儿子，他的儿媳……还有谁？他不认识。世界上的人太多了，他怎么会全认识？真遗憾。

他如同一个玩火的孩子，火使他兴奋。他记得好多年前，和小伙伴在野外烧"宝塔"，断砖垒的"宝塔"又高又大，里面塞满了干柴。夜来临了，点起火，噼噼啪啪地响，把砖都烧红了。天上有一个月亮，笑眯眯的。

他忽然发现火光弱了下来，啊呀，是干柴草棵快烧完了；睡袋早已化作了灰烬。他急了。

他想把衣服脱下来。羽绒工作袄又轻又干燥，一定好烧。可惜，他没有力气了，怎么也脱不下来。他觉得有些冷。心一横，把身子往前挪了挪，挨近了火堆。火又重新旺起来。

他很想吸烟，这时候不缺火，可是缺少力气，怎么也掏不出烟盒来，他气得只想骂娘。他还是一个劲地掏、掏。他的手根本就没有伸到口袋里去。好悔啊，有了火，又找不到烟。人一世，总有好多事安排得不入贴！娘的！秋天的夜是温暖的，热腾腾的。他觉得周围的寒气已不复存在，而是像三伏天一样热，热得叫人受不了。

卓吾，你睡一觉吧。你还年轻，你醒来时，一定是一个最亮最亮的早晨。老周对你不起哇……对不起……真的……

下半夜，森林局派出的小分队，迎着火光引导的方位，终于找到了这里。

周师傅已经死了，像块黑炭，静静地躺在灼热的灰烬上，一只手伸着，像路标指着山下石碑的方向。

卓吾没有死，他只是昏迷过去了。救醒时，他呜呜地哭了。

所有的步枪，悲怆地昂起头，枪声如泣，响过广袤的山野，传递着不息的回响……

户口

　　申由走出汽锤声渐渐稀落的锻造车间时，正是上午10:00。1968年的这个初秋的日子，阳光薄如金箔，而空气凉润如水。那些红红绿绿的标语、横幅密密麻麻地贴在厂区大道两边，上面写着"将无产阶级文化大革命进行到底""要斗私批修""抓革命，促生产"之类慷慨激昂的口号。

　　往常，他看到这些红红绿绿的东西，心上总会覆上一层阴恺和委屈，立刻联想到他两百里之外的乡下老家，还有那个"富农"的家庭成分，以至他在十年前招工到红旗机械厂时，猛一下就分配到了锻造车间，做一个乡下人称之为"铁匠"的人物，天天与汽锤与烟火相厮守，因这个成分这个工种又使他一直没有找到女朋友。尽管他的父母在他参加工作后，都相继病故。而和他同时进厂的方万，也是高中毕业，可出身好，一进厂就分到人事保卫科，坐办公室，喝茶读报纸，然后很快就有了女朋友。方万的女朋友是厂财务室的会计，叫田兰，比他大了整4岁，人瘦高，脸又窄长，样子没人敢恭维。但在这阳盛阴衰的重工业单位，田兰简直就是白雪公主，城市户口再加上一份坐办公室的工资，气焰上就比方万高出一长截，动不动就说："我们可以分开过，你这样的角色我闭着眼睛随便抓！"

申由散漫而潇洒地走向厂办公大楼，这一刻他的心情好极
了。两边的横幅标语，红红绿绿如同无数花朵和叶子，有如漫山
遍野光景如醉。按规定，现在还不是上午下班的时候，那要到准
12:00点。但现在确实没有多少人在上班，都"抓革命"去了，开
批判会，写大字报，头头们一个个被批得灰头土脸，谁也不敢以
生产来压制革命，只好听之任之。

但申由有一个原则，他这个出身绝对不能去参加什么"大批
判小组"和"揭批战斗队"，他照常上班，老老实实干点儿活，
然后早早下班，赚点儿时间而已。他心目中最大的任务，就是已
经30岁了，得赶快找一个女朋友，得赶快成一个家。人家方万已
经结婚4年了，都有了两个孩子。

他看到田兰时，觉得她更瘦了，像一根风中的芦苇，脸更
窄更长，如一把扁长的菜刀。可田兰的脾气却是见长，仿佛还是
一个身价赫赫的黄花闺女。方万告诉申由，夜里他有时想和田兰
亲热，田兰"嗯呀嗯"地半天也不同意，非得悄声地讲一箩筐好
话，才施舍似的松开抓住裤头的双手。方万咬牙切齿地说："她
把这事当作粮食和肉食的供应了，严格定量！"

能讲这种隐私的人，关系当然非同一般。申由和方万确实是
无话不谈的好朋友，拿现在的话讲，是铁哥们。他们是进厂后才
认识的，严格地说是到了厂篮球队之后。

红旗机械厂在这个工业城市株洲，并不怎么显眼，地点在
城郊，产品是拖拉机配件，人数不过近2000，但却有一支男子篮
球队闻名遐迩。方万是城里人，个头一米八，脸色白净，身材颀
长，曾是市中学篮球代表队的中锋。申由个头一米七八，粗壮如

铁塔，脸膛黝黑，虎背熊腰，是县中学代表队的主力后卫。

他们是被这个厂人事保卫科的负责人明察暗访后，再招进工厂的，并立即选入了球队。对于申由来说，不亚于天上掉下了一个馅饼，喜不自禁，什么条件也没说就来了。方万却知道自己的价值，有几个万人企业都表示了对他的欢迎，他有资格"待价而沽"，他便提出了不下车间当工人的要求，红旗机械厂毫不犹豫地应允了他。这个厂的球队原本就不错，再加上这两个主力，如虎添翼，风头更健。在他们加盟球队的1958年，全市正好举行职工男子篮球大赛，奇迹出现了，红旗机械厂从过去的排行老七，一下子跃居第二，只是输给了一家铁道部所管的万人大厂。

在这场争夺冠军赛的大战中，对方见方万连连得分，恨得牙根痒痒的。当方万三步切入投篮时，对方的"5号"，使出一个绊子，让方万凌空跌下，伤了脚，不得不一拐一拐下了场。这些都看在申由眼里，他在拿到球后，突然大步运球上篮，直朝对方的"5号"撞去。"5号"身板单瘦，居然迎上来拦截。申由是早有准备并憋足了一身力气的，当快接触到"5号"时，拼命向前一蹿，跳起投篮，在一刹那间，"5号"被撞出几米开外，仰面倒下后，身体迅速朝球架滑去，头"砰"地撞在球架上，立刻见了血。裁判哨子一响，判"5号"阻挡犯规！坐在球场边的方万惊大了一双眼睛，他知道申由在为他"报仇"，心里也就暖暖的。假如对方个子高大，而且有准备，申由也有负伤的可能。

不但方万觉得解气，红旗机械厂的职工也感到心里痛快，这些大厂总有一种蔑视小厂的气概，杀一杀他们的威风也好。这场球赛红旗机械厂仅以3分之差败北，但全厂上下比得了冠军还振奋人心！

申由和方万从此成了好朋友。

方万和田兰为申由介绍过好几个对象，有环卫处的工人，有商场的营业员，但都没成。她们看不中申由的理由有三：一是成分，二是工种，三是过于粗黑。也有一个例外，姑娘的脸上有几颗麻子，虽说答应了，但人挺牛气，申由却反过来没同意。他在那一刻想起了田兰，"十麻九怪"，将来日子更没法过了。于是，申由暗下决心，我不找城市姑娘，找一个乡下姑娘又如何？年轻一点，漂亮一点，老实一点，也不致太亏了自己。

申由走进了办公大楼，顺着木楼梯，重重地走到了三楼方万的办公室里。

方万正在看着一张套红的《人民日报》，听见脚步声，报纸依旧高高地遮住了脸，从报纸后传出不耐烦的声音："有什么事？"

申由哈哈一笑："我的副科长，打什么官腔？难道连我也要喊'报告'了？"

方万连忙放下报纸，说："进来了连哼都不哼一声！快坐，快坐。哎呀呀，也不去洗个澡，一身工装油晃晃的，这样子连头母猪都会吓跑的，活该还是打光棍。"

申由坐下来，说："石头也有翻身的一天，我申由也该成个家了。"

方万一愣，说："几时谈的？怎么没听你说过？"

"3天前定下的，是我师傅介绍的，一见面就定下了。"

"这么快！人漂亮吗？"

"说得过去，应该可用上'漂亮'二字。"

"年纪呢？"

"22岁。名字也好，叫杜若。"

"好呀，小了这么多，老牛吃嫩草，你什么时候摊上这份艳福了？"方万心里突然有些酸，脸上的肌肉扯了几扯，笑得有些不自然。

方万忙给申由泡了一杯茶，又问："她在哪个单位工作？"

"地球车间，翻泥巴的，是个农村户口。"

方万松了一口气，说："农村姑娘有什么不好？你也该知足了。"

"那是的。见面时，她家可有条件，第一，她要住到城里来；第二，将来要给她办个城市户口。我想好了，准备在厂子附近租两间农民的房子安顿她，这就算住到城里了。至于第二个条件，你们人事保卫科兼管申报户口的事，往后想请老兄多多帮忙。"

方万拍拍胸脯，说："只要我做得到，我肯定帮忙，你放心。"

他的心里却说这个事我恐怕帮不了忙。

在那个年代，有了城市户口，就意味着有了粮食、煤炭、食油、布票以及豆腐、南粉等物资的计划供应，就可以在城里参加工作。而要把一个农村户口转为城市户口，那简直比登天还难。工厂里有不少工人的家属都在农村，一年也办不了几个转城的户口。基本条件是有一方伤残了或长期卧床不起，失去独立生活的能力，才有可能享受这种待遇。当然此中也有"特殊"情况，用一连串的假证明做手脚，顺顺当当办成了事的，但那绝对是有"背景"的人。

申由走后，方万再无心看报，他想起申由所讲到的未来的妻子杜若，年轻恐怕不假，漂亮就未必可信，一个打铁的，整天看见的是黑乎乎的工件，那眼光好不到哪里去，说不定还是个残疾人，要不他怎么特意提出办理城市户口问题呢？方万用手指轻叩桌子，自言自语："申由呀，你又何必吹这个牛呢？能找个母的，就该满足了，没人笑话你！"

当年方万结婚时，申由领着一帮球队的哥们，为他打扫、粉刷、布置新房，为他的厨房打灶、砌水泥缸，忙了十几个夜晚。但这次申由要结婚了，却没有惊动球队的人，是锻造车间的一伙人去帮着收拾借租的那两间旧房子的。

这个"家"离工厂不远，环境蛮不错，一排竹篱围着几间杉皮瓦的房子，房子后面有几块菜土，竹篱门前面是一个不小的池塘，杨柳依依，碧波粼粼，时不时地有鱼跃水的声音传来。

申由之所以没惊动球队里的哥们，其实是怕惊动方万。他想：这些小事何必让方万费力气呢，将来办户口还要麻烦人家哩。但到了申由正式结婚的那一天，方万却主动找到申由，要跟着他这个新郎官一起去"接亲"，申由很感动地答应了。

申由的岳母家在离株洲市40里外的株洲县的乡下，厂里特别照顾，拨出了一辆货车，去接新娘和嫁妆。申由坐在驾驶室里，方万和另外三个男女青年站在货车车厢里。待到接回新娘后，就在那竹篱小院里摆上几桌酒席，厨师和招待员都是一帮锻工朋友。方万之所以要参加这次"接亲"活动，心理很微妙，他想尽早一睹那个杜若的风采！

汽车跑了一个多小时，就到杜若的家门口了。申由和大家都下了车，先是放起了爆竹，爆竹声中方万领头准备进门，门却突然关了，任他怎样喊也不开门。申由不慌不忙地从口袋里掏出几个红纸包封，每个包封里包着一两元钱，从门缝里塞进去，接着门就开了。方万心里说：乡下人，俗！

申由立刻去拜见厅堂里的岳父岳母，递过一只很大的包封，里面放着折合嫁妆的钱。方万连忙和大家抬进一个大食盒，里面放着有两桌酒席分量的鱼、肉、鸡、鸭、粉丝、香干、海带等原料。就在这时候，方万看见从里面房间走出一个年轻的女子来，个子高高挑挑，不胖也不瘦，白衬衣蓝长裤恰到好处地表现出了身上的线条；脸是杏子脸，白里透着红，眼亮、鼻高、嘴小，竟是绝色！方万惊得张开的嘴再也合不上去，想不到杜若不但不是残疾人，而且是个尤物，这个黑包公似的申由，居然有这等艳福。假若田兰站在杜若身边，那只会使人想起白天鹅和癞蛤蟆。

杜若走到了申由跟前，大大方方地说："从今天起，我就是你屋里的人了，我的城市户口你要尽快办，要不我嫁给你做什么？"

申由说："我的好朋友方万会帮我想办法的，你们放心。"

方万这才回过神来，是呀，田兰是城市户口，是拿工资的人，杜若怎么能比！

汽车往回开的时候，杜若坐在驾驶室里，申由和方万他们几个，分别站靠在车厢里的两边。杜若的嫁妆很可怜地摆在车厢的中央，两个红漆木箱、两床被子、一个脚盆、一个马桶。方万看着这些土里土气的东西，嘴角露出了一丝冷笑。

申由说："这对于她家来说，已经不容易了。方万，杜若的户口我就指望你了。"

"我会尽力的——当然困难重重。讨了这样漂亮的老婆，有没有户口无所谓。"

"不！她怎么就不能有一个城市户口呢？"

方万装模作样地点了点头。

临近中午的时候，汽车开回了申由的家。

院子里已经摆开几张借来的八仙桌，坐的多半是锻造车间和球队的人。

当爆竹轰响起来后，新郎新娘入了席，一大碗一大碗很粗糙的菜，飞快地摆到各个桌子上，廉价的谷酒倒满了一只只小瓷碗。

新郎新娘开始一桌一桌地敬酒，粗鲁的笑骂声此起彼伏。当他们走到方万这一桌时，先和所有的人同干了一碗，然后杜若又单独向方万敬酒。

"方大哥，我知道你是申由的好朋友，我单敬你一杯，以后请你多多关照。"

方万端起酒碗，痴痴地望着杜若。喝过酒的杜若，脸色艳若桃花，那双眼睛媚媚的，勾人。"谢谢你称我为大哥，这样漂亮的弟媳，我能不帮忙不关照吗？喝了！"

申由的嘴角扯了几扯，但没有作声。

方万直喝得踉踉跄跄，才由人扶了回去。

晚上方万没有来参加申由简单的结婚仪式，没有来闹洞房，他身上酒力未消，软软地躺在床上。

田兰说："人家结婚，你哪里这么大的兴头，好像是你当新郎官。一个乡下姑娘，值得你这么去捧场。"

"我们是好朋友。"

"朋友妻，不能欺，你莫哪里喝醉了酒，钻到人家的被窝里去了。"

"胡说。"

话一出口，方万的心一跳，浑身便火烧火燎的，好像真有那么一回事了。

一个星期过去了。

申由非常热情地邀请方万和田兰第二天到他家去玩，钓钓鱼，吃中饭。因为明天是星期天，秋高气爽的。

田兰说："谢谢你和杜若，明天——我要回爹妈家去，帮他们洗洗被子，让方万去吧，他爱钓鱼，老吹嘘自己是钓鱼高手，只是别空手而归。"

方万说："我的钓竿不行……"

申由说："我早给你备好了，还有钓饵，你只管来就是。"

第二天方万去了申由家，不过是临近中午的时候，骑着自行车去的。他当然想早点去，但田兰先让他陪着去了她娘家，让他帮着拆洗被子，然后才挥了挥手："去吧。"

方万一走进这个竹篱小院，就发现杜若是个既勤快又爱美的人，屋后几块荒了的菜土都翻挖了，栽上了翠绿的秋白菜；竹篱边栽上了不知从哪里挖来的牵牛花，叶蔓满满地攀在竹篱上，开着红色、蓝色、白色的花朵，像一只只小喇叭，向天吹着热烈的乐曲。

申由问："嫂夫人到这时候才放行？"

"有个老工人来家里，催问他家属的户口批下来了没有，田兰哪敢管我的事。"

"我们先喝酒吃饭，再去钓鱼好不好？"

"客随主便。"

杜若很快就把菜和谷酒摆上了桌子。一盆鱼头汤，一碟辣子炒猪头肉，一碗煮丝瓜，一碗炒豆角，还有两大碗谷酒。

"方大哥尝尝我的手艺。"

"好……一定好。"

3个人围桌而坐。

方万说："杜若怎么不喝酒？"

杜若脸一红，说："我和申由都喝酒，他这点工资就紧张了。我没有城市户口，每月还得买议价粮哩。你们好好喝吧！"

"申由呀，你夫人真是又贤惠又漂亮，你是哪辈子修来的福？"

申由说："谢谢你的夸奖。杜若天天催着我，这户口的事，你得帮我操点心。"

"没事、没事，你们打个报告来。"

杜若忙从口袋里掏出几张纸，说："我以申由的名义打了这个报告，你看行不行？"

方万接过来，仔仔细细读了一遍，说："行文漂亮，字也好，理由还很充分。杜若你什么时候得过子宫癌？孩子都没生呀。好，我先收着，再想办法递上去。这件事不容易，要有各种各样的证明。反正，报告要一次一次地递，让公安局留下印象，急了吃不得热汤圆，是不是？"

申由说："来，喝酒，这事全靠你了。"

他们很快把桌子上的菜和酒都吃光了，然后各持一根钓竿，到池塘边钓鱼去。

到日落时，方万只钓到1条斤把重的草鱼，申由却钓了5条。申由把他的鱼穿在方万的麻绳上，说："就说是你钓的，要不，田兰下次不会放老兄的假了，我知道你老丈人也很喜欢这一口。再说，我家里还有哩，我没事可以常来钓的。"

方万高兴极了。

"吃了晚饭再走吧。"

"不，先上田兰娘家去，赶上给老丈人做上几道鱼菜。"

夕光里，方万骑着自行车，飞快地走了，车幅一闪一闪，很亮。

一年过去了。

又一年过去了。

杜若的户口还是空中楼阁，可望而不可即。

方万倒是常到申由家来，吃饭、喝酒、钓鱼，每次都是满载而归。问到户口问题，方万总是说："报告递上去了，可惜没有回音。你们再打报告来，我负责往上递。"

申由说："杜若都等急了，连孩子都不肯怀，她说没有城市户口就坚决不能要孩子——生了孩子不过是个黑人！方万，我都32岁了，我们家是几代单传，申家不能绝后。"

方万笑了："耐心等等吧。再说杜若还年轻，这样好的土地，搁得再久也能生产出粮食来，你急什么？"

方万说这话的时候，心里有一种快感，球队里的哥们有的结婚了，有的还是光棍，整体上来说他有优越感，田兰还是个干部嘛。假如申由的老婆有了城市户口，就意味着可以参加工作，可以生孩子，那他就没有什么让人羡慕的了。何况，杜若他们并不符合政策要求，怎么解决户口问题？就这么拖着吧。

终于有一天，申由通过七弯八拐的关系，打听到了真实的消息：他的报告，方万一次也没有递上去过！在最初的愤怒之后，他平静地把这事告诉了杜若，再三嘱咐她要冷静，不要露出任何神色来，还说面包会有的，户口也会有的。杜若含着泪直点头。

照常打球，照常上班，照常聚餐，照常钓鱼。

1971年初春的一个星期天，天阴阴的，春寒虽薄，却依旧袭人。方万应约骑自行车到了申由家，准备好好地钓几尾金丝鲤。眼下正是鲤鱼产籽的时候，油炸鱼籽是一道很可口的菜。

迎接他的是满面春风的杜若，申由却不见人影。

杜若说："锻造车间一个退休工人昨天过世了，刚才来人请申由过去帮忙，要到午后两三点钟才能赶回来。他说，你先钓鱼，然后在这里吃午饭，你愿意吗？"

"愿意、愿意。这天好冷，冷飕飕的。"

"方大哥，我先给你斟碗酒，申由不在，我陪你喝，好吗？天冷，你把门关了吧。"

方万的心一热，忙去把门掩上了，说："好，先喝酒，暖暖身子。杜若，你结婚几年了，还像一个黄花闺女，而且……越来越好看了。"

"方大哥说笑话了，乡下女人哪比得城里女人。"

"你就比田兰强多了，真的。唉，申由的命比我好。"

杜若一块脸蓦地红了。忙转过身去，提来一壶酒，又拿了两个碗来，哗哗地倒上了酒。

"方大哥，我去炒两个菜来下酒？"

"别！有你陪着，这样喝酒就很好。"

"来，喝，方大哥。"

方万一仰脖子把酒干了，酒顺着喉咙灌下去，心上立即腾起一片熊熊火光，全身热得像块烧红的铁。

杜若也把酒喝光了，一双眸子亮亮的、润润的，像两潭春水。她瞟了方万一眼，说："我去换件衣服，热哩。"

说完，离开桌子朝室内走去，走到半道，又回头望了方万一眼，挺妖媚的。然后，才快步闪到内室里去。

　　方万似乎明白了那一眼的意思，便蹑手蹑脚地跟了上去。房门没有关，他看见杜若正好脱下外面的小夹袄，露出猩红的毛线衣。这一片红色在此刻使方万激动起来，就像西班牙斗牛士手中抖动的红布，逗引着公牛的情绪走向疯狂。方万猛冲上去，从后面抱住了杜若。杜若挣扎着，但不是很有力，口里说："方大哥，快松手，别让申由撞见了。"

　　"杜若，我想你几年了，今天总算有了机会。申由去办事了，一时半刻回不来。"方万边说边把杜若按倒在床上，然后急吼吼地解她的裤腰带。

　　"方大哥，千万别……别……"杜若气喘吁吁地说着，一块脸羞答答的。

　　裤腰带竟是一个死结，解不开。方万一时兴起，拼命地撕扯，终于把裤裆那个地方撕破了。"杜若，我要……我要！"

　　正在这时，方万忽听得后面大吼一声："方万，你这畜生，竟敢强奸我的老婆！我斩了你！"

　　方万松开手，一下子瘫软了，滑到床下。他看见申由手里拿着一把菜刀，一双眼睛正喷射出火焰。方万这才想起，大门是他掩上的，没有上栓，房门压根儿就没有关，申由进来竟没有半点动静！但申由怎么就回来了？他是半道上打了回转？还是压根儿就没有去，潜藏在附近？但再想也没有用了，活活地被申由抓住了"现场"。这分明是强奸未遂，一旦捅出去，是要坐牢的，那么他的前途他的家庭都完了。方万把脸转向申由，跪下了，说："申由，你……千万……要原谅我，千错万错都在我，我对不起朋友，我不是人。"

　　申由说："我们是多年的朋友，我不会告诉任何人，我说话算数。但是你必须把这个经过写下来，做出检讨，放在我这里保存。杜若，拿纸笔来！"

杜若很快地拿来了纸笔。方万说："你要这个做什么？"

"做什么？让你有个警醒，免得再犯同样的错误！起来，坐到茶几边去写。杜若，你去炒几个菜，他写完了，我们还是朋友。"

方万只好坐到茶几边去，老老实实地写了好几页纸，然后落下了自己的名字。当他把检讨书交给申由时，突然有了一种上当受辱的感觉。他只想尽快离开这个地方，心里恨恨地说：我他妈的吃错了药，居然一跟头栽在申由手上！

申由收好检讨书后，说："我们还是好朋友，喝酒去。"

"申由，你真的不会告诉别人？"

"不会，你放心。"

方万在这一刹那间，顿生感激之情，几乎要流下泪来。

他们坐到桌子边，菜和酒早摆好了。杜若却不在，她躲开了。

"来，方万，喝了这碗酒！"

"谢谢，喝！"

两只碗沉重地一碰，然后干了个底朝天。

"方万，这一份检讨书，我会尽快还给你。我还是托你帮忙，杜若的城市户口你要想办法。一旦事情办好了，我会把检讨书完璧归赵，你看如何？"

"你放心，我绝对尽力，我不能不尽力！"喝过了酒后，申由去水缸里捞出几条金丝鲤鱼，用一个尼龙网袋装着，递给了方万。方万接过鱼，匆匆忙忙地走了，像一个丧魂落魄的逃兵。

杜若的城市户口是在一年后，也就是1972年春天办好的。为了这件事，方万可说是费尽了心机。他先是向厂领导游说，反复宣传球队不能没有申由这个主力后卫，而他因爱人的户口问题，准备调到一个欢迎他加盟的大厂球队去，那个厂的领导保证办好杜若的户口。机械厂的领导急了，对方万暗示，只要能办好杜若的户口，什么方法都可以采用。于是，方万通过种种关系，替杜若在一家医院弄到了身患癌症的证明，又去居委会、派出所、公安局打通关节。

那些日子，方万睡不安寝，食不甘味，连田兰都感到奇怪，他怎么对杜若的户口格外热心，是不是占人家什么便宜了？因此常拿这事在夜深人静时和方万较劲，连"定量供应"也不保证了，干脆闭关自守，一点通融的意思也没有。方万觉得自己很窝囊，简直就是老鼠进风箱，两头受气。

当杜若户口办好的那一天，申由很守信地把检讨书交还给了方万。方万接过检讨书，划着火柴把它烧成一堆灰烬。当最后一点火光消逝后，方万突然对申由说："我们的友谊从此一刀两断，我们只是球场上的球友，为了这个厂的荣誉，我们不能在球场上闹别扭。"说完，大步流星地走了，连头也不回。

申由望着他的背影，长长地叹了一口气，眼里流出了泪水……

薄胎瓷、青铜鼎和一个女人的故事

　　夜色渐渐地深了，窗外的玉兰花香却似乎越来越浓。这个社区叫玉兰小区，可说是名副其实，大道两旁楼房四周到处栽种着高大的玉兰树，眼下正是初夏，洁白如玉的花朵，非常饱满地缀在枝杈间，喷吐着清雅的香气。

　　马丹装着很随意的样子，仰头看了看墙壁上的大挂钟，快十一点了！可这个初中时代的老同学夏侯尊，却似乎忘记了时间的流动，一点也没有要告辞的意思。她当然不能催客人走，人家是第一次上门，来祝贺她一星期后的百年之好，还送来一只极有分量的青铜鼎，虽说是他们博物馆监制的仿品，但做得十分精美，标价一千元整。据夏侯尊说，这是仿商周时的后母戊鼎，当然形制要小得多，真正的后母戊鼎，重八百多公斤。

　　马丹和夏侯尊好多年都没有联系了。初中毕业后，马丹考入一所中等师范学校，尔后分到一家幼儿园当幼师，整天和娃娃们嘻嘻哈哈地混在一起，因此人显得格外年轻。而夏侯尊却继续读高中，再考入一所大学的考古系，念完本科又念研究生，然后来到本市的博物馆做研究工作。十天前，他们在街上偶然碰到了。当时马丹正好从一家商场出来，手上提着许多东西，床单啦，被面啦，衣服啦。听见有人叫她，忙转过脸，稍稍迟疑了一下，便立刻兴奋地喊出了"夏侯尊"这三个字。

夏侯尊高高瘦瘦，脸色很白皙，戴着一副白框眼镜，手上提着一网兜的方便面，胁下夹着几本书，很潇洒也很文雅。

他们站在街边的一棵梧桐树下，亲亲热热地聊了好一阵各自的情况，似乎并非久疏问候。算一算年纪，都应该是二十九岁了，但马丹说她入学早，今年还不到二十八岁。夏侯尊奇怪地笑了笑，在这一刻他想起了电视中的一则化妆品广告语：去年二十，今年十八！

"马丹，你买这么多东西干什么？"

马丹的脸红了，说："我要结婚了哩。"

"哦。新房安在哪里？"

"玉兰小区八栋中门六楼六〇三号。"

"先生也是搞教育的？"

"不。在市一医院化验室工作。有时间欢迎你来玩。"

"好的。好的。"

彼此挥挥手，像鱼一样，游入人流中去。

马丹没想到夏侯尊今晚八点钟的时候，按响了她家的门铃。打开门，夏侯尊礼貌地说："马丹，不速之客前来贺喜，请多原谅。"

"快进来吧。我家先生又没在家，老同学了，这么客气做什么？"

夏侯尊这才走了进来，先送上一只青铜鼎，说："在商周时代，鼎是国之重器，摆在新房里，也算个稀罕物。"

马丹双手接过来，挺沉，忙说："谢谢。"

夏侯尊手上还提着一个大网兜。里面放着书和衣服。

他说他从馆里的食堂吃过晚饭，提了这些书，准备到父母家去躲些日子，好把一篇论文写完。馆里的单身宿舍虽然安静，可总有人来找，烦死了。鼎是下午在工艺部买好的，顺便把它送来，要不新房里就没有这只鼎的位置了。

马丹觉得夏侯尊挺有幽默感的，不由得哈哈大笑起来。

"夏侯尊，快放下书，歇一歇。你看这套房子怎么样？两室一厅，再加厨房和卫生间兼洗漱室，花了十来万元。还有客厅里博物架上的那些工艺瓷，都是我那位置办的，你看看！"

夏侯尊放下网兜，说："房子不错，好像装修好了不少日子，也就是说，你们在这里已经过了一段小日子了。"

马丹的脸蓦地红了。

"那些瓷器一看就知道是新瓷，而且是景德镇出产的薄胎瓷，轻飘飘的。你先生喜欢薄胎瓷？"

"大概是吧。他喜欢白、洁、薄的东西。"

"那是他搞化验，看多了各种各样细菌的原因，觉得薄胎瓷可以给他一个干净的印象。我想，他应该有某种洁癖。"

马丹愣了一下，忙引开他的话头，说；"快坐下，我给你沏茶，只是没有烟，因为他不抽烟。"

"我的网兜里夹带着两条烟，准备回家抽的。你不用张罗什么了。"

茶沏好了，挺香。

他们坐在相对的两把沙发上开始聊天，聊初中同学之间的趣事，聊任课老师的喜好。马丹忽然问夏侯尊，那时你对我的印象怎么样？夏侯尊说当然是很好，要不怎么街上一碰面就毫不犹豫地断定是你！马丹觉得心里甜丝丝的，又问你后来就没想到要找找我？夏侯尊说，读本科读研究生，参加工作直到现在，满脑袋是鼎、尊、爵、镜、罐、瓶、碗、盘，别的什么也没有了。马丹兀的有了一点怅惘，淡淡的……

马丹有些夸张地再次把头仰起来，久久地望着墙上的大挂钟。这个动作终于引起了夏侯尊的注意，低头看了看腕子上的手表，忙抱歉地说："马丹，对不起，我该走了。"

"夏侯尊，请你那天来参加我的婚礼，好吗？"

"一定来，一定来，我很想一睹你家先生的风采。'生不愿封万户侯，但愿一识韩荆州'。哈哈。"

马丹松了一口气。她想，再过半个多小时，司马威该从医院回来了，他不喜欢家里来客人，对于每一个留下的脚印都怀疑带着某种病菌，必须用拖把擦了又擦；而他回来视为最重要的事就是匆匆忙忙去洗澡、换衣，恨不得把每个汗毛孔都清洗得干干净净；从恋爱到睡在一张床上，他从不和她接吻，更谈不上面对面地"咬舌子"了，他觉得接吻是最不卫生的一种行为。

夏侯尊提起了那一网兜书。他真的没想到，坐了这么长的时间。

就在这时候，楼外的空坪上传来无线电喇叭的喊话声："八栋的全体居民请注意，现在通报一个紧急情况：二楼的一户人家有高烧病人送到医院，经检查系'非典'病人。因此，八栋被定为隔离区。所有居民从此时起，请待在自己家里，不准随便串门，不准外出，所需物品有专人上门登记和分发。外面的亲朋好友，一律不准进入隔离区。隔离时间为十四天。"

紧急通知播了一遍又一遍。

马丹急得跳了起来，说："怎么办？怎么办？夏侯尊呀，你怎么就要今晚来呢？你怎么就不会早点离开这里呢？"

夏侯尊说："我这就下楼去，我不能待在这里，我得去我父母家赶写这篇论文。"

马丹一把拉住他，说："书呆子，还想什么论文的事。早几天报上说本市已出现'非典'病人，没想到我们这楼也有了。你这时候出去也会被堵回来，还是坐下来等消息，说不定那个病人是误诊呢？"

夏侯尊丧气地跌坐在沙发里，说："马丹，我真的不该来。一男一女，被囚禁在这里，而且是十四天，你先生知道了怎么办？人家知道了会怎么说？唉。"

马丹又气又好笑，说："我不急你倒急了？假惺惺的！过下子我先生打电话来，我就告诉他：一个初中时的男同学来送礼，被困在这里了，要同吃同住十四天！别看他叫司马威，在我面前乖着哩。我倒要防着你，谁知道你会不会想入非非？"

夏侯尊说："马丹，你可以放一万个心，我夏侯尊决无此念。"

马丹说："男人都是这样信誓旦旦的。"

夏侯尊只好苦笑了一下。

马丹觉得这个事件来得挺突然，也挺浪漫，真的像电影或电视的开头，下面的故事一定会更有趣。她想让司马威真正地暴怒起来，看看他的醋劲到底有多大，这对他来说也是一次难得的考验。她还想看看这个念了许多书的夏侯尊，对她会有什么奇特的反应。她当然可以把住自己守身如玉，仍会把一个完整的"我"交还给司马威。

马丹的手机焦躁地响了起来。

"喂，我是马丹。哦，是司马威呀。什么？你在楼外，进不了警戒区，要我转到前面的窗口去，让你看看。你看得见吗？别费事了。有个情况要告诉你，家里来了个送礼的同学，对，是男的，聊了一阵天，现在出不去了。他当然想出去呀，可没法子出去……"

夏侯尊目光盯着马丹，很佩服这女人的勇气，她就这么说了！而且脸上红通通的，笑得很灿烂。他尖起耳朵，听马丹怎么往下说。

"放心吧。一男一女，又怎么样？我知道。他是个书呆子，走路都一晃三摇的，他能把我怎么样？什么？你还是不放心，让我把手机时刻开着，你要随时检查，行，这个条件我可以答应你。就这样了。你回你父母家去睡吧，路上小心啊。还有什么要交代的？来人上门登记时，让他躲着，说家里只一个人，免得邻居听说了，七嘴八舌的。好，我记住了。再见！"

打完了电话，马丹对着夏侯尊翘了翘嘴角，显得很满足。

门铃急促地响了。

马丹轻声说："夏侯尊，请你到室内去避一下。"

夏侯尊把头昂了昂，一动也不动。

马丹真急了，低声恳求："你避一避吧，司马威他很要面子，求求你了。"

夏侯尊提起网兜，避入客厅旁的一间房，并随手把门关上了。

马丹忙去把大门打开，进来的两个人，穿得一身白，脸上戴着大口罩，只露出两只眼睛，看不出年纪大小，只知道是一男一女。他们送来了口罩、体温计、药棉签、消毒剂、喷壶，还有一篮子的面条、用塑料袋封好的净菜以及几包点心。他们详细地告诉马丹一天测几次体温，而且要有记录，如有反常情况，马上打电话报告；厨房、卫生间如何按时消毒；窗子要经常打开，通风可以杀死'非典'病菌。末了，问她还需要哪些生活用品，并做了记录，然后，就匆匆走了。

马丹突然喊道："夏侯尊，你出来！"

夏侯尊把门打开，说；"这时候你神气了？我看你们都很虚伪，敢当着人说家里还有一个人吗？这个人就是博物馆的副研究员夏侯尊！"

马丹本想为刚才哀求夏侯尊的避让而发一通脾气，没想到他倒先发制人了，而且一语中的，用上了"虚伪"二字！她只得把要说的话硬硬地咽了下去，浮出一脸的笑，说："你就睡这间房，里面有一个单人床，还有桌子和凳子。这是司马威平时睡的。过会儿，我给你找一套洗漱用具。你可要注意卫生，别弄脏了他的东西。"

夏侯尊冷笑道："也不知道那床上有病菌没有？"

"屁话。他除了觉得自己干净外，别的人都是不洁的。"

"也包括你吗？"

马丹鼻子里"哼"了一声。

待他们洗漱完毕，走进各自的卧室，已是凌晨一点多钟了。

马丹觉得这一切像一个梦境，她的隔壁就住着她初中的男同学，而且要在一起生活十四天，这个人不但迂阔，居然还挺有性格。她惬意地躺在床上，只穿一条三角裤和一件小衣，盖着一床薄薄的线毯，久久难以入睡，在司马威上晚班时，下了班回到家里，洗浴后，也正是这个时候。

他们的结婚证打了好几个月了，只是没有办酒席和举行仪式。打了证明当然就睡在一起了，他们确实精力旺盛，美好的事几乎每晚都要做，当激情上来时，司马威必会将一条大白毛巾覆在她的胸腹上，然后才小心地伏到她的身上去，她知道司马威的意思，似乎这样做很干净很卫生。接下来是非常有节制的动作，即便是做爱，他也非常爱惜自己的身体。在完事后，马丹很渴望司马威的抚慰，以平息最后的波澜，但他却再次去了洗漱间，把水弄得哗哗直响，洗浴完了就一头扎进隔壁的卧室，把她活生生地扔在这里了。马丹掀开白线毯，下意识地扯过放在枕头下的大白毛巾，覆到自己的胸腹上，眯起眼睛，似乎在等待一种重量。

放在枕头边的手机响了。一接，又是司马威打来的。

"是我。我没睡着，正想着你。他住哪里？当然住你的那一间。什么？不卫生？难道叫他睡到我这里来？真是！好了，你睡吧，我累了，谁让你早不办喜事晚不办喜事，偏偏这时候办喜事，就怨你！再见！"

这一夜，马丹就没怎么睡好，司马威几乎每隔一个小时打一个电话来，她知道他在担心什么。尽管眼皮沉重，又怨又恼，但她心里还是暖融融的。她用手揉着那条白毛巾，想起了司马威的洁癖，有时觉得真的难以忍受，有时又认为在某些事情上不失为一个优点，比如他自己的衣服绝对自己浆洗，比如只要他在家，地板必亲自擦洗，饭菜必亲自动手烹饪。何况她也算是老姑娘了，能碰上刚满三十岁的司马威，还有一个收入不错的职业，也算是一种缘分。世界上哪有十全十美的男人呢？

五点多钟，天就亮了。

马丹朦朦胧胧中，听见隔壁有低低的读书声，立刻惊醒过来了。细听原来是夏侯尊的声音，他在读一本什么古书，夹杂着许多"之乎者也"，酸！也不知道睡个懒觉，这个书呆子！她用拳头擂了擂墙壁，发出一个警告，隔壁的声音戛然而止。夏侯尊呀，你应该明白这是在别人的家里，你该管束好自己的行为。马丹把眼睛一闭，又睡了过去。

马丹一觉睡到九点多钟，才慵懒地起床穿衣，然后去洗漱、梳头。她发现夏侯尊的房门关着，一点响动也没有。这个书呆子，还在睡，难道一点也不饿？马丹终于忍不住去敲了敲门。

"谁？"

"还有谁，马丹！"

"请进。"

马丹用手一推，门开了，里面并没有锁。只见夏侯尊端坐在书桌前，手里握着一支笔在写着什么；那一大网兜的书，已经一本本地摊开在挨着桌子的床铺上。他倒心宽，把这里当成他的书房，作古正经地做他的研究工作了。

"喂。你不吃早饭了？"

"我不会做。"

"你平常在单位怎么办？"

"吃食堂。没赶上，就在宿舍里泡方便面吃。"

夏侯尊连头也不回，气得马丹直翻白眼。

平常是司马威伺候马丹，现在要轮到她伺候夏侯尊了，她觉得很委屈。委屈归委屈，毕竟夏侯尊是客人，哪有客人给主人做饭菜的。马丹只好去了厨房，早餐容易对付，下面！给书呆子这碗多放些盐，谁让他坐享其成。

面做好了，端上桌子，马丹喊了好几遍，夏侯尊才走出房间。

"你尝尝，味道怎么样？"

"谢谢。"

夏侯尊津津有味地吃起来，边吃边啧啧称赞："味道不错，没想到马丹你这么能干。"

马丹没法子幸灾乐祸了，这书呆子压根儿就品不出咸淡！

"马丹，昨夜你的手机老响，你那位可真行，手机不是摄像机，他这不是白白浪费手机费？"

"这说明你也没睡啊，你想什么了？"马丹嘴角叼起讥讽的笑。

"我是没怎么睡。我在想，十四天可不能白耗，那就构想论文吧，争取在这里写完它，这叫随遇而安。"

马丹一下子噎住了，再不好说什么。

用完早餐，马丹说："你不能光吃不做，你负责洗碗吧。"

"行。不过，三顿饭的碗，我一起洗，这样不耽误时间。"

马丹只好说："好吧。我得打电话向单位请假，没法子上班了。你呢？"

"我为写论文早请假了，没人管我。再见，我忙去了。"

这时候，马丹的手机又响了。

马丹好像对面就站着司马威，苦着一张脸，说："我起床了。谁做的早餐？我呀。他什么也不会，一个白痴。我真的很想你，做一顿饭就把我累死了。要是你昨夜在这里，我们可以好好在一起待十四天，那有多好。他在做什么？他关起门在写他的论文。当然不是情书，他大概还不知道情书怎么写，这一点你比他强。"

第一个长长的白天，马丹就感到了一种难耐的寂寞和无聊，身边没有成群的娃娃，没有因上晚班而白天休闲在家的司马威。

这一天她只接了司马威打来的几个电话，做了三顿饭，测了三次体温并做了记录，其余的时间，或在客厅里呆坐着看电视，或关上门在床上睡觉。

她这才知道，时间对于她来说，是何等的宽裕。她没有什么别的爱好，从参加工作起，除了上班，就是和女伴们玩，比如，看电影，唱卡拉OK，或者打几圈麻将，心里想的也就是找一个条件比较好的丈夫，将来过甜甜蜜蜜的小日子。司马威在这一点上，和她很投机，要不怎么会一见钟情。而夏侯尊大概永远会觉得时间不够用，他有他的志向，想做一番事业，至今连女朋友都没有找。

马丹观察到夏侯尊除了吃三顿饭和上卫生间，不得不走出来外，可以把自己牢牢地关在房间里。以此类推，他平日的生活形态，大概也是这个样子，这种苦她马丹是绝对忍受不了的。

晚饭后，夏侯尊在厨房里笨手笨脚地洗所有用过的碗筷时，把一个薄胎小饭碗打碎了。

听到破碎的声音，马丹跑到厨房的门口，问："你怎么了？"

"这该死的薄胎瓷，太没分量，手一滑就掉到地上了。要是一只青铜鼎，会滑脱手么？"

马丹一噘嘴，说："你还有理了？"

夏侯尊笑了笑，说："马丹，我看你一天就这么白过了，可惜可惜，你年纪还轻，不会看看书？我看你先生的书架上，除了几盒流行歌碟，什么专业书也没有。你们的生活，也像这薄胎瓷，很精致，但经不得碰撞。"

马丹叹了口气，说："我们怎么能和你比呢？就这么过吧。"

洗过了碗，夏侯尊又回到他的房间里去了。

马丹兴味索然地坐在客厅里看电视，一下子换一个台，就没有一个让她感兴趣的节目，特别是那些关于"非典"的专题报道，更让她心里烦，终于怨艾地把电视关了。她突然觉得夏侯尊很可恨，就不知道来陪陪她，在这里吃，在这里住，把这里当旅店了？她气呼呼地傻坐着，坐到十点钟时，忍不住大声喊道："夏侯尊，你出来——"

夏侯尊打开门，探出一个头来，问："不知马女士有什么事要吩咐？"

马丹按下心头的火气，说："你歇会儿，别累坏了身体，和我聊点什么好吗？比如说，你送来的鼎，对，就聊这鼎吧，总不能老是把我一个人晾在这里吧。就算是住旅店，你也该和服务员寒暄几句吧。"

夏侯尊说："对不起，马丹，我就来陪陪你。你这样一说，我真是有点不近人情了。"

马丹觉得夏侯尊还是很可爱的。

夏侯尊坐下来，啜了一口茶，然后点着一支烟，使劲地吸了一大口，用手指了指那只放在博物架上的鼎，说："在青铜器中，我最喜欢的是鼎，庄重肃穆，有定力。鼎一般是三足，所以我们常说'三足鼎立'这个词。但也有方形四足的，就像这只后母戊鼎。鼎最早是炊具，是调和五味的宝器，同时也是宗庙的祭器。古代立国必须铸鼎，谓之铸鼎象物以作国图，所以王朝定都建国，称作'定鼎'，鼎也就成了传国之宝和权力的象征。传说夏朝铸九鼎以象九州，'昔禹收九州之金，铸鼎于荆山之下'。商朝灭夏，迁鼎于商；周又灭商，迁鼎于洛邑，所以权力的转移，称作'迁鼎'。马丹，你有兴趣听吗？"

"你说你说，我想听。"

"《左传·宣公二年》记载：楚庄王路经洛水，向周王朝问鼎之大小轻重，周王室派王孙满回答说'在德不在鼎'，意思是一个国家要重德而不必问鼎之大小轻重，从而使对方折服，遏止了侵权野心。后世便以'问鼎'，来比喻有夺取天下的意向。"

接下来，夏侯尊又解释了成语中"鼎立"、"鼎革"、"一言九鼎"的出处，分析了后母戊鼎的造型，以及鼎上的文字和纹饰。

马丹没想到夏侯尊讲起这些陈年古事，竟然满面春风，双眼放亮，声音里充满着一种厚重感，极有魅力。人家的学问大着哩，她的心头顿时升起崇敬之情。遗憾的是，夏侯尊的娓娓述说，不时地被司马威的电话打断。马丹不得不草草应付几句后马上"拜拜"，脸上由衷地浮现出歉意的笑。夏侯尊为这歉意的笑而感动，连连说："可以理解，可以理解。你可以多说几句，我们反正有的是时间。"

不知道为什么，从夏侯尊的口里说出来的"我们"两个字，让马丹的脸上蓦地一热。

他们一直聊到午夜十二点，才各自回房休息。

每一天何其相似。

一下子就过去了一周。

只是晚上的聊天，时间拉长了。八点多钟就开始了，有时要拖到午夜过后。夏侯尊每晚解说一样古物，说鼎，说爵，说尊，说玺，说宣德炉，说四大名窑，说小孩子的储钱罐"扑满"。马丹现在对夏侯尊不仅仅是　种崇敬之情了，她不停地将他和司马威进行对比，对比之后就有了遗憾，假如她和他一起生活呢，那一定会更有情趣，他随便说点什么，她都觉得新鲜，有一种震撼心灵的力量。可惜，她怎么就没和他"好"，就没能走到一块成为一家人。

在第七天的夜晚，马丹对司马威的电话，表现出一种极度的厌烦，应付几句就赶快中断，最后干脆关了机，说："真的对不起，他简直就像个克格勃，一刻也不停地监视我，还叫人活不活？"

马丹说话的时候，脸红得很厉害，目光热热的，死死地盯着夏侯尊。

夏侯尊说；"千万别关机，你那位更不放心了。"

"他已经不放心了，在电话中咒骂你，这个小男人！这样下去，我们没事也有事了。"

夏侯尊沉默了一阵，说："你闻闻，夜里的玉兰花香从窗口飘进来，格外的浓。"

"嗯。我怎么觉得今晚比平常热些，我去冲个凉。你坐着喝茶、抽烟，我还有话要跟你说。"

马丹飞快地去房间里拿了衣服，然后去洗浴。

夏侯尊的思路很快又回到他的论文上。这篇论文是论述长沙出土的楚简中关于星象学的辨析，他很有把握把它写好，提纲早寄给一家专业考古杂志了，他们希望他尽快将稿子寄去。现在写到第三节了，再写上两节，就大功告成了。

"夏侯尊，你不去冲冲凉？"

马丹非常柔媚的问话，飘袅而来，把夏侯尊的思绪斩断了。那些星象在刹那间"轰"地散开，变成一个女人向他走过来。那是刚刚洗浴罢的马丹，穿着一条紫色的超短裙和一件水红色的小内衣，小内衣很短，露出了一块白白的肚皮和肚脐；修长的腿和圆润的胳膊上，散发着淡淡的水雾，很像唐伯虎笔下的《出浴图》。

夏侯尊望了她一眼，很平静地说："你先去休息吧，我冲凉去了。"

马丹很艳丽地笑了，"你有什么事，只管叫我，门……没锁。"说完，一扭一扭地进了卧室，把门轻轻地掩上了。她躺在床上，听见夏侯尊的脚步声去了他的卧室，大概是去拿衣服，然后又去了卫生间，当然是去洗澡；水龙头哗哗地响了起来，他赤条条地站着，任水去冲洗，那身子一定很顾长；终于水龙头沉寂下来了，脚步声又从从容容回到隔壁的那间房。她的心莫名其妙地跳了起来，全身滚烫滚烫的，便飞快地脱下小内衣和裙子，一伸手把床头灯关了。

隔壁呢，静如远古，或者正如夏侯尊在讲述中常出现的一句话：静如历史。

这书呆子，胆就这么小！马丹心里骂道。

日子不慌不忙又过去了四天，马丹的手机也死死地关了四天。算一算，八号楼已经被隔离了十一天。第十一天的夜里九点多钟的时候，门铃响了。正在为马丹讲述如何挖掘古墓的夏侯尊，忙起身走进自己的卧室，并关上了门。他现在已经很习惯这种避让了，每天都有一两次这样的例行检查。

马丹打开大门，进来的两个人，都穿着电视里最近看到的那种厚实的防护服，戴着手套，蒙着口罩的脸装在一个有机玻璃做的头罩里，就像两个外星人。

马丹从桌上拿起体温记录表，说："你们要的是这个？我一切都很正常。"

个子稍高的那个人，接过体温记录表认真地看着。另一个人则很熟悉地去看厨房、卫生间和她的卧室，然后又指了指夏侯尊居住的那间房，只是不说话。仿佛是演双簧，高个子问："门怎么关着？"

马丹冷笑起来。她知道了站在门边的那个人是谁了，那走路的姿势她太熟悉了。他终于想办法进了隔离区，鬼鬼祟祟，见不得人的样子。她说："你要看吗？推门呀，那里面藏着一个大男人！"

站在门边的人，手垂了下来，还是不说话。

马丹急步走到博物架前，抓起一个薄胎瓷小花瓶，砸到那个不说话的人的脚下，"乒乒"，无数碎片迸散开来，然后说："请你们出去！"

那两个人犹豫了一阵，慌忙退出门去。

马丹使劲地把门关上了。

夏侯尊打开门，走了出来，问："马丹，怎么发这么大的火？"

"刚才来的两个人中，有一个是他！"

"是司马威吧。"

"你怎么知道是他？"

"我本想打开门走出来，但你砸东西时，我就知道是司马威来了。我这时候不能出来，那样做太伤司马威的自尊了。你为什么独独要砸薄胎瓷呢？"

"你说过，薄胎瓷就像我们的生活！"

"其实，该砸的是那只青铜鼎。是我的错，我不该来。"

"不！你让我怎么和他过一辈子？"

"你这一砸，你们的'家'也就完了。"

"我不后悔。"

马丹突然扑了上来，紧紧地抱住了夏侯尊，说："你娶我吧，我愿意嫁给你！"

夏侯尊一动也不动，像一尊鼎。

过了好久，马丹松开了手，无力地跌坐在沙发上，轻声地啜泣起来。

夏侯尊默默地坐在她的旁边，一直等到马丹平静下来，才递过去一条白手绢。

马丹接过来，把脸上的泪擦干净了，说："请原谅我的莽撞。我原先以为你是胆小，现在我知道了，你是看不起我。我真的不应该有这样的想法。"

夏侯尊摇了摇头，说："不，是我不适合你，马丹，真的。我未来的生活会很清贫，会很糟糕。我甚至没法面对现实。我所有的思维只属于历史，只属于那些陈年旧事，却不属于今天，这是我的悲剧。但我无法改变自己，我太喜欢我的职业了。而你应该有一个很宽容你很体贴你的丈夫，过一种无忧无虑的日子。我如果答应你，其实就是欺骗你。我想，在隔离生活结束时，我还是把这只鼎带走吧，作为你生活的陪衬，它太沉重了。"

马丹使劲地摇着头，说："夏侯尊，你留下这个鼎吧，我真的很喜欢它。"

夏侯尊长长地叹了一口气，眼里流出了泪水，喃喃地说："太爱惜自己，是一种自私。太痴情事业，也是一种自私……"

夜已经很深了。

玉兰花的香气浸染在夜色里，浓浓的。

博物架上方的那只青铜鼎，庄重地立着，闪着褐绿色的光彩。那些薄胎工艺瓷，分列在其他方格里，洁白、单薄，透出一种温柔的情致……

逍遥游

　　江南大学是一所老资格的大学，中文系又是江南大学的名系。之所以中文系声名赫赫，是因为有一批久负盛名的老教授，在许多学科上可说是一言九鼎，领风气之先。

　　名圣臣字散木的贺先生即是此中的一个。

　　他的专长是古籍校勘与论证，最为人钦服的是《庄子》研究，写过许多振聋发聩的专著。他字"散木"，也是取自《庄子》书中，自谦为无用之才，但不材即可免遭斤斧之苦而尽天年。

　　贺先生的样子，尤其是五十岁以后，极似一棵瘦矮枯黄的杂树，一点也不起眼。他的个子也就一米六高，背有些弯，平头，脸色蜡黄，唇上蓄两撇八字胡，说话时露出两颗大门牙。他喜欢着青色的衣裤，加上布鞋布袜，乍一看，俨然一乡下农民。

　　二十世纪六十年代初，中文系的办公楼，立在校园东南角的一个小庭院里，是彼此相连的双层木结构小楼，飞檐翘角，古色古香。有一天黄昏，不知何故，起火了，电铃骤响，让所有的教职员工迅速撤离。贺先生当时正在办公室撰写讲义，同室的青年教师陶淘慌忙丢下手中的书，往门外奔去。陶淘是教现代小说的，自己也写小说，在文坛已有相当的知名度。

贺先生一声大喝："你跑什么？如果我跑，是因为我死了，就不再有人能这么好地讲《庄子》了。"陶淘连忙恭敬地侧立门边，说："贺先生，您请！"

事后，贺先生对陶淘说："我让你等一下，是想提醒你，什么事都不必慌乱，泰山崩于前而色不惧，大丈夫要有这个心境。"

陶淘说："是，是。"

贺先生喜欢独来独往，以书为伴，上课之外，不串门，不交际，不嗜烟酒。唯一的爱好是在休息日，带一两本古书和干粮到郊外的僻静处，赏玩山水后，坐在树石旁读书。他的眼睛真好，读了这么多书，却无须戴眼镜。他曾以诗嘲弄那些戴着深度近视眼镜的同辈："终日耳边拉短纤，何时鼻上卸长枷。"

"文化大革命"说来就来了。

贺先生立刻被打成"反动学术权威"，红卫兵小将隔三岔五拉着他去游街批斗。他被戴上一顶很高很尖的纸做的帽子，胸前挂着一块黑牌子，上写"打倒反动学术权威贺圣臣"，手里提着一面铜锣。他没有一点沮丧之色，从容地走着，锣声响得有板有眼。

他的几个同辈人，有的受不了这种侮辱，自杀了；有的吓得重病复发，住了院。他对他的老伴和儿女说："我不会自杀，也不会因病而逝，我还有几本书要写，我不能让天下人有憾事。"

后来，贺先生又被遣送去了"五七干校"，以体力劳动来改造他的思想。和他同居一室的是陶淘。这一老一少的任务是喂猪，不是关着喂，而是赶着猪野牧。他们两人共一口锅吃饭，俨然父子。

很奇怪的是贺先生对做饭炒菜十分内行，尤其是炒菜，虽说少荤腥，蔬菜由场部统一发放，也不多，但贺先生却能变通烹调之术，或凉拌，或爆炒，或清煮，做出陶淘从没有品尝过的美味。特别是春夏之间，贺先生识得许多野菜，比如马兰头、蕨菜、地菜、马齿苋……他亲自去采撷，以补蔬菜之不足。

陶淘问："您怎么识得这么多野菜？"

贺先生说："我不是出生于书香世家，我的父亲是农民，是祠堂资助我上的学。另外，我看过许多这方面的书，孔子说多识鱼虫草木之名，想不到现在用上了。"

陶淘说："你很有童心，我却没有，惭愧。"

贺先生还采了许多苦艾枝梗，去叶，晒干，然后切成一段一段的。他说他稍懂医道，有些病可以烧艾作灸，十分见效。

陶淘的情绪越来越坏。

有一天出门牧猪时，陶淘说身体不舒服，想休息半天。

贺先生说："好吧。"

贺先生把猪赶到不远处的山坡上，让猪自去嚼草。他坐在树下，想他的《庄子》大义。坐了一阵，觉得陶淘有些异常，慌忙往回赶。

推开门，陶淘上吊在矮屋的梁上。

贺先生忙把被子垫在地上，搬来凳子，站上去，用镰刀砍断绳子，陶淘跌落在被子上。

贺先生寻出一节艾梗，把梗头在煤灶上烧了烧，然后"点"在陶淘的"人中"穴上。

过了一会儿，陶淘醒来了。

"贺先生，你不该救我！"

贺先生说："我已至花甲，尚不想死，何况你！我的《庄子》研究，想收个关门弟子，你愿不愿意？"

陶淘哭了。他因出身不好，又搁在这似无穷期的"五七干校"，女朋友忽然来信和他分手……

"女朋友分手，好事！不能共患难，何谓夫妻。若你们真走到一块，有了孩子，再遇点厄难，那才真叫惨。"

陶淘说："我愿受教于先生。"

此后，贺先生开始系统地向陶淘讲述《庄子》。没有书，没有讲义，那书和讲义全装在贺先生的肚子里。《汉书》记载《庄子》一书为五十三篇，实存三十三篇，分内篇、外篇、杂篇。贺先生先背出原文，再逐字逐句细细讲评，滔滔不绝，神完气足。《逍遥游》《齐物论》《养生主》……伴随着日历，一篇一篇讲过去。

贺先生讲课时，喜欢闭着眼睛，讲到他自认为得意的地方，便睁开眼问："陶淘兄，你认为如何？"陶淘慌忙站起来，毕恭毕敬地说："学生心悦诚服，确为高见！"

陶淘觉得日子短了，有意思了，眼前常出现幻觉：贺先生就像那自由自在的鲲鹏，扶摇直上，"其翼若垂天之云"，自由自在，不以环境险恶为念，堪为他人生的楷模。

世道终于清明了。

陶淘一边工作，一边当了贺先生的研究生和助手。在他的协助下，贺先生完成了几部关于《庄子》研究的重要著作。

贺先生说："陶淘，我也该走了，我的肝癌居然拖过了这么多年，乃为奇迹。庄子说，以生为附赘悬疣，以死为决疣溃痈。我现在把该做的事做完了，除了写完书，还有了你这个传人，此生无憾。"

几天后，贺先生安详地去了，享年七十有二。

鲜于先生汤

江南大学校门的左侧，有一截子小街，街上有文具店、杂货店、油盐店、裁缝店……当然也有饭店。这些店铺基本上是公家开的，以应师生之需，准确地说，主要的服务对象是教职员工。尤其是饭店，在那个年代，能光临的大学生极少，不像现在，大学生多为独生子，家境大多不错，上馆子也就轻而易举。

傍学居是一家小型饭店，一个经理，四五个员工，但店堂收拾得很干净，小方桌、矮板凳，古朴有致。

中文系的鲜于文尊先生常常到这家小饭店用餐。

"鲜于"是复姓，南方很少有这个姓。鲜于先生说一口北方话，出生地应是燕赵之间。他是北京大学中文系毕业的大学生，于二十世纪五十年代中期分配到江南大学来的。中等个子，脸色白皙，戴一副白框眼镜，一举手一投足都显得文质彬彬。他之所以常来傍学居，其一，他是个单身，未有家室，老吃食堂也就腻味，所以大多数中餐都在此享用；其二，他与经理岳戈似乎特别投缘，尽管岳戈比他年长两三岁，且没读过几年书，因上辈子皆操厨业，于烹饪上多有见地，恰好鲜于先生出身于世家，在"吃"上见多识广，因此两人大有相见恨晚之意。

鲜于先生在中文系，开着两三门课，其中最受欢迎的是"《聊斋》赏析"。他讲起那些狐仙鬼怪，绘声绘色，且能旁征博引，显示出一种深厚的学力。女学生总是早早地进入教室，坐在头几排，希望引起他的注意。可他很少留意这些女弟子，春去秋来，仍是孑然一身。

岳戈有时候催促他："鲜于老弟，这里面就没有你中意的？"

他的脸红了，嗫嚅着说："师道尊严，岂可与学生谈婚论嫁。"

鲜于先生如来傍学居用餐，总是十一点来钟就到了。他不太喜欢吃荤菜，即使是要吃鱼肉，也往往是略加几片，形同佐料。一般点四个菜，其中必有一个汤，这个汤他要亲自下厨去做。其他三个菜，则由岳戈执勺——也只有鲜于先生来了，他才下厨，人家是经理嘛。

在下厨之前，他们往往相对而坐，沏上一壶茶，说一些关于饮食方面的话。有时候，岳戈会就鲜于先生给他荐介且读过的某本古书，请其释疑。

"鲜于先生，你让我读的《古槐书屋词》中，有《双调·望江南》三章，其三的下阕是这样写的：'鱼羹美，佳话昔年留。泼醋烹鲜全带冰，乳莼新翠不须油，芳指动纤柔。'这写的是杭州西湖的'宋嫂鱼羹'，也就是醋熘鱼，这'全带冰'作何解？"

鲜于先生微微一笑："不错，读书就要这样。这个'冰'字，读仄声，似'柄'音，古书中有'生鱼'之义。你如果去过杭州的楼外楼，点了这道菜，跑堂的就喊道：'全醋鱼带柄！'什么意思呢？即除一盆醋熘鱼外，还有一小碟从鱼身上取下的生鱼片，可以蘸佐料以食，有如日本生鱼片的吃法。"

岳戈佩服极了，说："谢谢。你下厨做'三白汤'？料已备好了。"

所谓"三白"，即菜（新鲜蔬菜）、笋（鲜笋或干笋）、豆腐。

鲜于先生系上岳戈递过的围裙，很从容地走进厨房，站在灶台前。先在锅中下猪油，待清烟飘起，搁下菜、笋、豆腐，撒盐花，略炸一阵，再舀入清水，盖上锅盖。一刻钟后，汤沸，下香菇丝、香肠丝、雪里蕻、虾米。敞锅烹煮十分钟后，倒入一小杯黄酒，接着下姜丝、葱段、豆豉。盖上锅盖，熬五分钟后，芳香四溢，便可入盆上桌了。

岳戈不知看过多少次鲜于先生做"三白汤"。

他知道这是鲜于先生家厨的名菜。

十年过去了。

校园里突然沸腾起来，红旗子、红袖章到处都是，口号声喊得震天撼地。

岳戈发现鲜于先生好些天没来傍学居了。

有一天深夜，轮到岳戈值班守店子，刚刚在二楼的值班室躺下，忽然听见轻轻的敲门声，他忙下楼去开了门。

站在门外的是鲜于先生，衣冠不整，眼镜用细麻绳系着挂在耳朵上，脸色苍白，额上还有血渍，显得疲惫不堪。

岳戈赶忙把鲜于先生让进屋里，然后关上了门。

"鲜于先生，你好久没来了？是他们……干的？"

鲜于先生点了点头。

他们坐下来，许久都没有说话。

岳戈想：一个外地人，出身不好，讲的课都是狐仙鬼怪，又没有家可以避避风浪，这日子怎么过？

"岳戈兄，我今夜来，就是想再喝碗'三白汤'，你能不能替我做一次？"

岳戈的眼睛湿了，哽噎着说："行。你坐着，我去做。"

岳戈匆匆地进了厨房，先捅开炉门，火苗子"呼"地蹿了上来。尔后，摘了几棵白菜的心，选出上等的干笋片和浸在凉水里的白豆腐，细细地洗干净，切匀；接着，又备好香菇、香肠、雪里蕻、虾米、黄酒、姜丝、葱段、豆豉、猪油、盐。他是第一次为鲜于先生做"三白汤"，以前都是鲜于先生自己动手。他一边在厨房里忙着，一边尖起耳朵听店堂里的动静——什么声音也没有，死寂如坟场。

岳戈做好"三白汤"，端到桌子上，说："你先喝着，我再炒几个菜来。"

"不必了，有这碗汤足矣。"

鲜于先生用汤勺把汤舀到小瓷碗里，再用小匙舀到嘴里，慢慢地品尝。一连吃了三小碗，他的脸上渐渐地有了血色，眼睛也亮了许多。

"好手艺！岳戈兄，这汤做得太好了，我不及你！"

"你夸奖了。我平常看你做，偷着记在心里了。"

"也许……以后我再也喝不到这样可口的汤了。"

"鲜于先生，以后你多来吧，我给你做。"

"谢谢。我们相交这么多年……唉。"

"三白汤"喝完了，鲜于先生站起来，从口袋里掏出几块钱。

"这次算我请客，你这样就见外了。你不必操心，我不会占公家的便宜。"

鲜于先生犹豫了一下，收起钱，说："我会记得这个夜晚和这碗'三白汤'的。岳戈兄，我得回去了。"

岳戈把鲜于先生送到门外，再看着他的身影在暗淡的灯光下缓缓远去。

三天后，鲜于先生以刀片切断手腕上的动脉，自杀了，鲜血把宿舍的地面染红了一大片。

岳戈闻讯，痛哭了一场。

"文革"过去了，接着是改革开放。傍学居被公开拍卖，买主是岳戈。店堂依旧，招牌依旧，只是岳戈老了。他的两个儿子已长大成人，可以当他的得力助手了。

那用墨笔写着菜名的粉牌，挂在店堂正面的墙上，第一个菜名是"鲜于先生汤"——其实就是"三白汤"。岳戈之所以用这个菜名，为的是怀念鲜于先生，怀念他们交往的那一段日子。

凡有人点了这道菜，岳戈总是亲自下厨制作。原料的配备，烹饪的程序，永恒不变。

这道菜在江南大学师生中名气很大。

莽莽大森林

1

飞龙山林区是何等的壮丽、深沉，松、杉杂植所形成的富有力度的色块，一直抹向视线所不能及的地方，细细的针叶上缀着晶亮晶亮的水珠，像一只只会说话的眼睛。阳光瀑布般倾泻在林海中，溅起一团团乳白色的水气，轻盈地飘向瓦蓝瓦蓝的天宇。各种不知名的鸟儿，唧啾着，宛若动人的女声小合唱。不远处传来叮咚、叮咚的泉水流动声，俨然是竖琴的鸣奏。而处在高坡上护林哨楼的脚下，全是合抱粗的大松树，那么威武，那么苍郁，那绿色凝重地涌进窗，闯进门，浓浓地涂在龙涛的心坎上。

"绿城堡！"他惊叫了一声。是哪本书上说的，他想不起来了，反正这飞龙山就像一座巨大的绿城堡，哨楼就是城堡上的瞭望台、检阅台，而他就是绿城堡唯一的至高无上的主宰！

场部送他来的曹师傅，利利索索地替他安顿好一切后，说："小龙，我该走了，场部还有事。好好干几年，再回到采伐队去。"

龙涛应了一声："嗯。"

脚步声由上而下，响过护林哨楼斜斜的木梯，远去了，渐渐地消逝在林子深处。

龙涛嘘了一口长气，浑身一阵轻松。是的，从今天起，整个飞龙山隶属他的名下了。他双手撑在哨楼的窗台上，对着山林"哦、哦"地乱喊了几声，声音从胸膛里迸出来，立刻化作一个一个的声浪，追逐着，拥挤着，碰撞着，"哦……哦……哦……"

他哈哈大笑起来。飞龙山是懂得他龙涛的，尽管初次见面，一个"龙"字就足以使他们肝胆相照、息息相通，不像那些人，呸！从此时起，他再不需要和那些人打交道了，一个人自由自在，无拘无束，"天高皇帝远"，谁也管不到他了。

他从小就是个孤儿，是政府把他养大的。在无微不至的关怀中，他觉察到了，他比他的同龄人少一点更迷人的东西，那就是温柔得醉心的母爱和严厉得心颤的父爱。因此，他的性格中滋长着任性和倔强，对于别人一个不易觉察的带着不屑的眼色，他立即会本能地进行反击。活到二十四岁，他没有吃过谁的亏。

高中毕业分配到采伐队，成天操着把咔咔叫的油锯，把一棵棵大树放倒，总感到有些儿憋气，这体力活儿，没意思！何况又是深山老林，没有电视，没有影剧院，没有超市，连手机都他娘的没有信号。于是，他迟到、早退、休病假：动不动就和哥们争吵，倔劲一上来，手一扬："不服的，跟我来较量较量！"在一次为了一张把"2"字涂改成"3"字的病假条被队长发觉后，他和队长大风大雨地闹了一场，接着一伸手，把队长翻倒在地上。处分下来了：暂时离开采伐队，到飞龙山哨楼当护林员。那儿的护林员刚退休，正要人去接替。老场长说，让他一个人到那儿去反省反省，那儿没有人，却有的是时间。

龙涛心里笑了。他正厌着这些人，远离他们是件大好事。他不信任他们，他们也不信任他，从此相安无事。

再没有比护林更自在的工种了，只要林子里没有火情，谁也不会找他的麻烦。一部有线电话机，一架望远镜，一支"半自动"，几把砍刀，是他朝夕相处的伴侣。除曹师傅一个月来一次，把生活必需品和书信报纸送来外，几乎再也看不到什么人，独来独往，天马行空。睡懒觉也罢，不吃不喝也罢，闷了到草地上翻跟头也罢，热了到山泉里洗澡也罢，一切由着性子。这日子真好！

在暴风骤雨的夜晚，他兴致勃勃地站在窗前，看一个一个的炸雷在山脊上滚动，撩开衣衫，用胸膛去感受那宏重的音响，让心灵在一阵一阵的震撼中快意地痉挛。风雨呼啸、翻卷着厚重的林涛，整个哨楼也似乎在摇晃。他肃立着，仿佛面临一场骇人的大毁灭，充满一种献身的虔诚和亢奋。斜曳的风索雨鞭，抽打着他，他感到痛，然而痛得够意思！

这大森林就他一个人，一个人就是一个世界。他总是很庄重地去办那些荒唐的事儿，他觉得太惬意了。

送来的书报积压在那儿，他没有时间看，也不想看，他消磨日子的办法多得很。他是绿城堡堡主和最高司令官，要办的"公事"一件接一件。他用硬纸片做了两片肩章，用烟盒里的锡箔纸小心地剪出十颗银星，分贴在上面；然后用别针别在肩上。他用柔软的藤条挽成一个圆圈，塞在帽子里，做成一顶大盖帽，帽子上缀着用"红双喜"的烟盒剪的一颗红五星。当朝阳升起的时候，他穿戴已毕，胸前挂着望远镜，戴一双白尼龙手套，缓缓地、庄严地走到哨楼前的阳台上，开始检阅他的部队。

一棵一棵的松树、杉树，穿着绿色的军装，敛声屏气地挺立着。阳光的映照，更增添了这支部队的生气，他用戴着白手套的手，矜持地挥动了几下，然后装模作样地用望远镜扫视一番，点了点头。

"全体指战员好——"他用洪亮的嗓音很亲切地喊道。

"好——好——"四野是一片浑重的余音在不绝地回应，表达着对首长的敬爱。

他笑了。

他开始发表演说，并配以十分优雅的手势。

"同志们：本司令就任以来，能得到各位的支持和合作，十分荣幸。在绿城堡，官兵一致，相亲相爱，本司令将身体力行，以为表率。这里没有贪污，没有受贿，只有平等和尊重，只有以诚相待。今天的检阅，又一次证明了我们战斗力的强大、士气的旺盛，本司令将对有功人员予以嘉奖。解散——"

一阵风吹过，林涛哗啦啦一阵乱响，仿佛是战士奔走的脚步声。

他回到屋里，开始生火做饭，一柱炊烟在哨楼上空升起……

2

渐渐地，他开始盼望曹师傅来。

往常，他是绝对没有这种想法的，当缸里的米、罐里的油快尽时，他才会意识到曹师傅该来了。每次来，曹师傅叼着小烟杆，细眯着眼睛，给他絮絮不休地拉家常话，什么他乡下的老婆是个好劳力呀，居然能种几亩责任田，毫不用他操心，什么他的大娃儿有"野心"呀，想买一台拖拉机跑运输……龙涛装着很有兴趣的样子听着，但过了一阵便身倦神怠，打起哈欠来。曹师傅這才收住話頭，歉意地對他笑笑，起身告辭。

哨樓上就剩下他孤零零的一個人了，他感到冷清。他後悔沒有留住曹師傅，讓他多說會兒話，要知道一個月他才來一次。幾個月來，他除了跟曹師傅打交道外，就只有總機室那個"牛嗓子"了。每次來電話問到飛龍山防火情況時，龍濤就噁心那嗓音又粗又沙，而且還盛氣凌人，好像是個什麼了不起的角色！龍濤不吃這一套，他用最簡單最程式化的話回答那個"牛嗓子"，"好的""對""嗯"……生硬得足以使對方難受。

而綠城堡的"公事"也漸漸使龍濤厭煩起來，他畢竟年輕，成天沒有個說話的人，這寂寞的滋味夠他品嘗的了。他想過各種各樣排遣寂寞的辦法，比如，用鐵皮罐頭筒做成鈴鐸，繫在哨樓的檐角上，風吹來，裡面的活動木槌來回敲打，發出"吭吭"的聲音。他坐在窗前，分辨著聲音的長短強弱，起初還饒有興味，過不了幾天就厭了。他拼命地吸煙，先前一天一包，現在是一包半，甚至兩包，讓自己裹在濃濃的煙霧裡，直吸得舌尖泛苦，喉頭發澀。

他的脾氣變得暴躁起來，有如一頭困獸。唉，綠城堡，你囚禁著一個年輕人的活力，我詛咒你！

當秋天到來的時候，藍天高遠，雲絲淡潔，空氣變得格外的清新。哨樓的上空橫過一行大雁，它們真自由，哪兒溫暖就到哪兒去。龍濤癡癡地望著、望著，然後，神經質似的用拳頭擂打自己的胸膛，儘管打得那麼重，卻一點兒也不覺得疼痛，倒產生一陣一陣的快感。

電話鈴響了，叮當，叮當。一定是那個"牛嗓子"打來的。

他懶洋洋地拿起話筒，"喂，哪裡？"

"我是场部！我是场部！"

龙涛的心一颤。电话里传来的是非常好听的女声，那么清脆，宛若一道清泉从他的周身流过，他的手痉挛了一下。

"喂，飞龙山哨楼……"

"不，我这儿叫'绿城堡'！"他大胆地截断她的话，进行一种提法上的纠正。

电话里传来非常悦耳的笑声，"喂，绿城堡，请你回答秋季防火护林的情况。"

他点点头，仿佛这位女性就坐在他的面前，使他不得不注意一下举止言谈。不知道为什么，此刻他对她的印象极好，她对于"绿城堡"的承认使他感激。先前那位"牛嗓子"，一听见"绿城堡"就发火了，"什么'绿城堡'，我不承认！我只承认飞龙山哨楼！"一口气差点没把人呛死。

他尽量稳住心神，用缓慢的节奏报告这儿的情况：防火道修整好了；电话线畅通；每天巡一次山。"是的，这里没有任何发生火情的迹象。这里太美了，林子里有松鼠，它们玩得可尽兴啦；还有一条泉水，水很清，清得见人……"他不懂他为什么要说这些，这与防火护林根本没有什么关系。他有些后悔，他怕这个没见过面的女性看不起他，因而停住不说了。

"你说得真有意思，'绿城堡'一定很美，你很喜欢'绿城堡'吧？"

龙涛慌了，费了好大的劲才"嗯"了一声。他为他的回答而脸红。

"喂，秋季气温干燥，易发火情，请加强监视！"

"是。"他大声地答道。

这一夜，他怎么也睡不着，脑海里朦朦胧胧映现着一个姑娘的形象，那脸盘，那眼睛，那鼻梁，那嘴唇，那颈，那手臂……应该具有一种特殊的美，晶莹、匀称、细洁。他总想看得更仔细些，但怎么也看不仔细，一切都变得很不具体。那个"牛嗓子"到哪里去了呢？而这个新来的她先前是做什么的呢？一个一个的问题折磨着他，他决定等曹师傅来的时候问个明白。

3

曙色刚刚展开笑靥，龙涛就一骨碌爬起来了，匆匆地生火做饭。干枯的松枝一点就着，火苗金黄金黄的，不停地"呼呼"地响。他觉得一切都很顺心，饭菜做得快，而且吃得特别香。吃过饭，拎起一把锄头就下了哨楼。他要去清理防火道，顺便检查一下电话线路。

防火道先前他只是马马虎虎地清理过一遍，杂草、枯柴杆儿到处都是。昨天，他对一个姑娘说了谎，把绿城堡的一切说得那么美好，从姑娘的语气里，听出她对这儿的信任。那么，他不能让她失望，一个男子汉说话是要作数的。他龙涛是个说一不二的人！

似乎为了补偿什么，一上午他那把锄头舞得特别起劲，草屑儿横飞，汗水湿透了他的衣衫，他觉得有一双眼睛在望着他，望得他全身发热。几个月来，他是混日子混过来的，认认真真地把汗水洒在绿城堡这块土地上，还是第一次。当他望着一段一段修整得干干净净的防火道时，心里猛地萌动着一种很自豪的东西。

下午他去检查电话线路，穿林过岭，看得十分仔细。在一个小石山嘴前，他发现一截电线的胶皮已经磨破，便非常小心地用黑胶布粘好。他的手有些发抖，好像害怕有个什么声音会从里面漏出来，于是又死死地缠了几道。

月亮上来了，浑圆、晶洁，充满女性的温存。山林静悄悄的，空气似乎停止了流动。月光流淌在无数绿色的叶片上，反射出一片淡绿色的晕圈。在黝黑的草棵子深处，闪着一点一点的萤火，那光也是绿的。绿城堡，好一个宁静的世界。

龙涛坐在泉水边的一块石头上，擦洗赤裸的身子，水光和月光在他隆起的肌腱间流动着。他一点也不累，不，是心里边不累。为了那姑娘心目中的绿城堡，他不怕累。他发现自己长得很"帅"，每一个部位都有很美的轮廓和线条，每一块肌腱仿佛都是透明的，里面鼓胀着一个男子的热力。

四野是一片虫鸣，声音很滋润。特别是蛐蛐儿的鸣叫，一声长，一声短，亲亲热热地结着对儿唱歌。他下意识地看了看四周，然后跳起来，迅速地穿好衣服。

他肚子有些饿。该回哨楼了。

当他匆匆地登上哨楼，迎接他的是曹师傅带着憨笑的脸。他忘记了今天是曹师傅送给养的日子！

月光泻进窗子，洒了一屋子的清辉。龙涛吃过曹师傅给弄好的饭菜，忙不迭地给他敬烟、泡茶。他庆幸自己忘记了曹师傅今天该来，要不他就不会这么晚才回。今晚曹师傅是回不去了，得在哨楼过夜。他可以听他讲那些很有味道的家常话，可以问一下那些折磨他的问题的答案。

他猛吸了一口烟，装着若无其事的样子问道："曹师傅，先前那个话务员呢？"

"调走了。"

龙涛的心"咯噔"一下落到实处，他高兴，为那个"牛嗓子"的调离。

"换了人吧？"

"换了个姑娘，叫华翮。原先在电工班做事。"

"她就'钉'在总机室啦？"

"那还用说。"

龙涛又递过去一支烟，殷勤地弯下腰，为曹师傅擦火柴。大概是用力太猛，一连擦断了几根后，才擦燃了一根。

"她是个什么样儿？"

"不俊！"

龙涛把刚刚擦着的火柴往地下一摔，这老头！他不相信曹师傅的话，都一把年纪了，他不会看人。

从电话的声音里，龙涛断定这姑娘是很美的。

他狠狠地盯了曹师傅一眼："真的？"

曹师傅一愣，然后说："你别胡思乱想，好好护你的林！"

"睡吧，我今天累了。"龙涛往床上一缩，再不理曹师傅了。

4

绿城堡在龙涛的心目中，变得生气勃勃起来。

他开始喜欢这台电话机。他总是用急不可待的心情，等待电话清脆的铃声。当第一声铃声响起，他就会敏捷地抓过电话，愉快地喊道："喂，我是绿城堡，你是华翮吧。"在这防火的忙季，几乎每天就有一次这样的通话。华翮总是用清亮圆润的声音询问防火护林的情况，传达场部新的指示。那些非常呆板的公文式的条款，一旦从华翮的口中传出，便有了光泽和颜色，便具有一种不可逆拗的神奇力量。每次通话快结束时，华翮总会笑吟吟地说："什么时候我来绿城堡，欢迎吗？"于是龙涛的心里便觉得痒酥酥的，骨节间仿佛生发出许多力气来。

一条条防火道修了又修、整了又整，那些干枯的树枝、草屑码成了堆，移到空坪隙地上去了；在一些山岔路口，钉上了新写的木牌，"严禁烟火"几个字，又黑又粗……绿城堡在龙涛的苦心经营下，已经焕然一新了，它绝不会使来访的华翮失望。当他第一次从电话中听到"华翮"这个姓名时，便情不自禁地脱口念道："美丽的翅膀！"逗得华翮笑了好一阵子。这名字真好，能引起他许多联想和猜测。他已经一千次、一万次地从心底推翻了曹师傅的论断，那是绝对不可信的！

场部派出的检查小组到飞龙山转了一圈后，龙涛管理的林片受到了表扬。他从来没有得到过谁的赞誉，批评倒像影子一样老跟在身后。他和他的绿城堡，终于得到了更大范围的承认，汗水没有白流，力气没有白费。他忽然明白了他之所以喜欢绿城堡，是因为他的汗水和力气赋予了绿城堡新的意义。

华翮打电话来祝贺他。还转达了采伐队那些哥们对他的问候，说他们很想念他。

他忽然觉得采伐队的哥们还是很可爱的，先前，自己怎么老和别人闹别扭呢？

林子里月亮刚升起不久，华翮的声音像是从月光里洗濯出来似的，涓涓地流进龙涛的心里。

"小龙，晚上你在做什么？"

"没做什么。"

"没做什么呀？"

他似乎看见了华翮那双充满惊疑的眼睛，一时竟手足无措。

"我想……看书，可是没有！"他什么时候想到过要看书？尽管这里有装着干电池的台灯，也有煤油灯。他恨不得揍自己一顿，为了这谎话。

电话里轻轻叹了一口气，"我送你几本吧。"

"……"

"下次我请曹师傅带去。"

他发现他的回答是多么的无力，待到放下话筒时，一摸额头，竟憋出了一层汗珠子。

曹师傅送给养来的时候，果然带来了一叠书，书用牛皮纸包得严严实实的。

待曹师傅走后，他小心地解开牛皮纸，把书摆在桌子上。两本林业方面的科技书，一本《电脑入门》，还有一本惠特曼的《草叶集》，一本《安徒生童话集》。这些书是华翮读过的，边角有磨损的痕迹，封面和内页一定留下了华翮许多看不见的指纹。

龙涛拿起书，轻轻地、轻轻地嗅着。

晚上，在灯下看完书，睡觉时，再把书垫在枕头下。

他希望能见到她。

他终于擅离职守，在一天午饭后，一口气赶了三十里地，来到场部总机室附近的一片不小的树林里。这是一栋很精巧的木头房子，宽大的窗台上，摆着十几盆金黄金黄的野菊花，那淡雅的香味儿，漫泛着，一直涌到他的鼻头前。他站在一棵树后面，凝望着那窗子。窗子是关闭着的，什么也看不见，依稀听见一个很熟悉的声音在呼叫着。那是华翮的声音。他真想走出林子，但没有勇气。他离开哨楼，没有经任何人允许，这是违犯纪律的。以前，违犯纪律他可从不在乎，那算回事？他不想和华嗣打照面，只是想偷偷地看她一眼。

夕阳西下，木头房子浴着一片金灿灿的光芒，龙涛感到它很神秘、很庄重，那样地撩拨人的心思。

木头房子的门终于打开了，走出一个婷婷娜娜的少女。小树林在木头房子的一端，龙涛只能看见华嗣的侧面。她留着一头长发，黑瀑布似的。一套咖啡色的西装，贴切地套在那匀称的身子上，领口微露一线衬衣的猩红色，那色调非常强烈地刺入了龙涛的瞳仁。高跟鞋富有弹性的"嗑嗑"声，使龙涛的心跳也感受到了这种节奏的韵味。遗憾是他没有看清她的脸，风吹过，一绺黑发从颊边横飘过去，影影绰绰，朦朦胧胧。他想从林子那边绕过去，正面去看看，犹豫了一下，终于没有去。

踏着林间的暮色，他悄悄地走向绿城堡……

第二天，龙涛跑到向阳的山坡上，挖了几大把野菊花，用一些零星的木板钉成几个简单的"花盆"，然后将野菊花小心翼翼地栽在里面，再洒上压根水，整齐地搁在窗台上。一只很美的花蝴蝶翩翩飞来，落在一丛菊花上，他痴痴地看着……这个小精灵，怎么也恋慕花的色、花的香？他忽然发现他的心思什么时候变得细腻起来。突然，他心里涌起一股按捺不住的激情，他觉得周围的一切是这么美好……

5

半夜里，电话铃急促地响起来，划破了绿城堡的宁静。

龙涛跳下床，抓起电话。这时候响铃，准是十万火急的事。

"龙涛，龙涛，有火情！"

"哪个方位？"他几乎吼了起来。

"刚接到的报告，火情地点在云龙山的白茅沟，是八号哨楼负责的区域。但白茅沟与你的地段相隔不过五里地。场长指示，要你迅速赶到与云龙山林片相接的暖谷，把那一片杉树林砍倒、挪开，形成一条防火道，阻止烈火侵入飞龙山！"

"请告诉我，火情是怎么发生的？"

"八号哨楼的护林员发现了采药人烧篝火留下的火灰，没有捂严捂死。这个缺心眼的家伙！"

华翩的口气变得严厉，龙涛打了个寒噤。

"快去！快去！拿砍刀！还愣着干什么，你害怕了？别人会来支援的！"

"娘的，我怕过什么！"

他愤怒地搁下电话，拎起一把大砍刀，奔下哨楼，朝暖谷跑去。龙涛疯了似的往那儿赶。

暖谷在飞龙山与云龙山相接的地方，是一片狭长的谷地，两面是高高的石壁，里面种着一片小杉树，已经长了两个冬春了。他很喜欢这个地方，每次巡山到这里，总要坐下来歇一歇，看看这片稚嫩的杉树林。小树一棵挨一棵，亲热得像兄弟，使得龙涛在艳羡之余，又生发出淡淡的愁思。只有他是一个孤儿！

当龙涛赶到暖谷时，只见远处烈焰腾空，浓烟滚滚，风里乱响着一片噼噼啪啪的爆裂声。

"娘的，来得好快！"

月光下，一棵棵小杉树青翠欲滴，婷婷袅袅，纤细、颀长。

他举起的砍刀，无力地垂了下来。他恨场长，恨华翮，阻挡火势就没有别的法子吗？他呜呜地哭了起来。

爆裂声越来越响，那火浪简直是朝前扑，烟柱腾起好几丈高。龙涛猛地跳起来，恨恨地打了自己一拳：你害怕了，你这个懦夫！

他抢起砍刀，像一头怒兽，疯狂地砍起树来，一刀一棵，刀光一闪一闪。他刚才片刻的迟疑，误却了最好的时机，火"呼"的一下卷过来，似乎贴在他屁股后追。火只有通过暖谷，才能侵入飞龙山林片，因为两边是不长草的石壁。

他的砍刀挥得更快了，边砍边发出疯狂的带着野性的嗥叫。他把砍倒的树，迅速地往后挪、往后抛。他已经失去了理智，只知道砍，只知道挪，火浪灼伤了他的脊背，冒出了一排排的火泡，他也不知道痛。

暖谷的空地裸现出来了，火渐渐被隔离开来，它失去了吞噬一切的势头和气焰，只剩了几声残喘。

当救援的人赶来时，龙涛抢起砍刀就劈，他眼睛发红，什么也分辨不出来了。几条大汉蹿过去，把他抱住，才夺下砍刀。他痛苦地大叫一声，昏了过去……

6

初冬，山林里下了第一场大雪，大地变得这般纯净和晶亮，空气寒冽而又新鲜，一栋栋木头房子，宁静地搁在天地之间，像安徒生童话里的世界。

他从省城的医院归来了。他没让医院打电话告诉场部，一个人乘车和步行回来了。

在医院待了两个月，他几乎每隔几天就读到场里同志们的来信。采伐队哥们的信，场长和书记的信，还有曹师傅托人代写的信，华翮的一封用中文和英文写的短信……他感到很温暖。他很想念他的绿城堡。听曹师傅信中讲，他在代理着他的职务。他们本可以打电话的，住院部的走廊上就搁着一台电话。但他们选择了写信的方式，文字是可以保存的，这使龙涛极为感动。

总机室的木头房子静静地立在他的面前，窗台上的山菊花却不见了。

他鼓起勇气，推开总机室的门。他想告诉华翮，他的伤养好了；关于电脑的书早读完了，将来这里通上了电，他要买一台手提电脑放在哨楼上；南方林木的分类和栽植方法，他也懂得了一些；而惠特曼的诗，是怎样地震慑了他的灵魂，还有关于那个卖火柴的小姑娘以及小人鱼的故事，留给了他永不磨灭的印象……他要告诉她的东西太多了！

他轻轻地走进去，一个中年人回过头来。"喂，同志，这里闲人免入。"

华翮呢？她到哪儿去了？在片刻的慌乱过后。他镇定下来，很有礼貌地说："同志，对不起，我想找华翮。"

中年人笑了一下，说："华翮上学去了。她到林业部一所学校的短训班去了，走得很急，半年后才回来。"

龙涛的眼神暗淡了。她为什么不告诉他呢？不，不，她又为什么要告诉他呢？他和她，除了工作上的联系外，并不具有其他的含义。他喃喃地说，"她走了，她走了。还会回到这里来吗？"

"她培训的是这个专业，叫电脑与通信管理，当然会回来！"

屋里氤氲着很淡雅、很熟悉的气息，龙涛发现在屋子一角的茶几上，还搁着一盆未谢的山菊，大约是室内保持着一定温度的缘故。

"同志，你在哪工作？"中年人好奇地问了一声。

"绿城堡！"

中年人显得很快活。"哦，你就是龙涛。华翮临走时告诉我，和你通话时，一定要先喊'绿城堡'，你就高兴，是吧？"

龙涛心里一热，点了点头。

还用问什么呢？华翮不是惦记着绿城堡吗？不，是许多人惦记着绿城堡。

他来到场长办公室，汇报了养伤的情况。末了，老场长慈爱地说："场部已研究好了，决定调你到工会工作，因为你受过伤。"

"不。"他倔强地回答。

"那么，你回采伐队去，你的那些哥们缠着我吵了好久了。"

"不。"

老场长大惑不解了。"你要到哪去？随你说吧。"

"绿城堡！"

这名字老场长第一次听到，惊奇地问："在哪里？"

"飞龙山！"

"呵，我明白了，你还是想当绿城堡堡主！"

龙涛点点头，转过身朝门外走去。

雪地上伸延着两行深深的脚印。他急急地走向绿城堡。

他想：不知道曹师傅会不会把哨楼窗台上的几盆菊花，移到屋里去？不知道电话线上那个缠胶布的接口，是不是还很牢实……

『石膏廉』

名老中医廉于清，满打满算七十岁了。

乍一看他，真有点仙风道骨的样子，身材单瘦，脸窄而长，鼻高、眼亮、白眉、白发、白须。

廉家在古城湘潭，是地地道道的中医世家。廉于清的曾祖父、祖父、父亲，都是此中翘楚；他的儿子、儿媳是湖南中医学院的教授；孙子是去年夏天从这个中医学院毕业的本科生。廉家岐黄一脉，绵延不已，后继有人。

廉于清在古城中医院，工作到满了一个花甲，活人多矣。按规定该退休了，又被院方恳请留聘了五年，才真正地息影林泉。这样的名医，哪里可以真正地闲下来？家里每天求诊的人仍然很多。儿子、儿媳劝他不如办个诊所坐堂看病，一是不至于干扰家里正常的生活秩序，二是孙子将来毕业了，如果不能进入公家的医院，就可以跟着爷爷继续深造，当一个传统意义上的中医。

于是，廉于清就在自家居住的小巷口上，租了个门面，用楷体自书了一块小匾"益众医寓"，办齐了各种手续，也不放鞭炮，也不请客吃饭，就不显山不露水地开张大吉了。门面不大，放一张大诊桌，摆几把椅子，墙上挂了几轴画，一切都简洁明了。

廉于清的名声太大了，门面虽不起眼，患者却是争先恐后而来。

他有个外号叫"石膏廉"，因为他在处方中喜用石膏也善用石膏这一味药。石膏表洁而内纯，质重而气清，味辛微寒，辛能解肌热，寒能胜胃火，辛能走外，寒能沉内，具有两擅内外之功能。他认为古人把石膏归入"虎狼药"之列是错误的，因此，几十年来，他将石膏广泛用于内科、外科、口腔科等方面的临床实践，往往能收意外之效。

孙子廉小波毕业后，中医学院已经不分配工作了，遵父母之嘱，离开省城来到湘潭的爷爷身边，一边实践，一边等待有机会去大医院一显身手。年轻人待在这样的小诊所里，太没有意思了。

一眨眼，几个月过去了。

去年冬天，"古城中医院"在报纸上打出广告，要公开招聘三名应届学中医的毕业生进院当医生，而且是事业单位的正规指标。因为廉于清是从这个中医院退休的，现任的院长方尊特意给他打了个电话，让他的孙子记着去报名。

报名的人真不少，大学生找工作成了一个社会问题。

文化考试、临床切脉下方、面试回答问题……过五关斩六将，廉小波崭露头角，出类拔萃。

方尊悄悄告诉廉于清：名单已报卫生局，这件事看来是瓮中捉鳖了。

可半个月后公布录取名单时，排名第·的廉小波名落孙山！

考官中有廉于清的学生，将个中情形一一相告。原来考生中，有一个是现任管文教、医卫的副市长柳絮的亲侄子，名次排得很后，而且只是个中医药学校的中专生。三个录取的人中，最没有背景的是廉小波，"柿子挑软的捏"，报批时，卫生局的领导就把廉小波换下来了。方尊到卫生局去申辩过，但谁也不理睬。

廉于清憋了一肚子气，但他不放在脸上，依旧沉静地接待患者。

他对孙子说："小波，不要急，机会总是会有的，你把功夫学好了。哪里不是悬壶济世？"

孙子勉强地点点头，心里想：市里的头头脑脑，未必没找你看过病？你可以去说一声嘛。但他不敢说出口，爷爷的性格他是知道的，常自比就是那一位中药石膏，操守清白，决不低眉求人！

转眼春天来了。

医寓小小厅堂的一角，花凳上新搁了一盆兰草，修长飘逸的叶片，衬着洁白的兰花，吐出清雅的香气。

廉于清一生喜欢兰花，每年在院子里都要种十几盆。他特意叫小波从家里搬了一盆来，让大家共赏。

爷孙俩并排坐在诊桌边。来一个患者，廉于清先让孙子切脉、开方，然后他再切脉后，审看孙子开的方子，若有不妥处，就为孙子扼要地讲解。

廉小波觉得自己进步很快，这里比大学的课堂强多了。

这一天午后，医寓里忽进来一个穿着打扮时髦的年轻女性，很矜持地问："谁是廉于清先生？"

廉于清正在审看孙子开的方子，头也不抬，说："我就是。"

她走到诊桌前来，说："廉先生，我是柳市长柳絮的秘书。柳市长这些日子突然病了，想请你到她家去出个诊。是方院长介

184

绍我来的。"

"柳副市长应该到中医院去看病，她的侄子不是个好医生吗？"

廉于清特意在"副"字上加重了语气，仍然不抬头。

她愣住了，停了一阵，小心地说："请中医院几个医生去看过，都拿不准是什么病，不敢下方。柳副市长结婚才三个月……有些症状很奇怪，人多了，不怎么方便呵。"

廉于清这才抬起头来，问："她能走吗？"

"能。"

"我现在忙，抽不开身。原本这里晚上是不看病的，你就让柳絮七点钟准时来吧，我们在这里等她。"

女秘书很不情愿地说了声"谢谢"，悻悻地走了。

廉小波觉得挺解气，说："爷爷，晚上等她做什么？我们回家去。"

廉于清摇摇头，说："病还是要看的。你可记得唐代孙思邈在《大医精诚论》中所说的话："若有疾厄来求救者，不得问其贵贱贫富，长幼妍媸，怨亲善友，华夷愚智，普同一等，皆如至亲之想……'她虽为官，在我眼中不过是个病人。"

廉小波不作声了。

七点钟的时候，门外传来停车的声音，接着门推开了，三十来岁的柳絮，快步走了进来。

"廉老先生，我是柳絮，特来麻烦你，真是对不起。"

廉于清站起来说："请坐。这是我的孙子廉小波。"

"哦，名门之后，廉老你好福气。"

廉于清口气平淡地说："哪里是好福气，他不成才啊。一个中医学院的本科生，又幼承庭训，去考中医院的医生，虽是第一，却落选了。"

柳絮说："有这样的事？廉老，你放心，这件事我会放在心里的。"

"哟，话扯远了。请坐下来，我给你看病吧。"

廉于清看她口唇干燥，舌尖发红，舌苔薄而微黄。切脉时感到弦滑而且频繁。便说："小波，你到内室去吧。"

小波答应一声，走到内室去了，并把门关上了。

"听秘书说，你结婚才三个月？"

"嗯。"

"最近月经来了吗？"

"刚过去十天。不知怎么搞的，突然气逆呕吐，又烦又闷，到了晚上，症状更加严重，打开所有的窗子，还觉得憋闷难受。"

"没找西医看看？"

"我喜欢看中医，真的。中医院的几个医生看了，觉得这症状很奇怪，方院长让我来麻烦你老人家。"

"柳絮，我要向你道喜，你是怀孕了。"

柳絮一惊，然后疑虑地说："是吗？"

"我知道你不信，想说怀孕了，怎么还会来月经，是不是？"

柳絮老实地点了点头。

"前面的医生诊断为难，是被这个所迷惑。这一次的经量，明显比上次减少了，是不是？这就对了，其实珠胎已结，故需要蓄积一些骨血来荫蔽胎儿，阴血于是变虚，血虚生热，肝为藏血的脏器，受孕以后血由冲任下输入子宫来保养胎儿，但由于肝热，下行的血行速而难驻，于是溢出少量的血下流而出变成了月经。一般孕妇常出现的'子烦'，多在孕后四至六个月，你是提早了。"

柳絮站起来，向廉于清鞠了个躬，说："三十岁才成家，我想要个孩子啊，先生的诊断真是太高明了，谢谢。"

接着，廉于清拎一支毛笔写处方：生石膏、熟地、麦冬、知母、黄芩、淡竹叶、莲心……

"廉老写的是郑板桥的书体，真好。"

"你能看出这是板桥体，不容易。这药你连服三剂，也就不必再来了。"

……

柳絮果真不需要再来了，服完三剂药，病症一如风吹云散。她给廉于清打了个电话，表示由衷的感谢。

这一天黄昏时分，方尊忽然喜气洋洋地来到医寓。

"廉老，我来给你报喜。"

"方院长，快坐。我喜从何来？"

廉小波赶忙给方尊沏上茶。

"小波的事解决了。柳副市长从其他局调拨了一个事业编制，给了我们中医院，并点名是给小波的。"

廉小波高兴得跳起来，说："方叔叔，谢谢你。"

"谢我做什么？要谢你爷爷，他那张方子神了，不愧是'石膏廉'啊。"

廉于清一直沉吟不语，过了好一阵，才说："方院长，假如我没有给柳絮诊病，假如小波不是我的孙子，她会多给卫生局一个名额吗？再说，每个局的指标都是有限的，多拨一个名额给卫生局，那么另外一个局就少了一个名额，就有一个像小波这样的年轻人因成绩优异而被淘汰。我给她看病，是医生的职责，若她以录取小波为回报，那就是小看我了。这个名额，我们不能要！"

方尊愣住了。

"小波，爷爷要委屈你了，你懂我的意思吗？"

廉小波说："爷爷，我懂。"

"那就好。清清白白做人，磊磊落落行医，这是廉家的庭训。"

方尊问："廉老，我该怎么回复柳副市长呢？"

"代我感谢她的美意。请把我的话转达给她吧。"

"廉老，我告辞了。你的一席话，对我来说不亚于醍醐灌顶，惭愧，惭愧！"

这时候，医寓里没有什么病人了，很静。

廉于清拿起一个小喷水壶，去给那盆兰草喷水，兰花的香气似乎更浓了。

廉小波说："爷爷，又多了几个花苞子哩。"

廉于清笑了。

几天后，报纸登出消息，古城文教、卫生系统开了个负责人大会，柳副市长作了重要讲话，并对她的秘书在未经她允许的情况下，给卫生局打招呼，将名次排后的她的侄儿录取为中医院医生一事，表示公开道歉。同时，立即予以改正：辞退她的侄儿，重新录用排名第一的廉小波。

当时，廉于清正在审看小波刚给一个患热燥症病人所开出的方子，认为第一味药"生石膏"分量用得不够，便用毛笔重新添加。"小波，凡遇热症，此药可放胆用之。"

几个候诊的病人，正在看邮递员刚送来的报纸，看到这条消息，一齐喧哗起来。

廉于清问："什么事让你们这么高兴？"

所有的声音都静下来了。

兰花的芳香飘袅着……

草医

在古城湘潭老辈子口中，总把那些游走四方，不在公家编制之内的医生，称之为"草医"或者"游方郎中"，其涵盖的范围十分广泛，卖草药的，卖自制膏丹丸散的，卖眼药的，挑蚜虫的，治花柳病的……形形色色，不一而足。这类人，在传统"江湖"的八大门中，属于"疲门"（其余为"册门""火门""飘门""风门""惊门""爵门""要门"），大多是医术低劣，靠哄哄骗骗混饭吃，名声不太好，故而又称之为"腥"。但论事不可绝对，此中也有能人异士，真还能下方治病，谓之为"尖"，属于"疲门"中的拔尖者。

古城湘潭的草医伏子长，就是此中的"尖"。

伏子长快满一个花甲了，但没有一点老态，壮壮实实，大脸盘，高鼻，阔嘴，浓眉，可惜眼睛有点小，却透出一股冷光。说话的声音，直而硬，一句就是一句，不拖泥带水，不像别的江湖郎中，说话模棱两可，总是留有回旋的余地。

他的母亲死得很早，在他刚上小学时就撒手而去了。父亲是个泥匠，一直没有续弦，苦巴苦巴地带着他过日子。初中毕业时，正逢"文化大革命"拉开序幕，他也就十六岁，谁知父亲一病不起，也离开了人世。不知什么原因，他把门一锁，跟着一个游方郎中走了，一走就是十几年，当然每隔一年半载会悄然回来住上几天，料理一下家事，尔后又飘然而去。真正回到古城定居下来，是二十世纪八十年代初，他已是而立之年了，带回了一个讲四川话的老婆，还有一个两岁的儿子。

他将河街上的老屋整修一新，到有关部门办了手续，开了一家"湘川草药铺"。后来人们才知道，那个带他出道的游方郎中，是四川人，不但把技艺传给了他，还把女儿嫁给了他，这"湘川草药铺"的名字，怀有对岳父的感激之情。

河街其实是一条短短的半边街，街面一律对着湘江，从早到晚都可以看见碧波白帆。伏家老屋嵌在河街中段，前后有三进，前面一进为店堂，一截子直角形小柜台，柜台里挨墙是一排嵌着许多小抽屉的大药柜；柜台外摆着诊桌和几条长板凳；第二进是伏家的卧室、药库、小饭厅和厨房；第三进是个小园子，或土种，或盆栽，全是各种各样的药草，半边莲、七叶一枝花、"打不死"、芍药、菊花、鱼腥草、车前草……一年四季，姹紫嫣红。

伏子长看病下方，老婆司药，生意不温也不火，不忙也不闲，生活也算是过得无忧无虑。一眨眼儿子都快三十岁了，成了家，生了个女儿，另外过日子去了。儿子不操此营生，大学学的是计算机专业，在一家外企当工程师。

没事时，伏子长喜欢从河街走上正街，寻到名中医廉于清退休后开的"益众医寓"里，喝杯茶，两个人高高兴兴谈医论道。

廉于清决不小看伏子长这个草医，总是待之以上宾之礼。他认为伏子长虽出道于江湖，却肯读书肯动脑筋，而且是一招一式历练出来的，对有些疑难病症的治疗，如梦游症、癔症、岔气、无名肿毒往往有一些独特的方法，让人不可思议。而他对于社会百态的了解与关注，更使廉于清佩服，不像他那样迂，那样闭塞。

这天的午后，廉于清正在医寓里啜茶养神，这时候没有什么病人，很静。

"廉老，我又来打扰了。"

"啊呀呀，是伏先生，快坐，快坐。"

廉于清连忙站起来，寻出"碧螺春"，给伏子长沏茶。

"好茶，这是今年谷雨时采的新茶。"

"伏先生，你是行家。"

伏子长哈哈一笑。

两个人隔桌对坐，品茶闲谈。

"伏先生，又有什么见闻了，说一说。"

伏子长说："还真有一件事，气人哩。"

廉于清尖起耳朵听起来。

"廉老，离我家住的河街不远，有一片老平房，名叫马蹄里，政府发标给华光房地产公司开发。这家公司的经理叫席展，四十岁出头，这几年搞房地产开发是狠狠地发了横财的。他在与住户们商谈拆迁补偿费时，把价压得很低，每平米才一千二百元！现在古城的房价每平米都是两千元上下了，这些住户都是一些普通工人，还有不少人下了岗，补这点钱哪里买得起新房子？"

"那当然买不起，难道让人住到露天里去！"廉于清一捋白须，显得很生气。

"住户们当然不肯搬家。"

"对，不搬，看他怎么样！"

"廉老，这席展心坏啊，他本人不出面，让手下人找些社会上的小混混，到各家各户去吵去骂，还让人在出入的路上泼粪倒垃圾，搞得那里天无宁日，丧尽天良啊。"

"政府不管？"

"管是管了，但不起作用。再说，人家怎么管？杀人了？还是放火了？都没有嘛。"

"唉——"廉于清长叹了一口气。

伏子长话锋一转，说："不过，我倒听了一个好消息，这个席展近半年来，得了个怪病，省城和本地的医院都看了，一点不见好，痛苦得很啊，活该！我和他爹席辛成熟识，是他告诉我的，他还说有人推荐你廉老来治，恐怕这两天会来找你。这个病，不是吹牛皮，只有你和我可以治好。"

廉于清矜持地昂了昂头，说："那也是。"

"廉老，我有件事想求你，席展的这个病，你不要治。当然，你老就要在名声上受点委屈了，一个名医能把病人推出去吗？但我绝不是为了钱，而是要为那些拆迁户讨个说法，你相信我吗？"

廉于清顿了好一阵，才点点头，说："伏先生，我答应你。"

伏子长起身，认认真真地向廉于清鞠了一个躬，说："廉老，我谢谢你了。"

……

席辛成领着儿子席展，走进"湘川草药铺"，是五天后华灯初上的时候。草药铺的门虚掩着，伏子长和妻子云英已吃过晚饭，正在店堂里闲聊，川音和湘音交织在一起，像唱歌似的。

门被推开了，席家父子走了进来。

伏子长坐在一把太师椅上，身子动也没动，缓缓地说："席老太爷，你怎么来了，莫不是走错了门？"

席辛成一愣，忙说："我带着儿子，是专意来请你看病的。你就莫喊我什么老太爷了，同班同辈的，生分哩。"

席辛成很诚恳的样子，对席展说："还不快叫'伏叔叔'。"

矮矮胖胖的席展，忙喊道："伏叔叔。"

"不敢当啊，席经理居然到敝铺来了。云英，看茶！"

"好咧——"

席辛成说："席展，快把这点子薄礼送给你伏叔叔。"

礼物很贵重：一对"茅台"酒，两条软包装蓝"芙蓉王"香烟，一盒极品"狗脑贡"绿茶。

"席展贤侄，这礼物我暂不能收。你们先坐下，喝茶。"

席辛成说："也好。"

云英安排好一切，避到内室去了。

伏子长掏出一盒软包装"大中华"香烟，说："来，你们先抽支烟。"

席辛成说："伏先生，你自用，我们暂时不抽。"

伏子长把一根烟刚叼到嘴上，席展忙趋上前，掏出打火机为他打着了火。伏子长细细地吸了一口，吐出一个一个的大烟圈，然后缓缓地说："辛成兄，看你脸色蛮不好，高血压病来势蛮猛吧？"

"正是。"

"你是虚性高血压，是内伤七情引起的，加上体质弱，情绪又不正常，药物好像不起什么作用。"

"说得对啊。"

"你的病，是因为你公子的病引发的，对不对？"

"你硬是神仙了。我一个独崽，得了个怪病，找了好多人治都治不好，我能不急？一急，血压就上来了，搞得日夜不得安生。今天来，就是想请你老弟帮个忙，给席展治一治。"

伏子长微微一笑，说："没去省里市里的大医院？"

"去了。狗屁效果都没有。"

"没去请名医廉于清先生看一看？"

"也去了。人家一把脉，说他治不了，极力让我找你来治。"

"大医院治不了，名医廉老都不肯治，怕是有不测啊，我怎么敢治？"

席辛成眼泪都下来了，说："席展，你给你伏叔叔跪下磕个头，求他救你的命。"

脸色惨白的席展正要下跪磕头，伏子长连忙离座按住席展的肩膀，说："治病救人是医生的职责，我先切脉看病，有救我自然会救，但俗话说，医能治病不能治命，这就要看席公子的造化了。"

摆好迎枕，让席展坐到诊桌旁，伏子长先给他切脉：两关尺俱沉弦。这个脉象很怪。便问道："每夜都腹痛腹胀吧，有一股气从小肚冲到脐上，渐至胸腔，直达咽喉为止，让你难受得想死。但到了白天，则一切正常。"

席展说："是的。是的。"

"我判定，这症状每夜起于十点左右，大概到天亮四五点钟就平息了。"

"对，对。"

"这是奔豚之症。"

席辛成问："子长老弟，什么叫奔豚之症？"

于是，伏子长缓缓地为他们剖析病理：病发于每夜十时左右，也就是二更天，二更为亥时，亥属猪，猪即豕，为阴。阴气萌动，然后奔突不止，到早晨四五点钟，也就是五更天，阳气回升，则阴气潜伏，故消除胀痛。此气潜伏于肾脏之中，毫无形影，西医的仪器也是测不到的。此病外表看是思虑过多，贪欲过多，伤了肾脏，更深的原因是犯了众怒，谴责之声不绝于耳。

"唉，要说席展犯众怒，也就是这次马蹄里的拆迁了，连我都被人戳后背哩。"

席展说："这个拆迁补偿价也算可以了。"

伏子长冷冷一笑："可以了？你拆了他们的旧房，他们却买不起新房，心里能服？你还指使一些小混混去做坏事，这不是没有天理良心了？你想，一到夜里，他们三五成群地聚在一块，骂娘操祖宗，这个气场可了不得！项羽当年听'四面楚歌'，最终兵败而自杀，民意不可欺啊。"

"伏叔叔，请你给我开方下药吧。"

伏子长摇了摇头，说："席展，现在人们正在发怒泄愤，气场的摧毁力太大了，药石起什么作用？你们先回去，想一想如何消解这个气场，然后再来这里，或许还有法子可想。这个病再拖下去，危险得很呵。云英，送客！"

云英从内室走出来，礼貌地说："席爷、席公子，钱不是命，有命还可以赚钱，是不是？你们一路走好。"

席家父子垂头丧气地走出了草药铺。

转眼就是一个星期。

一个一个的消息，不断地传到"湘川草药铺"里来：

那些闹事的小混混，一如风吹云散，再也看不到了。

华光房地产公司与住户达成协议，或以新房价格同等补偿拆迁旧房的面积；或待将来新房建成了，以同等面积相换，搬家费及租房费也予以补贴。

席家父子到了马蹄里，一家一家地赔礼道歉……

席辛成打电话给伏子长，问他是否可以把儿子领来了。伏子长故意停顿了好几分钟，叹了口气，说："我试试，你们今晚准九时，到我这里来吧。"

席家父子在晚上九时整，走进了草药铺。

云英把铺门紧紧地关上了。

店堂里的气氛很庄严，正面挨墙摆上了一个长条神案，神案上立着一尊关云长彩瓷座像，像前摆着香炉、烛台。神案前放着一前一后两个蒲团。神案一侧，摆着伏子长平日用的诊桌，上面笔、砚、处方笺一应俱全。

"辛成兄，还有云英，你们先在一边坐下。席展啊，伏叔叔治病不同别家，一切听我安排，你的心要诚要正，命运者，也可运命啊。"

席展频频点头。

"席展，你先跪下吧，目光与关爷的目光相对。"

"是。"

伏子长取了香烛，在神案前三揖首，然后点燃了香烛，插到香炉里和烛台上，自己也在席展前面的一个蒲团上跪下来了，双手合十，口里不知叽哩呱啦念些什么。

云英差点要笑起来，但还是拼命忍住了。她爹在世时，也常弄这一套，其实与开方下药一点关系也没有，但江湖上喜欢用这一套来制造神秘感，翁婿相传，伏子长是真正的衣钵弟子。

半个小时后，伏子长念完了，站起来，转身面对席展，用左手抚在席展的头顶，又念了好一阵。

席展的身子开始悸动起来，奔豕之症发作了，头上、脸上蹦出豆大的汗珠子。

伏子长说："席展，你在心里反复念'关爷救我'四个字，我去给你开方子。"

席展点头，默诵这四个字，似乎觉得胀痛减轻了些许。

伏子长坐到诊案前去，移过处方笺，拎一支毛笔，略略沉思了一下，迅速地写下处方，以肉桂为君，其余为胡卢巴、茯苓、泽泻、熟地、山萸、附子。

"云英，取黄表纸来！"

云英应一声，忙拿来一张金黄色的薄纸。

伏子长将处方抄写到黄表纸上，再将处方笺交给云英，吩咐她立刻去捡药、熬药。自己拿了黄表纸，走到神案前，拜了几拜，大声说："请关爷验方！"然后，就着烛光，把黄表纸烧了。

云英到柜台里去捡药时，暗自笑了，这处方她熟悉，是她爹教给伏子长的。捡完了药，她快步到厨房里熬药去了。

席展还在跪着。

伏子长再次回到诊案边坐下，双目微闭，如老僧入定。

席辛成是第一次见到这场面，连大气都不敢出一口。

直到云英把药熬好，端着一个大土碗走进店堂，说："老伏，药！"

伏子长缓缓睁开眼，长舒了一口气，对席展说："席展，起来吧，趁热把药灌下去。我正好和你爹聊聊天，喝口茶。"

"子长老弟，辛苦你了。"

"分内事，不说这个。这些天，你们做了很多事，住户们的怒气、怨气少了，这个气场平和了，要不我是不敢用药的。"

"谢谢，谢谢。"

席辛成忙从口袋里掏出早已准备好的包封，鼓鼓的，递了过去。"一点小意思，请收下。"

伏子长用手一挡，说："待病完全好了，你再谢不迟。以后连续五个晚上，席展都要到这里来。待他的奔豕症平息了，我再给他开方调养。你的病，是不是也好多了？"

"好多了。"

"这是做了善事，得了众誉的缘故。等公子的病全好了，你忧虑全无，身体会和从前一样的。"

"谢谢。子长老弟。"

席展喝完了药，又过了半个小时，觉得腹中好受多了。

子夜时，席家父子起身告辞。

此后的五个晚上，仪式一成不变，药方也基本不变，只是肉桂这一味药，逐日加大分量而已。

席展的奔豕症完全好了。

席辛成领着儿子，专门到草药铺门口，放了一大盘鞭炮，送了一块匾，黑底金字，上书"德泽一方"。

伏子长自称不能免俗，把匾额悬挂在店堂里。

他有些得意，他能不得意吗？

这一天，他又去了廉于清的医寓，谈起了为席展治病的经过，并呈上处方乞正。

廉于清看了看处方，说："好。阴气奔突，以纯阳之药御之，合乎医理医道。更可贵的是，你既医病，还能医人，敢为小百姓争利益，佩服，佩服！"

伏子长说："没有廉老的配合，行吗？廉老，我知道你还有话没说出来，你对我那些装神弄鬼的做法，是打心眼里不屑的；还有，你一生中，多少人送匾，你都不挂，而我挂了。我与先生不同啊，我不就是个江湖郎中吗？而且身上还有一点不怎么让人讨厌的俗气。"

廉于清大声说："快人快语，有六朝人风致，可爱！这世界上，真正可爱之人并不多啊。"

两个人放声大笑起来。

蝈蝈儿叫唱的时候

　　早满了一个花甲的乐任天，头发胡子都花白了。他万万没有想到，刚过完春节，儿子乐和硬要把他从老家河北满城县的太平乡吉安村，接到湖南的古城湘潭来欢度晚年。

　　儿子哀求说："爹，娘早两年过世了，你一个人住在老家，别人戳我的背哩，说我不孝哩，以为我——还有你的儿媳小珍，容不得你哩。"

　　儿媳说："爹，和我们一起去住吧，家里的事你说了算，我们都听你的！"

　　孙子拉着他的手，就是不松开，说："爷爷，你不去，我就留在这里陪你，书我也不读了。"

　　乐任天眼睛都湿了，难得他们有这片孝心。儿子、儿媳、孙子，说得又在理，又动情，他再不能拧着、犟着了，去就去吧，有道是"落叶归根"，他却是落叶离根了，一飘就要飘到千里之外的地方去。

"我的田土、菜地呢，还有这栋老屋呢？"

"爹，我都安排好了。田土、菜地无偿地给我的堂兄堂弟种；房子请他们关照，我每月给钱。"

乐任天心痛地苦笑："便宜这帮小子了。好，我可以安安心心去你那里了。孙子呀，你欢迎不欢迎？"

"欢迎——欢迎——热烈欢迎！"

乐声挥着手，有节奏地大声嚷道。

就这样，一家人回了湘潭。

乐任天是第一次从北方到南方来，当然也是第一次到湘潭来。古城真是"古"啊，抬眼就能见到上了年岁的楼台亭阁，还有庙宇庵观；到处是石板小巷，水网一样密布城中，高高的巷墙，夹出一线天光。更让他吃惊的，儿子的家就安在一条小巷的中部，是一个很气派的庭院，有假山、水池、花木、葡萄架、小亭子、石凳、石桌，还有一栋三层的青砖青瓦小楼。

"这就是你家？又大又清静，每月得多少租金？"

儿子说："十年前，我买下这个旧院子，然后再重建的，没花多少钱。"

乐任天想起来了，许多事，儿子早就告诉过他。大学毕业后，乐和分配到这里的一家建筑设计院，干了几年，辞职下海，有了积蓄后，办起了房地产开发公司，当上了总经理，到如今钱已经赚得够多了。

"爹，别总是说'你家'，要说'我家'，这个家就是你的家，你就是这里的主人了。"

乐任天好像在做梦。

刚来的几天，儿子忙里偷闲亲自开车，载着他城里城外到处转悠。上昭山，访岳塘，游雨湖公园，去关圣殿，到湘江边看大码头……可惜看不见玉米地、高粱地，看不见沟渠，看不见菜地。乐任天自个儿暗自发笑，城里怎么会有这些东西？

此后的日子里，偌大的庭院就剩下他和他的影子了。

儿子忙，儿媳忙，孙子读书也忙，他们中午都不回家吃饭。乐任天想自个儿做顿中饭吃都没有机会，儿子早安排附近的一家饭店，把饭菜送上门来，他只要在一张纸上签个字就行了。晚上呢，儿子多半有应酬，不回来吃饭。儿媳回来做好饭后，就他们三个人吃。吃完了晚饭，儿媳料理完家务，回二楼自己的房里看电视去了，孙子也回三楼自己的房里去复习功课。

乐任天住一楼。一楼有小客厅，有浴室，有厨房，有库房，还有他的卧室。卧室里有床有桌有柜子，当然还有电视。他不喜欢看电视，就到小院子里去闲走闲坐。孤零零的一个人，和小亭子说话？和水池里的红鲤鱼说话？只好又回到卧室里去，打开电视，总算有个图像有个声音陪着，要不真会闷死。

乐任天想到孙子房里去说说话。只要见到孙子，他打心眼里喜欢。虽然乐声没在他眼面前长大，而且先前一年之中，只有他们回去探亲时，才能见到。他只有一个儿子，也就只有一个孙子。岁月催人，孙子十七岁了，正上高中，过两年就要考大学了。儿媳是南方人，生得小小巧巧，可孙子是北方种，个子长得又高又结实，和儿子年轻时一个模样。

于是，乐任天兴致勃勃地从一楼上到二楼，准备再上三楼时，儿媳小珍出现了。

"爹，你有事吗？"

"我想去看看孙子。"

"爹，他正复习功课哩，高中是要紧的时候，你……千万别去，男孩子心野哩。"

乐任天喉结蠕动了一阵，尴尬地说："好……我回房去歇着。"

小珍一直看着他下了二楼，才收回目光，回房去了。

年老了，硬躺下也睡不着，乐任天觉得这夜真长。

坐到快子夜了，他听见院门的锁响了一下，很清脆。接着，小车开进了院里，是儿子回来了。疲惫的脚步，响过石板小径，再响到他的卧室门前，然后问："爹，睡了吗？"

"还没哩！"

他去打开了门，让儿子进来。

儿子坐下来，一边喝着爹倒的一杯白开水，一边和爹扯几句闲话，嗓音又重又缓，看得出是累狠了。

乐任天心痛儿子，这世界上的钱你赚得完吗？居然累成这样！于是，他说："乐和，你赶快去睡吧，爹好得很哩。"

"爹，我去休息了，你也早点睡吧。"

……

乐任天觉这小巷这庭院里的日子，并不那么开心，整天没有什么事可做，也就难得出一身透汗，筋骨闲得发酸发痛。邻居他也不熟，熟又如何，他根本听不懂本地话，人家也听不惯他的河北腔。乐和、小珍、乐声，都能说普通话，邻舍不可能为了他，说话时卷起舌头。

他想儿媳不是要回来做晚饭吗？他一个大活人，完全可以担当下来。他和儿子说起这件事，儿子把个头摇得拨浪鼓似的，说："是她自己想做饭的，不做，可以请保姆，可以到饭店订餐。你可千万别动手，人家会以为我们把爹当劳力使用哩！"

乐任天愁得眉头都打了结。

日子一天一天地过去。他在揭挂历的时候，"芒种"两个红字，猛地射进了他的眼睛。在这一雲，他想起了老家的蝈蝈儿。庄稼人谁不喜欢这小精灵，谁不喜欢听它的叫唱？芒种时孵化出土为幼虫，七次蜕皮后才能成虫，成虫四到七天就能开口鸣叫。捕捉蝈蝈的最好时机，是夏至前后。从小到老，他捕捉过多少只蝈蝈？记不清了。捕了就装在自制的高粱秸笼子里，喂米饭粒、嫩西瓜、鲜菜叶，好好地养着，就为听它的叫唱。干活挂在地头的小树枝上，回家就挂在房檐下。有乏解乏，有愁消愁。蝈蝈不怕热，越热越叫得欢，可天气凉了，身也僵，翅也懒，啥声音都发不出来。他会把蝈蝈放进小巧的葫芦里，拧上有气孔的盖子，再揣在暖暖的怀里，走到哪听到哪。一般来说，蝈蝈寿短，是挨不过冬天的。但他的父亲传授过一种方法，在入冬前给蝈蝈喂点儿丹砂，可保一个冬天虫不僵，开春时还可以叫唱一阵子哩。

有一个夜晚，乐和居然发现爹瘦了、黑了，便问他想吃什么，想玩什么？

乐任天说："我想老家的蝈蝈了！"

乐和一愣，立即明白是怎么回事了，老爷子想听蝈蝈的叫唱，以慰乡愁，这是很容易办到的事。

"爹。过几天，我手下有个主任要去石家庄出差，让他捎带几只蝈蝈回来，当然包括中意的虫具，你看好不好？"

乐任天说："好。我就是这个念想。听到蝈蝈叫唱，就像回了老家，就像看见了大平原、青纱帐、吉安村，就像听到了碾子动、磨子转，就像闻到了灶火香、土腥气。"

立夏节刚过去几天。

乐任天和儿媳、孙子刚吃过晚饭，楼上、楼下、院子里的灯光也亮起来了。

乐和兴冲冲地走进了庭院，一头的汗水。他的右手提着几只高粱秸蝈蝈笼，左手提着一个装了几个蝈蝈葫芦和几包饲料的网兜。

"爹，你听，蝈蝈叫得多欢！"他边说边向开着冷气空调的小客厅走去。

乐任天追上来，说："别进那地方，蝈蝈怕冷哩。"

乐和站住了，说："爹，那我就交给你了。我得去洗个澡，这天热得邪乎。"

"越热越好，蝈蝈就喜欢大热天！"

乐声跑过来，说："爷爷，啥是蝈蝈，我从没见过。"

乐任天呵呵大笑："孙子，你不怕热，就到我卧室里去看。"

"好咧！"

空调关了。一老一少坐到桌子边，在明晃晃的灯光下，看蝈蝈，看葫芦虫具。

一个高粱秸笼里装着一只蝈蝈，一共有五笼哩。

"孙子，这一只翠绿色的大蝈蝈，遍身都是西瓜皮色，翅又宽又长，翅色绿中透明，产自我们老家。这只草白色的蝈蝈，不但翅是草白色，六只脚也是草白色，是河北顺平县的货色……"

"爷爷，你怎么都知道？"

"从小看到老，熟了，像见了老相识。"

"它是怎么发声的，这么响亮？"

"孙子，它的发声器长在翅膀上，一扇动翅膀，就有声音了。好的蝈蝈，讲究翅长翅宽，还要厚。刚才这两只，你听它们的声音，'哐、哐、哐'，像敲大锣，声音'憨'，称作'老憨子'，是最上等的。中等呢，声音是'关、关、关'，很亮，称作'亮叫'；末等的为'脆叫'，'呱、呱、呱'，声音又尖又薄。这个去买蝈蝈的人，肯定是请了当地的人去挑的，没有'脆叫'和'亮叫'，全是'老憨子'，一只得几十元哩。"

小珍在二楼的走廊上，朝着楼下尖声喊道："乐声，你还不去复习功课，爷爷要休息——啊。"

乐声只好站起来应道："来啦。"然后又小声地对乐任天说："爷爷，我妈的声音，像不像'脆叫'？"

乐任天说："这孩子，没大没小的！"

乐声一溜烟跑了。

乐任天开始看那几个蝈蝈葫芦。都是一色干透了的精巧葫芦，拳头大小，分别用花梨木、紫檀、红木做的口和盖，蒙心是用椰子瓢做的，还雕刻了各种花草图案。他几曾用过这样贵重的虫具，每一只应在两百元之上。乐和为爹这点喜爱，舍得花钱，可也有些太奢侈了。

夜深了，月光皎皎。

乐任天提着几只蝈蝈笼，走出卧室，走进了庭院。他在小池边的玉兰树枝上，小心地把笼子挂上去，或许天上有露水飘落，让蝈蝈们吃个痛快。因为受到晃动，蝈蝈的翅猛地扇动，"哐、哐、哐"，沉宏的声音划破了夜的宁静。

三楼卧室的门打开了，泻出了一方灯光，乐声走出门，站在栏杆边，问："爷爷，让蝈蝈吃风喝露吗？"

"是啊，老关在笼子里，它会变蠢变呆的，你说是不是？"

"对，对。"

从二楼的卧室里，传出了小珍的尖吼声："乐声，你还不睡，明天怎么有精神上课？"

乐声忙缩了回去，很重地把房门关上了。

蝈蝈笼挂好了，慢慢地平稳了，它们也该休息了，不扇翅膀也不叫唱了。

乐任天在小亭子里，点燃一支烟，静静地坐了很久。

有了蝈蝈的叫唱，乐任天觉得长长的白天变短了，变得有声有色了。蝈蝈声里，他嗅到了大平原浑厚而凉润的气息，无边无际的青纱帐，杆子那么直，叶子那么密，绿汪汪的，在一阵一阵的风里，哗哗啦啦地响个不停。他看见吉安村在蝈蝈黎明的叫唱声中醒来了，家家屋上升起了一道道笔直的炊烟，狗吠鸡鸣，邻里之间有一搭没一搭地说着家常话。

更让乐任天高兴的，是孙子因家里有了娇客蝈蝈，在突然之间和他亲近了。这个生在南方城市的孩子，爱看蝈蝈，也爱听蝈蝈的叫唱，还喜欢向他打听蝈蝈的事儿。是出于好奇，还是北方血性诱发了他的情愫，乐任天当然搞不明白这里面的缘由。反正，孙子喜欢围着他和蝈蝈转，这就是一件大喜事。

双休日，乐声隔一阵子就会蹿下楼，跑进庭院。因为乐任天把蝈蝈笼，挂在小池边、假山旁和树荫里，叫唱声便响在不同的地方，你呼我应的，好听极了。

"爷爷，你告诉我，蝈蝈该怎么挑选？它的发音器在翅上，应该先看翅是吗？"

乐任天点头，笑得很灿烂，然后说："我孙子聪明。选蝈蝈，当然是先看翅，翅膀大、小、宽、窄分为三等：'短衣'，就像你身上的短袖汗衫；'长衣'，就像人穿的半长风衣，'翅子'，就是人穿的长大衣了。最好的是'翅子'，而且翅的皱纹要深，上下翅要搭盖得多。声音呢，起码要'亮叫'，'老憨子'就更好了。"

"爷爷，你是研究蝈蝈的专家哩！"

乐任天抚了抚孙子的头，呵呵地笑。

除了问蝈蝈的事，孙子还会问到玉米、高粱、土豆、碾子、窝窝头、小米粥……小孩子对北方乡下陌生的东西，总是好奇，好奇了就要问个底朝天。

如果乐和不在家，小珍肯定会用尖脆的声音，催促乐声去复习功课。乐和在家呢，她不会作声，怕丈夫不高兴，说她扰了老爷子的兴致。

入秋了。

秋风一阵一阵地飒飒作声，日色变得淡薄，天气凉中带点儿冷。庭院里的几株芙蓉花，齐刷刷地开放了。红红白白，每一朵又大又肥。

乐任天把蝈蝈，分别装进了几只葫芦，轮番着揣在怀里。怀里当然只能揣一只葫芦，其余的几只呢，找来破布和棉花包裹起来，放在松软的床上。

他在庭院无人时，一边听怀里蝈蝈的叫唱，一边在芙蓉花周围转来转去。

"哐、哐、哐……"

他知道在老家，大片的庄稼收完了，粮食进仓了，冬小麦要开始播种了。干完了这茬劳累活，就只有一些零星的农事，庄户人可以好好地喘口气了。上了年纪的老辈子，怀里总会揣着蝈蝈葫芦，相邀着坐在院子里喝茶、抽烟、聊大天。蝈蝈的叫唱声此起彼落，那才可心哩。谁个不好兴逞强呢？谁的蝈蝈是"脆叫"，准被大伙耻笑个没完。记得那一年，乐任天的那只蝈蝈，是'亮憨'，既有"亮叫"的洪亮声，又有"老憨子"的憨叫声，真是百里挑一，不，是万里挑一。而且，那是一只本地产的金黄色大蝈蝈，全身光亮如金，翅长超过了尾部，叫"超长翅"，又威武又好看，真让老伙伴们羡慕死了。

有一个深夜，乐任天刚刚睡着，二楼的那间卧室里，传来了低低的争吵声，他愣嚓一下醒了过来，尖起耳朵一听，是儿子和儿媳在斗嘴。

"乐和，你不能不管管儿子，今天他的班主任打电话来，说这次考试，他的语文、数学、外语成绩，都下降了十多分！"

"这不是小考吗？你急什么！"

"你糊涂呀，这说明他分心了，不专注了，将来还能考上名牌大学？"

"小珍，你陪儿子的时间多，你说是什么原因？"

"唉，老爷子来，我绝对没意见，可他要玩什么蝈蝈，儿子爱看、爱听、爱问，能不走火入魔吗？"

"可老爷子离了这蝈蝈，就发愁，就想老家，就住不下去，你叫我怎么办？"

声音越来越小，最后是什么也听不清楚了。

乐任天伤心了，孙子的成绩下降，难道真的与他与蝈蝈有关？老家的孩子谁不爱玩蝈蝈，不是照样出大学生！当年，乐和不是考了全县第三名？状元、进士、榜眼，乐和不是中了榜眼嘛！

他再也睡不着了，闷闷地一直坐到天亮。

早饭后，儿子、儿媳、孙子都出门了。他带着几个蝈蝈葫芦出了家门，走出巷口后，径直去了湘江边的一个公园。日光淡淡的，风也稀稀的。在一片绿里微黄的草地上，他蹲下来，拧开葫芦盖子，让蝈蝈们去自寻活路。那几只蝈蝈，待在草地上不肯走，恋恋不舍的样子。

几颗老泪从他的眼里滴落下来。

他只留下了老家的那只翠绿色大蝈蝈，揣在暖暖的怀里。收拾好那几只空空的葫芦，惆怅地回到庭院里。

在以后的日子里，只有在庭院悄无人声的时候，他才逗弄蝈蝈叫唱，痴痴地听。家里有人了，他决不揣在怀里，而是用破布和棉花裹好葫芦，藏在展开的被子下，即便它叫唱，那声音也传不了多远。

吃晚饭的时候，乐声问："爷爷，怎么没听见蝈蝈叫唱了？"

"它不想叫唱了，怕影响你读书呀。你什么都别想了，就想一件事，怎么读好书，考个好大学！"

小珍忙说："爷爷的话，你要记在心里！"

乐声顿了一阵，说："爷爷，对不起，委屈你了！"

立冬到了。

按理说，乐任天该给蝈蝈喂点儿丹砂了，但他没有！

又过了些日子，下雪了，结冰了。乐任天懒得开卧室里的空调，庄户人没有这么娇贵。更重要的缘由，是别让蝈蝈活得太久。

在春节前夕，老家的这只翠绿色大蝈蝈，终于耐不住严寒，死了。他把它埋在庭院的假山边，还陪着坐了好一阵，才悻悻地回到卧室里，然后打开了空调。暖气一阵一阵地喷发出来，他突然喉头哽咽，低沉地哭了。

冬天过去了。开春了。立夏了。立夏之后，是小满。小满之后呢，是芒种。

乐和矢口不提蝈蝈的事，他公司里不是常有人去北方出差吗？即便提了，乐任天也会全力否定的：人老了，还像孩子玩那玩意儿！这个庭院，是不能有蝈蝈的叫唱声的。而没有蝈蝈的叫唱声，他就有了身在异乡的强烈感受，每一天都是那么难挨，等于是大病缠身啊。

乐任天越来越思念老家了，大平原、青纱帐、吉安村、老乡亲……白天凸在眼里，夜晚嵌在梦里。

有一天，全家在一起吃饭时，乐任天谈了他要回老家去住一段日子的想法，末了，很坚决地说："你们都很孝顺，我知足了。如果要想我多活些日子，就让我回老家去吧！侄儿们会好好照料我的，你们不必担心什么。"

乐和的泪水，流得满脸都是，半天说不出话来。

小珍说："回老家去住些日子，也好，不习惯了，我们就来接你。"

乐声真的哭了，哭得很伤心。然后，断断续续地说："爷爷，你回到老家。到处是……蝈蝈的叫唱声，祝你……快乐，祝你……长寿。放了暑假……我去老家看你……"

乐任天说："我的好孙子！好好读书吧，你爹当年中的是榜眼，你给我中个状元，爷爷那才高兴哩！"

在立夏的那天，乐和护送爹回到了吉安村。

草丛里，树林里，庄稼地里，蝈蝈的叫唱声，高高低低，强强弱弱，长长短短，一阵一阵的。

乐任天开心地笑了，说："乐和，你听，让人长精神哩。那

212

几只蝈蝈葫芦呢？"

"放在旅行包里，我没忘这事。"

"只要听到蝈蝈声，我什么时候都是快活的。你不必记挂我！"

"爹，我知道。"

"乐和，那边菜地里，准有一只'老憨子'，声音就像敲大锣，好听得很哩。"

"我小时候，爹也常说这句话。"

乐和尖起耳朵听起来，果然是一只"老憨子"！

"喔、喔、喔……"

偷月亮菜的时候

　　月亮如一面纯银打制的锣，挂在村寨前面的山巅巅上，一闪一闪，似乎有人在敲击，只是没有声音——声音化作了千斛万斛光亮，倾泻到寨子中来。每一座木屋的瓦上，漂着一层洁白的光波；大路小路仿佛铺着一层白霜；那些树木及草、叶子如银片剪成，晶莹剔透。

　　又是中秋夜。

　　夜深了。

　　寨子里先是一片静寂，此刻，却渐渐地有了响动，有了笑语。是偷月亮菜的时候了。

　　细芳把熟睡的细伢子，放到床上去，然后吹熄了灯，独个儿悄悄地坐到窗前，瞪着眼望着菜园。菜园的门是敞开的，一园的月光，一园的碧绿的瓜棚、菜畦。月光显得比平日稠酽，肥硕的瓜叶菜叶似乎承受不了如许分量，缓缓地倾斜着，于是银汁细细地滴落下来，满地滚跳。秋南瓜、秋冬瓜，像一个个的胖崽，抓着棚架在玩耍；秋茄子紫红生光，好像上了釉；毛豆一行一行地站着，虔诚地在等待什么。

细芳在等一个人。

　　等一个相好的男子。这是寨中的习俗，往往在中秋夜，男子便到心爱女子的菜园中去"偷"并蒂的瓜果、成双成对的豆角，或者偷毛豆。这自然有着一些象征意义，或体现对美好情愫的向往，或者祝愿多子多福，毛豆与"毛头"谐音，"毛头"即是小孩子的别称。

　　细芳过了一个冷冷清清的中秋节。

　　一月前丈夫大贵挑着一副打银器的担子，走乡串寨去了，看样子生意是蛮不错的，连中秋节都没有回来团圆。月饼买了，药糖买了，藕、香柚也准备了，她和三岁的儿子能吃多少？看着别家老老小小欢聚一堂，她心里空空的。她埋怨他，要赚这么多钱做什么！逢场赶集，他倒天天在热闹的地方待，就不懂家里还丢着老婆和孩子。她埋怨他，继而又埋怨自己的父母，偏偏要把她嫁给他。两年前，父母相继亡故了，无兄弟姊妹，孤零零留下她一个人在世界上，好冷清好寂寞。这冷清与寂寞，又与一个美好的月夜同在，于是她更感到一种难言的凄楚。

　　幸而有一个希望还在，他会来。

　　他叫壮崽，比她大一点，小时候一起在寨子里玩，后来又在一所小学同班读书……可惜，长大了，再没有什么来往了。他参了军，等到退伍回来，她已经结婚了。

　　昨天，她在井边洗菜，恰好他来挑水。井台上就只他和她，她觉得身上发热，有一双眼睛在她身上望来望去，热辣辣的。

　　"细芳，洗菜？"

　　"嗯。"

　　"大贵呢？"

"出去了。"

两人无言以对。只有眼睛在说话。

顿了好一阵,壮崽望了望天,轻声说:"明天是中秋了。"

"嗯。我家菜园里的瓜菜长得好哩。"

话一出口,细芳的脸就红了,真是见鬼,怎么提到菜园里的瓜菜呢?于是,她慌慌地提着篮子走了,走了一段路,又忍不住回过头去看——壮崽还痴痴地站在那里,一双眼睛亮得如星子。

菜园外,远远地响起了脚步声,又轻又碎,带着许多的羞涩与惶恐。她知道是壮崽来了。至今为止,他还没有说"人家",不是他条件不好,要人才有人才,要文化有文化,建了新屋,筑了新仓……而是他看不上人家。一个都没有看上?未必天下的姑娘没有一个配得上他?他心里的"她"是谁呢?

月光下,一个人影缓缓地伸延到菜园门口,然后又停住了。是壮崽,他果真来了,穿一身军装,只是没有帽徽、领章,显得几多威武,几多精神!细芳的心几乎跳到喉咙口上,难道他心中的"她"就是自己?痴呆子,这些年真难为了你!既如此,你还犹豫什么?进园子吧,并蒂的瓜果,成双成对的豆角,密密匝匝的毛豆,你就放肆摘吧,摘得越多我越喜欢哩。

壮崽迟疑地往四面看了看,终于鼓足勇气进了园子,然后一头潜入一个丝瓜棚下去了,叶蔓沙沙响了几下,便一切归于平静。

细芳全身的每根神经都绷紧了,无形中与那棚架上的枝蔓相接相连,耳朵也像猎犬一样竖起,细细地捕捉每一缕微小的声音。她希望听到"咔吧咔吧"的清脆的声音,那一定是在摘并蒂的丝瓜!她相信那种声音,会给她带来久已消逝的愉悦,诱发起年轻女人难已平息的激情。可惜,隔了许久,这声音就是没有传来。他一定是小小心心地摘，努力不让瓜蔓弄出声音来。真胆小！人家相好的男子，偷月亮菜的时候，故意把声音弄得很大很脆，边摘还边喊：××，我偷你的瓜菜了，谢谢哩！

一个影子一闪，从丝瓜棚里转到豆角篱笆那边去了，好快！密密的叶蔓如一道屏幕，隐隐可见一个影子走过来走过去。

细芳的心里甜蜜蜜的，壮崽肯定摘了好多好多豆角了……明天呢，到井边去会他，他反正要去挑水，约一个时间，好好地一起待一阵。反正，大贵的心里早没这个家了，连中秋节都不回来，怕是在外面有了相好的了。

月光在园子里，漫得满满的，满得从门缝里、窗缝里流到屋里来。窗上挂着窗帘，细芳轻轻掀开一角，往园子里瞅。她觉得月光在脸上流动，很亲切很多情。一低头，她看见了颈上的银圈子，洁白如月，这是大贵结婚时送给她的，银圈子焕发出一个淡黄的晕圈，投在墙上，墙因而显得白了许多。

正看着，忽听见脚步一阵急响，响出园子外去了。壮崽走了。细芳埋怨自己一分神，没有看清壮崽是如何走出园子去的，那样子一定很可笑，一定用衣兜着丝瓜、豆角之类的瓜菜，沉甸甸的，他的好看的眉，一定被喜悦压弯，脚步一定是乐癫癫的。

走了，壮崽走远了。

月光依旧晶明。

细芳决定到园子里去看看，看看那些叶蔓新鲜的淌着浆汁的断口，用手指去轻触，定能感受到壮崽留下的温情，多有意思。

她走到床边，看了看熟睡的孩子，然后打开门，一蹦一跳到园子里去。

没有一个新摘的断痕，没有！每一根蔓，每一片叶，都完好如初，上面的月光静静地流动，没有人去惊扰。

壮崽没有偷月亮菜！

细芳仿佛被雷猛击了一下，差点没有站稳，许多的期冀，许多的憧憬，许多的撩人的骚动，一刹那都像梦一般消逝。

这个胆小鬼！这个憨汉子！他终于在最后的时刻，不知他心中怎么想的，退阵了，他不懂得一个女人的心？！

细芳如受惊的小鹿蹿回到屋里，把门闩上，坐在儿子熟睡的床前，呜呜咽咽地哭了一场。她不敢大声地哭，哭得很压抑，哭过之后，又痴痴地想，一直想到天亮。

过了两天，寨子里有个出外回来的人，给细芳捎来了一封信。

是大贵写来的，说是中秋节没有赶回来，很对不住她，很过意不去，其原因是他病倒在一个小旅社里，小旅社离这里有百把里路……

细芳捧着信，读了许多遍，然后又哭，哭了又笑。

大贵是个好人。

她收拾了一下行装，带了一些现款，抱着三岁的儿子，搭上一辆过路的拖拉机，去看望大贵。并要告诉大贵，中秋夜的月光几多好，可就是感到孤独与冷清，回家后，一家人要重新过一个"中秋节"，月饼、药糖、藕、香柚还留着哩。

"崽崽，我们看你爸爸去。"

孩子格格地笑，阳光下，真像一朵太阳花……

如梦令

　　初夏的阳光很薄很淡，在小南风的吹拂中，很敏感地飘拂不止。飘拂不止的当然不是阳光，是阳光下淡而薄的人影。

　　他走进了这条非常幽静，也非常洁净的小街，街旁的法国梧桐树，每一片肥硕的叶子，在淡薄的阳光下泛出润湿的绿晕。

　　一个一个的小院子，都紧紧地关着黑漆大门，门上的铜环锃亮锃亮。奇怪的是全都一个样子，好像这院门和这门上的装饰，就不能变出点别的花样来。所有的思维，都如此整齐划一地规范化了。

　　他莫名其妙地叹了一口气。

　　他知道这条小街，在古城湘潭很有名气，住的都是这些年发起来的私营业主，开矿山的，办厂的，搞商业的……甩出一把一把的钞票，买下这原先很破旧的房子，然后拆了重建。

　　一家一个院子，一个院子里嵌一栋漂亮的洋楼。市长、市委书记、教授、科学家……的房子，没这个格局，也没这个气派，这是大宅门呵。

　　他不停地转着头、侧着脸，去看两边的院子，院墙上探出一抹一抹的青绿，使人觉得一院子的绿意满得不行，于是往外溢。

可惜不是春天，如果是的话，可以看到"一枝红杏出墙来"的好景致。不过，他想这样的人家未见得会去栽红杏，他们只要院子里有树有花就行了。那个"红杏枝头春意闹"的"闹"字，并不是人人都懂得它的妙处。而懂得的，又不可能有院子去栽红杏。

他潇洒地笑了一下。

尽管他住在这座城市，但真正走到这条小街上来，还是第一次。要不是为了去会见一个人，他是绝对不会到这里来的。

他就要离开这座城市了，大西北一个迷人的地方召唤着他，那里需要老师。

他决定离开这座城市，离开这所条件很不错的中学，到边地去显显身手。

有人说他傻，有人夸他思想好，他觉得这两种人都误解了他，他既不傻，也不认为自己的思想就高尚得不得了。他是觉得三年前从大学毕业，然后当了一名老师，生活实在太单调、太平淡了。单调而淡淡的甜，让他越来越难受。于是，他要到大西北去，"轮台九月风夜吼，一川碎石大如斗"，这该多有意思。

只是在他走之前，还想见见她。

他数着院门上的门牌号码，十号……十二号……十八号，还得往前走，她住在二十八号。

这个号码是她在他大学毕业回来后，打电话告诉他的。电话里传来她很悦耳的声音："薛天，来玩玩吧。对，二十八号，什么时候来都行，我整天闲着，对。"

他听完电话，心里说不出是个什么滋味。完全可以想象得出，她已经是一个雍容华贵、无所事事的贵妇人了，她闲得无聊，需要人去消除寂寞。他差点把电话都摔了——但他没摔。而且记住了这个门牌号码。

不过，他从来没有去找过她。

他今天来找她，是因为他要远离这个城市了。在这个城市，他没有什么亲人。父母亲退休后，住到另一个城市的姐姐家去了。

他至今还是孑然一身，没有成过家，更没有孩子。到现在他不得不承认，她在他心目中，毕竟烙下了很深的印痕，过去他想来看她是因为找不到合适的借口，但这一次，他要离开此地前去告别，不管怎么说总带着几分男人的自尊。

他和她是大学中文系的同学，可只读了两年，她就退学了，因为父亲亡故，母亲又多病。她回家后不久，就和她表哥结婚了。是她母亲做的主，因为她表哥，曾经非常慷慨地资助了这个十分困窘的家庭。

她在他的视域里消失了。

有个同学为他写过这样感伤的句子："在多风暴的雪天，那一片不该凋谢的梅林凋谢了……"

她叫梅林，他叫薛天，谐音的"雪天"配上疏影暗香的梅林，多么有意味的名字。但是名字能够绾结住两颗心吗？

后来，他听说她的表哥，是一个拥有数百万资产的私营业主，开着一爿很气派的服装公司。梅林当然不需要去挤公共汽车上班、下班，也不需要做任何家务事，家里请了保姆。钱呢，多得用不完，时间呢，多得不知道怎么去打发……

他终于站在"二十八号"院门前了。

院门厚黑得让人喘不过气来，两个大铜环好像两只大眼睛。

他犹豫了一下，才伸手按响了门铃。

过了好一阵，院门才沉重地打开了一半，探出一个年轻姑娘的身子，把他从上到下打量了一番，问道："先生找谁？"

薛天一愣，连忙说："我找梅林女士。我是她的同学，叫薛天。"

姑娘又把他从上到下看了一遍，大概是这身并不起眼的衣服，和很一般的老式皮鞋，使她难以置信他怎么可以找到这地方来！

"先生，请等一下，我去通报一声。"

院门又关上了。

又过了一阵。院门急剧地打开了，站在薛天面前的竟是梅林。

白皙的面庞，高挑的个子，头上蓄着髻，身着很贵重的丝质套裙，小巧的足蹬在一双高跟皮凉鞋里。

薛天说："梅林，我来看看你，你不介意吧？"

梅林的脸上泛起一片红晕，眼里闪射着灿亮的光，很娇媚地说："请进！薛天。我还真盼着你来哩。"

梅林袅袅娜娜地走在前面引路，薛天慢慢地跟在后面。

梅林忽然清脆地喊了一声："小吉，把院门关了，再不要让人来打扰！"

小吉答应一声，对着薛天抱歉地笑笑，表示刚才对他的轻率感到内疚，然后快步去关院门。

这院子真大，挨墙种着美人蕉，肥硕阔长的叶片，衬着如火的花束，漂亮极了。在美人蕉的旁边，则是一排一排的木头架子，上面搁着一盆一盆的四季海棠，叶子翠嫩，猩红的花朵点缀在绿叶之间，如血。

这场景好熟悉。

他记起来了，在大学里，有一个叫"海棠园"的地方，挨墙也是种着美人蕉，美人蕉旁边是一排一排的花架子，上面搁着精心培育的四季海棠。那时，梅林经常邀他去那里读书和复习功课，两个人坐在一条绿长椅上，挨得很近，阳光在两个人的脸庞上流动，透明得销魂。

"薛天，你喜欢这海棠吗？"

"喜欢。更喜欢李清照的那阕小词《如梦令》：昨夜雨疏风骤，浓睡不消残酒。试问卷帘人，却道海棠依旧。知否，知否？应是绿肥红瘦。"

"嗯。不过，我却喜欢，'海棠依旧'四字，似乎具有一种超越时空的恒定意味。"梅林说。

梅林深情地望着他，然后又羞赧地低下头去。

薛天听见她急促的呼吸声了，忽然把嘴轻轻地凑过去，在她的脖子上吻了一下。那个吻痕，淡淡的，湿湿的。

……

"薛天，请跟随我来。"

梅林大概听见后面的脚步声停了下来，便招呼了一声。

薛天说："好的。"

他们穿过一道月亮形的门，走过一条打扫得干干净净的鹅卵石嵌成的小径，来到一栋三层的小洋楼前，然后走进左边的一间会客室。

薛天忽然发现梅林的高髻边，缀着一朵小小的丝质白花。

她按了一下空调开关，然后亲自拉开窗帘，屋里变得明亮起来。正面墙上，挂着一幅很大的嵌着铝合金框子的油画，画的是一盆生机盎然的四季海棠，上面题着六个字"却道海棠依旧"。

"薛天，请坐。小吉——煮咖啡来，再端些点心、水果来！"

一会儿，茶几上摆上了一碟一碟的糖果、点心，以及荔枝、西瓜（西瓜切成一瓣一瓣）。

梅林优雅地坐在他的对面，两个膝盖并着，双手互相叠着，好看地搁在膝上。

"梅林，我要走了，特地来向你告别的。"

薛天轻轻地说。

梅林感到很意外，脸部的肌肉抽搐了几下，问："你要到哪里去？"

"到大西北的一个小县城去，那里缺教师，我就报名了。"

梅林微微地叹了一口气。

"薛天，吃呀，吃呀。老同学还讲什么客气。"

这时，小吉把咖啡端进来了，热腾腾的。

梅林对小吉说："准备几样精致的菜，我要请薛先生在这里吃午饭。"

"不，梅林，我还有事。"

梅林好看地噘起嘴，说："这就太看不起人了。当年在校园，你做过好几次东哩。"说完，清亮地笑起来。

小吉出去了，客厅的门关上了，一切都很安宁。

"薛天，几年来，我一直想跟你解释解释，可是一直没有机会，我知道这是命运的捉弄。我……并没有忘记你。"

薛天的心咚咚地跳起来。

"我知道你一直没有找女朋友。我觉得我有责任，我对不起你。"

梅林款款地说着，很从容。好像这些话，她想过许多遍，也说过许多遍。

薛天觉得在此刻来提这些话题，实在是有些多余。是呵，一切都过去了，那个伤疤也差不多结痂了，何必再去捅破它呢。薛天端起咖啡喝了一口，然后问："这些年，你过得好吗？"

梅林说："我不能虚伪，确实过得还不错，我什么也不缺。也不需要在社会上与人争什么高低，表哥对我也不错，只是……缺少一种文化上的交流。我只是闲闲地读书，写一些旧体诗词，来抒发自己的情感。对，请你看看我的诗词习作，你想看吗？"

她按了一下墙上的一个开关，小吉尽快地跑进来，听了梅林的吩咐，又匆匆地走出去。不一会，她就把一个很精致的簿子送进来了。

梅林把簿子递到薛天的手上。

薛天一看，封面上写着"海棠集"三个大字，他的心又是一跳，怎么又是海棠！

第一首词是《如梦令》，小标题是："忆大学海棠园旧事"。词是这样写的："剧忆韶华时候，相约园中携手。绿叶映斜阳，羞见红妆消瘦。知否？知否？别后泪痕满袖。"

他慢慢地翻看下去，集中除了忆旧之外，就是梅林日常生活的叙写了，如《园中小宴》《听古曲〈春江花月夜〉》《与侍儿小吉秉烛夜赏海棠》……

他终于不想看下去了，便合上簿子，放在茶几上。他知道她这几年来的生活了，平庸、寂寞、闲散、奢侈，"却道海棠依旧"吗？不。"现在时"的海棠和"过去时"的海棠，已经不是一个模样了。那么，他今天来做什么？来道别？来叙旧？还是……说不清，道不明，人有时是会糊糊涂涂的。

那个吻痕还嵌在梅林的脖子上吗？

薛天把目光从《海棠集》上移开。慢慢地移到梅林的脸庞上。那脸庞此刻有些苍白，显出一种让人怜爱的纤弱。

"我早就想去找你了，薛天，你不知道，他在三个月前，驾小车在高速公路上发生了车祸，被撞死了，眼下，就剩下我孤零零一个人了。"

她的眼眶里盈满了泪水，全身颤抖着，高髻上那朵小白花凄苦地微晃着。

薛天大吃了一惊，睁大了一双眼睛，下意识地问："是真的吗？"

梅林点点头，再点点头。随即伸手从高髻上取下那朵小白花，看了几眼，就随手丢在面前的茶几上。小白花委屈地弹动了几下，匍匐在那个地方，像离开了鲜活枝头的落花。

薛天在一番惊诧之后，从心底莫名其妙地升腾起一种轻松。是的，她也是孑然一身了。他这才发觉，自己仍然爱着梅林，怪不得这些年来，他不肯找对象，也不肯和其他的姑娘接近。他现在可以和她重新"好"起来，他相信她是会愿意的。

他望着她，她也望着他。

梅林忽然下意识地伸手拈起那朵小白花，在手指间搓揉着、搓揉着。

"梅林，我要到大西北去了。"

薛天又一次说出这句话，不是为了告别，而是为了另一个声音的回应。她如果真心爱他，是会信誓旦旦地表示，愿意和他一起到那个陌生而富有魅力的地方去的。

梅林仿佛没有听见。她拈起一颗水果糖，剥去糖纸，放进口里去。

"梅林，我明日就上车了！"

"哦。薛天。你知道，我还和从前一样，很爱你。我需要你，这么一个院子，这么一栋房子，还有很多的积蓄，够了，不需要去可笑地奔忙了。我们要安安静静地享受，欣赏花草，唱和诗词。我们和这个纷争的世界，不需要发生什么联系。"

薛天的心一紧。他恨不得打自己几拳，简直是蠢死了，还在殷切地期待着什么，真蠢！

梅林见薛天不作声，又说："古人云，'庭院深深深几许'啊，我已经习惯这一切了。美人蕉、海棠、空调、咖啡、席梦思、法国香水……你也会习惯的。薛天，还去什么大西北啊？！"

薛天渐渐地从嘴角叼起一抹冷笑。他看见梅林打了一个冷噤，作为一个女人，她的感觉还是相当敏锐的。

她从薛天的冷笑上，已经看出结局的可悲。

而他，却不能如此地打发自己的一生，他不能从一个平庸的生活面，再走进另一个平庸的生活面。

他去大西北，是为了打破平淡的生活格局，而不是为了别的什么。

是的，风沙漫天的大西北，作为一个清贫教师，当然不能给梅林许多美丽而舒适的东西，没有空调，没有庭院，没有原版录音带，没有高级音箱……没有！只有辛酸，只有艰苦，只有苦恼，只有忧患，他正是为了这些才去大西北的。

薛天说："梅林。我要走了。我送你一首《如梦令》，好吗？"

梅林目光凄惶，喉头都有些哽咽，说："就写在我诗集的最后一页上吧。"

薛天从口袋里掏出钢笔，翻到《海棠集》的最后一页，略略沉思了一会，挥笔写道：

如梦令
——将赴大西北，赠友

正是梅黄时节，相见又逢相别。莫羡海棠红，最怕雨
摧风折。

如血，如血，深院斜阳凄切。

薛天写完了，又铿锵地吟了一遍。梅林的泪水缓缓地流下面
颊，把化过妆的地方冲刷出一道一道的印痕。

薛天站起来，对这个深深的庭院，产生了某种恐惧。他记得
梅林曾是一个天真、活泼、上进心很强的女孩子，当她一旦锁进
这个庭院，庭院中的一切便开始化解她、统治她，使她离不开它
们。柔软的身子离不开席梦思、高级衣服，修长的手指离不开钻
石戒指，脖颈离不开金项链，耳朵离不开立体声音箱，眼睛离不
开彩电，皮肤离不开香水、营养霜，嘴唇离不开高级饮料……这
个美丽的庭院，其实是个美丽的牢狱，只是住在里面的人，自个
儿觉得舒服罢了。

"梅林，我该走了！"

梅林没有殷勤地挽留，没有说一句殷切的话。

一切都不需要说了。

他还是从前那个样子，一旦决定了要干什么，谁也不能
阻拦。

她只想说："你吃过午饭再走吧。"

但是，薛天已经飞快地走出了客厅，走进了草木繁盛的

228

院子。

梅林追了出去，站在台阶上，望着薛天的身影，穿过月亮形的门，一直朝院门走去，连头也没有回一下。

她飞快地回转身，跑进卧室里去，她想痛痛快快地哭一场……

午夜后的舞会

这座湘江边的城市，大大小小的舞厅，到底有多少？谁也说不明白。上午场、下午场、夜晚场，各有各的安排和讲究。但人们都知道，城里的最后的一场舞会，是午夜后一点至凌晨五点，地点是火车站附近豪华的锦云宾馆十六楼。

乐队是一流的，笔挺的白制服嵌着黑边，大白圆盖帽使这些得意忘形的家伙们更加潇洒漂亮。铜管乐和弦乐的厚实、辉煌与柔媚，可以把每一个躁动的灵魂，牢牢地吸附在乐曲上面，直至使其融化。

设施自然也是第一流的，多热的天气在这里跳舞也不会出汗，每一丝空气都经过认真的冷冻。色彩非常优雅非常暗淡但又非常诱人的小顶灯和壁灯，如硕大的五彩大绣球在天花板上狂肆滚动的大转灯，那些光束仿佛经过了周密的计算，使一切都变得影影绰绰、朦朦胧胧，谁也无法细读谁的面孔。而挨墙是一溜小巧的铺着镂花白绸布的茶几，每张茶几边绕着大半圈沙发，戴着船形帽的女侍，婷婷娜娜地晃来晃去，殷勤地送着饮料和点心。

每个星期我有一两个晚上在这里度过，但我从不周末来，周末人太多，多得让你没法子喘气，我喜欢清静一点、空灵一点。

今天是星期二。

过了子夜，其实就是星期三了。我骑上这辆火红的摩托车，风驰电掣地往锦云宾馆而来。这时候不需要戴头盔，那玩意对人真是一种折磨，好像人的脑袋是玻璃做的，一碰就碎，不得不包装好一些。

今年的夏天热得很邪乎，晒融的柏油路面到这时候还没有冷却下来，轮子辗在上面发出黏黏糊糊的声音。

路灯热得发黄，那光洒下来的时候是懒懒的，两边的店铺关严了高度统一的卷闸门，故作一派生厌的严肃。在店铺与店铺之间的砖墙上，依然可见许多残余的纸渍，早些日子那是一条一条广告语和什么最新消息，每条标语前都伸长出一圈一圈的脑袋，一张一张的嘴喘着粗气。广告语和最新消息很快就没有了，剩下一些残迹，残迹前白天和夜晚都很冷清。

我突然挂上最快的挡位，胸口好像有什么闷着，挺难受，需要一种速度、一种力量来疏导。

终于到了，匆匆地支好车，走进锦云宾馆的电梯间，对那漂亮的小姐说，"十六楼。"

小姐的脸很圆，眉画得很细，很细的眉使这张圆脸变得面积很大，涂得鲜红的嘴唇里，吐出的话似乎很烫："先生是一个人？"

我不想搭理她，这小姐年纪不大，一举手一投足已经非常老练了，真可惜，她正是单纯和活泼的时候，而不应该是风骚外现。

"一个人才不寂寞。"

她的眼睛里流出两汪春水，胸脯也很程式化地挺了起来，鼻翼好看地一动，摇曳出一个挑逗人的字眼："嗯？"

太熟悉了，她就像打过太多的营养剂后，拼命催熟的水果。我朝她扬扬手，不屑地说："有个妞在舞厅里候着，下次再请你吧，拜拜！"

到了十六楼，她很不高兴地按开电梯间的门。我走出来，直奔舞厅。周末每张票一百元，平常的日子每张票八十元。当我持票走到舞厅门口，一个高高挑挑的女侍，很有礼貌地走过来迎住我，然后把我领到顶端的一个茶几前。

所有的茶几边都有三五个人在，只有这个茶几边坐着一个孤零零的姑娘，很忧郁地用手撑着头，长发的一半从她额前垂下，遮住了脸的一半，另一半脸上抹着一层暗影。但是那眼睛很大很亮，从里面射出的光很纯净，然而那纯净之中分明又有几许不安。我毫不犹豫地断定，她很少上这种豪华的地方来，或者说是第一次来。

女侍问："先生，这地方行吗？"

我点点头。

"需要什么吗？"

"过一会我再叫你。"

女侍飘然而去。

"请问，我可以坐在这里吗？"

她仰起面孔，用手撩了撩长发，露出一张很白净的脸来。

她说："您请随便坐。"然后又侧过头去，静成一尊雕塑。

从她的回答中，我知道她不是本地人，普通话说得很标准，特别是那个"您"字，轻轻的一声，顺着气流跳出来，非常柔软。

南方人用普通话说"您"字，很重很浊，和"拧"一样粗犷。我在北京的一所大学读了一年级后，退学回来干个体户，所以我对那里的发音比较熟悉。离开校园一眨眼就四五年了，开一爿小书店，买书、卖书，当然在闲暇时也读书，读一些很有力度的好书。这样的书现在不容易找到了，一夜之间像变魔术一样，全变没了。

我坐在她对面的沙发上，然后点着一支烟，慢慢地吸起来。我的眼睛渐渐地习惯了昏暗的光线，她脸的轮廓和身体的线条清晰起来，我看她的衣饰非常朴素，穿的是一条白底起蓝点的连衣裙，束腰的裙带没有烫过，有些皱，而且她身上绝对没有任何香水的气味。

这一切都使我惊异，到这种舞厅来的人，没有不讲究衣着的，女孩子没有不化妆、不洒香水的。那么，她是干什么的？工人、个体户、干部、记者、私企白领……都不像。

大概她发觉我在观察她，便有些紧张地收回撑着头的手，坐正了身子，低垂着眼帘不看我，两只手轻轻地互相摩挲着。

我觉得，这气氛太压抑、太难受，同时怀着一种好奇，说："不知道我的到来，是否给您带来了不便？"

我说得很真诚、很动情。她抬起头来，望了我一阵，说："没有。"然后，又说："您的普通话讲得很顺当。"

天啦，我刚才是在讲普通话？我自己一点儿也没有知觉，真奇怪。也好，就顺着这个话题谈下去。

"我在北京大学读过一年书，学了点京腔京调，后来退学了，干个体户，开一爿小书店。"

她的眼睛闪烁出光波，但很快又暗淡下去。

"北京大学……校园里好像有座什么铜像？"她轻轻地随意

地问。

我微微地笑了，她在盘诘我，女性总是对周围充满警惕。

"是《堂·吉诃德》的作者塞万提斯的全身像，离留学生楼夕园很近，铜像前有一块很漂亮的草坪。"

她很惆怅地叹了一口气。

"您怎么想到要离开校园呢？"

"因为失恋，您别笑，是失恋！原因是周末她让我陪她去国际俱乐部跳舞，那时每张票是二百元，黑市票卖到五百元，我拿不出这笔款子，她就和我'拜拜'了。我才发现一个男子汉如果过于穷困，连貌似高深的女人都会蔑视他，这真是一个悲剧。于是，我离开了校园。"

她朝我笑了一下，笑得很坦诚。她对我毫不隐讳被抛弃的原因，表示出某种信任感。

"那么说，今夜我们的相逢一定会愉快。因为，那片铜像前的草坪，我并不陌生。"

我的心"砰"地一响。哦，她也是北京大学的校友，在校？还是毕业了？

尽管她在和我说话，但我发现她的眼睛不时地望着舞厅的入口，离午夜一点还差五分钟，没有什么人再从外面走进来。

那张旋转门像风车的叶轮一样，慢悠悠地旋转着。

乐坛上的白色精灵，终于耀武扬威地拿起了各自的乐器。指挥是个小个子男人，他站到一个小圆台上，扬起了左手和握着镀铬指挥棒的右手，然后猛地向下一挥，一支《溜冰圆舞曲》从他们的手上和嘴里飞了出来：定音鼓敲出明亮的节拍；小提琴拉出华丽的旋律；铜管乐演奏者的腮帮子鼓得老高，好像一个个音符淤积在那里然后又艰难地吐出来。是"快三"，这支曲子可以让人跳得如火如荼。

第一支曲子跳的人总是不多，大家都很客气，表示一种莫名其妙的谦让。

我朝一个女侍招了招手。

女侍走过来，问："你们需要什么？"

我说："两听新鲜椰汁，两杯热咖啡，请快些送到这里来。"

女侍答应一声，飞快地走了。

我站起，小声对她说："我们应该跳舞，别傻坐着，你懂吗？"

她点点头。

我们踏着乐曲的节拍，跳"快三"。旋转，旋转，一个圈又一个圈。她的裙裾旋得又大又圆，好像一叶风荷。她的舞跳得真不错，轻盈得仿佛没有一点重量。但从个别舞步的趔趄上，又看到她的艰辛和疲倦。她一定走过很远很远的路。

陆陆续续又有好些对舞伴下了场子，场子显得再不空荡，而是饱满，这种饱满是因为有许多股旋转的力拉拽着它，把它绷紧、绷圆。

我和她不停地旋转着，我们的双脚在打蜡的地板上灵活地"连轴转"，宛若融为一体。

当《溜冰圆舞曲》的最后一个音符跌落下来，我们正好停止在自己的茶几边。茶几上摆着两听新鲜椰汁、两杯冒着袅袅热气的咖啡。

我说："谢谢，你的舞跳得真好。"

她粲然一笑，坐到沙发上去，不过，在靠着她的外边，她留

春风三柳

出了一个人的位置。当然是留给我坐的，她要和我同排而坐。我在她的身边坐下来，而且她留下的这个空间，让我和她挨得很紧。

"喝吧，天怪热的。"我说。

她望了我一下，说："谢谢。"

罐装新鲜椰汁的拉口早由女侍拉开了，拉口里插着一支吸管，她把嘴凑过去，咬住了吸管，然后使劲地吸起来。

"新鲜椰汁味道怎么样？"我问。

"很淡的甜，还有一点奶香，让人想起小时候在妈妈怀里闻到的奶香。"她说。

乐曲又响起来了，是《何日君再来》，"中四"。袒胸露背的歌星，用甜腻腻的嗓子唱起来："好花不常开，好景不常在，愁堆结笑眉，泪洒相思带，今宵离别后，何日君再来……"

我说："我们跳吧。"

她回答说："好，我顶喜欢跳'中四'。"

我们疾速地跳入乐曲中，前后步、斜步、侧步、旋转步……许多双眼睛都望着我们，惊叹、艳羡、钦服。她的紧张度明显地减轻了，她的右手放在我左手的手心里，显得很柔软，而再不是一种僵硬状态。她开始把瞥向别处的眼神，集中到我的脸上来。我的眼睛也望着她，眼神与眼神交结在一起时，似乎有火花迸出。

"中四"之后，接着是一支"探戈"，曲子是《梁祝》小提琴协奏曲改编的。呜呜咽咽，凄凄切切，如泣如诉。这乐曲染苦了整个舞厅，让人的心绞着样酸痛。我不想跳。

她领先站起来，对我说："请陪我跳。我喜欢这支《梁祝》。"

我们跳起了"探戈"，平步起步后，每一步都踏得很优雅，前进侧步、摇转步，后退侧步、绞花步……

她低声说："我们像两只蝴蝶，不过与那个古代的坟塚和坟塚上的裂缝毫无关系。"

我点点头。

我们一直跳到三点，半小时休息。人们可以到舞厅隔壁的小餐厅去吃夜宵，然后再跳到天亮。

我说："我们去补充点给养吧。"

她犹豫了一下，然后慎重地说："好吧。"

我知道她一定很饿了。

我为她点了一份冰莲汤，两块奶酪，一碟甜酥饼。我自己要了一听啤酒和一小碟香肠。

她吃完后，我问她还要点什么。

她说："不要了，谢谢。"

在我付过款后。她挺天真地说她买了舞票进来时，才明白把口袋里最后的财富都花光了。

听了她这么说，我觉得很高兴，她爱这些舞曲，以致忘记了再无果腹之资，这就是大雅了。芸芸众生中，能有几个这样的人物？！

回到舞厅时，正好三点半。乐队奏起了《莫斯科郊外的晚上》，是一支"慢四"的曲子。

我们并排坐下来。

她忽然说："我们彼此还没有通报姓名呢。"

我说："我叫刘杰。但是你不必告诉我姓名，我就叫你小飞，你跳起舞来就像飞一样。"

她好看地笑了："好吧，我就叫小飞。不过，我太困了，飞不动了，我想歇歇。"

"你歇吧。"我说。

"我告诉你吧,我是外地来的,在这个城市转火车。我的车是四点五十七分的,现在三点半,我可以睡一个钟头零十分,留下十七分钟,取小件和上车。请你到时间叫醒我。好吗?"

我说:"好。"

她把头大大方方地搁在我的膝盖上,长长的秀发披散下来,很柔很软。不一会儿,她就睡着了。她的嘴唇微微地翕动着,像一尾正在水中游动的鱼。我猜测她今年不过二十一二岁,应该是一个在校的大学生,因为我发现她裙子的边缘处,有一滴没有洗净的墨渍,还有开始时她谈到校园的草坪和铜像。

大概是室内的温度过低,她翻转身子,双手搂住了我的腰,把头埋在我怀里。我弯下腰,把胸贴在她身上,我的整个身子成了一个温暖的窝巢。这个不相识的姑娘,竟如此信任一个陌生人,于是一种激动开始在周身奔流,如火,如风,如浪。

小妹妹,你睡吧,睡吧。

我知道你是从哪里来的,但我不知道你要到哪里去。

倦意一阵一阵压到眼皮上来,如果我一睡过去,事情可就糟了。我喝了一大口咖啡,然后拼命地在大腿上拧了一把,拧得眼泪都出来了,人也就清醒过来。

一支乐曲又一支乐曲。

但愿她躺在乐曲上做一个好梦,她实在太疲倦了。人在旅途,梦在旅途。

我不停地看表,生怕错过了那个该叫醒她的时间。同时,又诅咒时间过得太快,相逢总是相对的,而离别却是绝对的。

凌晨四点四十分。

我轻轻地摇醒她。

她揉揉眼，很不好意思地对我笑了笑。

"你能送送我吗？"

"当然。"

我们站起来离开茶几的时候，我主动地挽住了她的手，她说了一声"谢谢"。

走出锦云宾馆，只觉得到处黏腻腻的，温度仍然很高，和舞厅里相比，简直是两个世界。

锦云宾馆的对面就是火车站，巨大的钟楼赫然入目，带着亮点的长针和短针在永恒地走着。我们走进候车室，我叫她把取小件的小牌牌给我，她顺从地答应了。

我飞跑着去取小件，其实只是一个小旅行袋。在回到候车室的途中，我拉开拉链，把身上所有的钱都塞到里面去。车票在她进舞厅之前，应该就买好了，我猜想只可能是硬座。这趟车是往西南方向开的，她到那里去干什么？看得出她是个有主见的人，往哪里走她一定是想了又想。

我把她一直送到站台上。

火车徐徐进站了。

下车的人不少，上车的人也不少。中国人习惯于拥挤和喧嚣。

她没有去挤，而是和我相视而立，她说："我会永远记得这个夜晚的，也许……我们再也见不到了，但是，我会记得你，记得我们跳过的舞。"

我紧紧地握住了她的手。

她一转身，朝车厢口奔去，我知道她的眼眶里一定盈满了泪水。

不知道由于什么原因，这趟车在这里多停了几分钟，一直到五点零二分才开。汽笛长长地吼了一声，车轮缓缓地动了起来。

天已经蒙蒙亮了。

她可否找到座位？可否放好行李？为什么她再不肯露一下面？

我对着车厢里喊道："小飞！小飞！"

她的脑袋终于从车厢口伸了出来，脸上爬满了泪水。

我一愣，她太像我的妹妹了。

几年前，妹妹在一次意外的车祸中阒然而逝。小飞的眉眼、鼻子，还有那微微有点翘的嘴，和妹妹的一模一样！

火车的速度渐渐加快，我跟着车厢，面对着小飞，拼命地跑起来。

"妹妹——妹妹——"

她忽然从窗口扔下一个小纸袋，然后扬着手喊道："再见——哥哥——再见！"

火车远去了。

我拾起小纸袋，从里面取出一枚白底红字的校徽。哦，小飞，我们似乎在什么地方见过，但是我怎么也想不起来。

烧炉

华灯初上时，他对老伴说："今夜该升火烧炉了。"

老伴一笑："儿子来电话，他想赶回来现场参师，学学你的绝招。"

"那局长还有炉子吗？儿子是搞城市规划的，学这个干什么？"

"你没听儿子说局长就爱玩铜炉吗？你叫洪声远，名声远播，儿子就不能教一教？"

他的脸蓦地拉长了。

洪声远，字霜钟，名和字都是父亲取的。六十五年前，他在一个深秋子夜呱呱坠地，离这条小巷很远的"黄叶寺"，正好响起了钟声。熟谙唐诗的父亲，便从《枫桥夜泊》中的"夜半钟声到客船"，找到了灵感。

洪声远在大学读的是考古系，毕业后便分配到本市的博物院工作。因对历代瓷器研究甚深，同时对明清以来的各种铜炉独具只眼，撰文多有创见，在五十岁时已是研究员了。他五年前退休归隐，除了职称之外，此生未领受过任何官衔，是名副其实的一介布衣。

博物馆的同事，都说他除研究瓷器颇有见地外，鉴别、养护铜炉亦高人一筹。特别是烧炉的绝活，为世所重。

所谓铜炉，指的是专供焚香、烘手的小巧器具，前者谓之香炉，后者谓之手炉。铜炉虽有款识却无铭文，形制和花纹都较为简单，但历代藏炉家青睐的是铜炉简练的造型和幽雅的铜色，尤以不着纤尘，润泽如处女的肌肤，精光内含，静而不嚣为贵。若如此，必长期添炭培灰，徐徐火养而成。铜色在火养的过程中，愈久愈好看。这是明清文人的一份雅趣，几人能享？

洪声远对铜炉情有独钟，博物馆就收藏不少。他在职时，决不允许在色泽包浆颇佳的铜炉上，用化学糨糊去粘贴标签。标签无论将来揭与不揭，"肌肤"上已落下一个"疤痂"，即便以温火养护，八年十年亦难去其痕迹。他说："在铜炉上贴标签，与煮鹤焚琴何异？"

对于刚出土或收购来的铜炉，污锈遍体，黯然无色，徐徐火养毕竟时间太长，洪声远敢于以猛火快速烧成。此法在清人吴融的《烧炉新语》中提及，又经他多年实践，颇有心得。

可惜儿子干的不是这一行。

儿子三十四岁了，是一九七六年的三伏天生的。天气热于炉火，他又喜欢铜炉，本想给儿子命名为"洪炉"，并取字为"畏炎"，含有莫"趋炎"之意。老伴是个中学语文教师，说这个"炉"字太扎眼，就叫"洪伏"吧，"伏"与"福"谐音哩。

洪声远的父亲早辞世了；儿子大学毕业到了城建局，接着是结婚、生子，眼下是该局设计科的副科长。儿子常抱怨，不知这"妇（副）科病"何时能治愈。他就不明白，儿子是有专业的人，可以在学问上长进，干吗老想着当官这件事。

八点钟了。儿子又来了电话，说他和局长刚在酒楼吃完晚饭，是陪省局来的几个客人。还得去茶楼喝茶谈工作，今晚他就不回家了，谢谢老爸的辛苦。

洪声远冷冷一笑："我的儿子成'三陪'了。喝酒、喝茶全成了谈工作的借口，可悲可叹！"

老伴说："还不是为了混个正科长。老洪，你去烧炉吧，儿子的事比天还大呵。"

"我是'不求闻达于诸侯'，却逃不脱'莫为儿孙作马牛'的蠢命！"

杂物间里，洪声远指挥老伴烧起一盆旺旺的木炭火。节令还是初秋，屋子里的温度猛地升高了。

他把外衣脱掉，只剩下一件衬衫，再把袖口捋起来，然后对老伴说："你有病，去客厅看电视吧。"

老伴问："你受得了吗？"

"放心，我还不算老。"

待老伴走后，他把门带关，从一个小木盆里，捞起先煮后浸泡的铜炉，借着明亮的灯光细看。这是一只明代的手炉，是冬天用来烘手的，小巧得可纳于袖中，故又称袖炉。好玩意啊，作花盆状，凸雕的菊花菊叶满满地覆盖在铜盖上，端着它如同端着一盆菊花。炉身上刻着扁鹊、华佗、李时珍、张仲景等医界先贤的形象。款识是"杏林之家"。看得出，它曾是一个中医世家的传物。

早儿大儿子拿来时，铜炉遍体是污垢和绿得发黑的锈迹，哑暗无光。

洪声远一看，就知道它的年代和质地。

"哪里来的？"

"是一个房地产老板主动转让给局长的，花了大价钱，两千元！"

洪声远差点跳了起来。这东西值五万以上！

"爸，局长得到这个铜炉，突然有了收藏这类玩意的兴趣。他请教过一些专家，明白了铜炉之美在于铜色，要有好铜色必须烧炉，烧炉能速成者便是爸爸。局长给了我这个效力的机会，我得珍惜。"

他本想呵斥儿子一顿，但还是忍住了。假如铜炉来得正道，为了这一件文物的存世，他何乐而不为。可两千元能买到这样的好东西吗？何况是一个房地产老板让给城建局局长的！

但他还是答应了儿子的请求。

先是用铁锅盛上杏干水，在灶火上把铜炉煮了一天一夜，取出后再在冷了的杏干水中浸泡十来个小时。现在，污垢没有了，外面的一层锈壳也没有了，但还没有显出铜的原色，下一步就是烧炉了。

他用绒布，把铜炉里里外外擦得干干净净，小心地放在这盆木炭火前的石板地上。随即，用火钳往火盆里添上几块结实的木炭，再用扇子轻轻地扇火。火星爆裂作响，金红的火苗呼呼直蹿，黑色的木炭立刻烧得透亮。

洪声远的脸和裸着的手臂，抹上了一层金红的光彩，酷似古铜所铸。他用火钳急速地夹出透亮的木炭，一层一层架在铜炉中，再盖上铜盖（铜盖上有密密麻麻的气孔）。他在脸上抹了把汗，随手一甩，有的汗珠子落到铜盖上，嘶嘶直冒白气。

老伴忽推开门进来，问："老洪，关门做什么？你不是烧

244

炉，是炼人！"

"你不懂。炉里炉外都有温度要求。你快离开，带关门！"

铜炉里火势弱了，再换上烧红的木炭。什么体量的炉，炉壁厚度各异，一次烧多久，添多少炭，每个时段都有不同的讲究。有的炉可以一夜烧成功，变得锃光古雅；有的一夜未果，第二天再煮再泡再烧，方渐入佳境；有的呢，怎么烧也烧不出来，谓之"哑炉""死铜"，藏家就只有忍痛割爱了。但在洪声远的手上，从没有出现过这种现象。

洪声远烧了一夜的炉，老伴在客厅看了一夜的电视。

天亮了。脏兮兮、汗涔涔的洪声远走出了杂屋，进了客厅。

老伴问："成了？"

"没成！再煮再泡再烧，如果是'哑炉''死铜'，那是我运气不好。"

……

一眨眼半个月过去了。

洪声远和儿子谈了一次话，告诉他这铜炉没法烧成，对于局长来说，只有两种选择，一是花个十年八载的功夫，日夜温火蓄养，还得巾围帕裹，不停地用手摩挲炉体，或许会重焕光彩；二是赶快退回原主——这玩意不是好东西！

儿子的头耷拉下来，他不明白久负盛名的烧炉大师，手下怎么会出现"哑炉""死铜"……

虎啸震千山

年逾古稀的老画家高昌，阔别故乡虎山县三年后，欣然归来了。不是应县委、县政府的邀请，而是主动打电话要来，声明路费、住宿费、餐饮费都由自个儿掏，决不增加公家的任何负担。

县委书记荒薪说："你还耐烦等两年，虎山县会更好看。"

高昌说："等不得了，看了报纸和电视，想得我坐立不安。"

县长魏艾说："我们都很忙，没工夫陪您啊，怕少了礼性。"

高昌答："只给我派个向导就行了，由我负责他的所有费用。你们不陪，我更好去实地考察。哈哈。"

虎山县在本省的西南角，从省城坐火车去也就十几个小时，高昌居然三年没来。以前，每年他必来两三次，都是县委、县政府邀请的。虎山县一直戴着顶"贫困县"的帽子，属"老、少、边、穷"地区。"老"者，革命老区；"少"者，除汉族之外，还有苗、瑶、土家族；"边"者，处在本省的边界处；"穷"者，除了薄产粮食、木材、山货外，财政收入极为拮据。

为了稳稳地戴牢"贫困县"的帽子，省城、京城若有掌实权的大人物下来视察，县里没有什么稀罕东西款待，就提早把高昌接来，现场画张指画相赠，既不算是行贿，但画的名贵明摆着的，于是便会不断得到各级部门的扶贫救助款。除此之外，高昌只要听说县里有建希望小学、救灾、助残的消息，便会慷慨地寄钱过去。尽管他出来读书、工作几十年了，老家也没什么直系亲属。他驻节省城，曾为"潇湘画院"的院长，退休了，"著名指画家"的头衔没变，对桑梓之地岂能不关心？

何谓指画？指画又叫指头画，是国画中的一个品类。画家不用毛笔，而是用指头、指甲、手掌，乃至腕、肘，蘸水墨或颜料，在宣纸或素绢上作画。史载，指画的创始人，是清顺治时的高其佩，花鸟、人物皆佳，被誉为"神乎技矣，进乎道矣"。现代画家中的潘天寿，既可用笔也可用指头作画，成就斐然。高昌师法高其佩、潘天寿，以画人物和老虎见长。且喜欢作大幅，画人物神形俱妙，衣纹纯用焦墨，线条挺拔凌厉；画老虎，以指甲、指头勾线，以肘、腕印墨来表现其攫伏之势，最为人称道。

三年前，虎山县新换了县委书记和县长。一个叫荒薪，一个叫魏破。都是三十岁不到，是名副其实的"80后"。他们到省城开完会后，特地来看望高昌。

在宽敞明亮的画室里，高昌热情地接待了他们。当高昌听他们自报家门后，说："二位的姓名很有意思，'荒'原之'薪'，一旦点燃，便会星火燎原。'破'者，是一种很有穿透力的放射性物质，什么障碍都可破毁。二位的姓名合起来，谐音'方兴未艾'，希望你们挂帅领兵，掀波扬浪，把'贫困县'这顶帽子摘掉，我老脸上也有光啊。"

荒薪说："高老，这么多年来，家乡真的麻烦你了，又是画画，又是捐款。我们上任后，下决心带领全县人民脱贫致富。"

"好。你们需要我做什么？尽管提。"高昌一捋花白的胡须，说。

魏艾说："在没有摘掉'贫困县'这顶帽子前，我们决不邀请你回家乡，也决不麻烦你去作什么应酬画。靠国家拨款扶贫，那是庸人之举，得苦干、实干、巧干，把经济搞上去！"

高昌说："画画，捐钱，我愿意！更佩服你们年轻人，有胆有识，敢想敢干。好，我在省城的家里静候佳音。"

末了，荒薪说："高老，我们想最后麻烦你一次，请你画一张画，就挂在县委常委会议室里，让我们一看见画，就脸红，就心跳，就不敢有丝毫松懈。"

高昌一笑，说："你一定想好画题了，快说，让我画什么？"

"远景是家乡的虎跳山，近景是花树丛中的一个摇窝，襁褓中睡着一个婴儿。题款为：'靠国家财政哺乳，贫困县永远是贫困县。'"

高昌蓦地站起来，向内室喊道："老伴，快拿酒来！这幅画我想了好多年了，没有画。你们有这种胸怀，老夫要谢谢你们了。"

高夫人拿来一瓶"茅台酒"和三个酒杯，把酒哗哗地倒满。

高昌说："来，两位小友，我们干杯，以此为约！这张画，我立即画好，让你们带走。"

三个人一齐干完杯中酒。

这三年，虎山县没邀他回去画过应酬画，也再没上门来求画去送人。

高昌看报看电视，或者打电话找熟人打探消息，虎山县真的甩开膀子干得热火朝天：发展多种经营，培育规模产业，种粮、造林之外，开辟了中草药园、水果园、蘑菇基地、蔬菜大田、野猪和野兔养殖场。并引进外资、内资，办工厂进行深加工，家具厂、竹器厂、罐头厂、腊制品厂、酱菜厂、石料厂、中药厂……同时，振兴旅游业，大搞"农家乐"，游玩、吃饭、购物。村村通公路，处处有商场、饭店、旅舍。

"贫困县"的帽子摘掉了。

可荒薪、魏艾没有邀请高昌回老家来。

高昌心想：这两个年轻人野心不小，还想好上加好，要让他真正地刮目相看。他等不及了，打电话通报一声，自个儿就来了。

到车站接车的，只有两个年轻人，他们说，书记、县长交代了，由他们陪高老参观，想去哪都行。高老满意了，书记和县长才敢来拜谒，否则，无脸见人啊。

高昌扎扎实实参观了四天，走工厂，访园圃，看基地，问农家，虽然有些累，却心花怒放，不是一朵两朵，而是成团成簇。

高昌用手机联系上了书记和县长，说他要设晚宴感谢县委常委全体同志，人必须到齐。吃完饭，他要当众展示他带来的一幅指画新作。有一个不来吃饭的，他就立马回省城去！

晚宴设在高昌下榻的五星级"虎山宾馆"，是由一位虎山县籍的台商开办的。

荒薪说："高老考察了几天，你说满意了，我们才敢来。"

"旧貌换新颜，我太高兴了。"

魏艾说："你请客，怎么行？我已通知办公室的人去买单。"

"我是代表老百姓，谢谢你们。这点钱，我还出得起，早把款付了。来，我敬各位一杯，你们辛苦了！"

酒过三巡。

高昌拿起放在身边的一个长条形木盒子，从里面取出一轴画来。

"荒薪、魏艾二位小友，请你们一个人拿住一端，展开来。"

这是一幅四尺整宣的横幅，画的是一只立于山冈上的老虎，仰天长啸；身后是青松、翠柏、杜鹃花。画名为《一啸震千山》，还题了一首小诗："方兴未艾致富忙，放眼故乡着新装。襁褓不留哺乳虎，雄风卷过万山冈。"

宴会厅里响起一片掌声。

高昌说："常委会议室的那幅《襁褓图》，明天由我看着你们取下来，再把这幅挂上去。虎山县如今是猛虎上山冈，谁敢小看？还有，我慎重宣布，由我出资在这里建一座'中国指画馆'，我把收藏的前人的指画作品，以及我个人历年来的得意之作一百幅，通通捐出来，让家乡有个好看的旅游风景点！"

荒薪、魏艾的眼里盈满了泪水。所有人的眼里都盈满了泪水。

靖康通宝

在古城湘潭的平政路十一总，有一家百年老店"方圆古泉斋"，专门经销古钱币。门脸不大，店堂也不宽敞，但名气很大。如今的老板姓甄名曲声，五十来岁，身材矮胖，但一双眼睛特别亮，称之为"目光如炬"绝非虚词。

"泉"，是古钱币的另一名称，《周礼·地官·泉府》说："泉与钱，古今异名。"《汉书·食货志》谓钱币总是如泉水般不断流通的，故名。

喜欢收藏、赏玩钱币的人，或是家道殷实，有钱也有闲；或是腹笥丰盈，学有所长。这些人常常光顾"方圆古泉斋"，视甄曲声为知交。

这里的货源较为充足，低档、中档、高档的都有。前两类陈列在货架上，任人观看、选购；高档的则盛于各种不同的锦盒里，有行家问及方拿出来，如刀币、布币、蚁鼻钱、五铢钱、金错刀币、对钱、合背钱等。各种钱币的来源，一是有人送上门来兜售；二是甄曲声在本地或外地收购而来。他有好眼力，辨年代、断真伪、识品相，从不会错。既有对家学的传承，自己又喜读书、善交游、重实际考察，大家称他是"真正钻进钱眼里"的人物。

"华兴绸布贸易公司"的总经理华壮飞，业余喜欢收藏古钱币，他不常来"方圆古泉斋"，但来了就要买高档货。华壮飞比甄曲声年长两岁，瘦高个，脸窄、眼小、口阔，性子很直率，走路一阵风，说话像放连珠炮，语速快，声音洪重。

气焰喧嚣的日寇，攻陷武汉后，南下直逼长沙。湘潭与省会长沙相距不过七八十里远，气氛顿时紧张起来。

夏天的一个上午，"方圆古泉斋"没有什么顾客，很静。甄曲声坐在柜台里，默读南宋洪遵所著的《钱志》一书。

华壮飞忽然走了进来，大声说："甄老板还能安然读书，修练到家了。"

甄曲声放下书站起来，说："华兄好些日子没来了，快请坐。国事日艰，谁还顾得上玩赏钱币呵，我正闲得无聊哩。"

两人在店堂的八仙桌边坐下来，喝茶、抽烟。

华壮飞说："我想购一枚古钱，不知贵店有没有？"

"什么古钱？"

"'靖康'钱！"

"这是稀罕物，我只见过几次。但兄若真心想要，我可以去访寻。"

"当然是真心要！"

"靖康"是北宋最后一个年号，在位的皇帝是宋钦宗赵桓，为公元一一二六年。第二年，钦宗父子便被金人所掳，史称"靖康之耻"。

"华兄是要'靖康通宝'还是'靖康元宝'？是要何种书体的？什么价才肯接受？"

"只要有'靖康'二字的钱币就行，价亦不论。我要将它系在身上，以警示自己莫忘国耻、卧薪尝胆，还要让亲人、朋友时时看见，好同心协力抗击倭寇。"

　　"华兄可见过这种古钱？"

　　"我只听人说过，也看过图谱，没见过实物，此生引以为憾。拜托！拜托！"

　　华壮飞说完，站起来，拱拱手，咚咚咚地走了。

　　两个月过去了。

　　甄曲声知道湘潭的收藏家和大户人家的手上，绝对没有"靖康"钱。他去了本省和外省的大城市，叩访一些打过交道的古玩商和收藏家，终于在成都一个古玩商的手里，购到两枚一模一样的"靖康通宝"，钱文是瘦金书体的楷字，而且是宋钦宗的手笔，故可称为"御书钱"。但他在放大镜下细看钱文和铜质，便断定一枚是真的，另一枚是清代的仿品。

　　古玩商坦率地说："我知道你的眼力厉害，但是，我得两枚一起卖，真的三两黄金，仿品一两黄金！否则，我不出手。"

　　甄曲声咬了咬牙，认了。若不是老友所托，他能吃这个亏吗？何况华壮飞是要用这种钱抒怀、励志！

　　回到湘潭，甄曲声守口如瓶，不向任何人提起此事。每夜，他在灯下握着放大镜看了又看，思绪万千。最后决定，把仿品当真品交给华壮飞，收三两黄金，而且声明就访到这一枚；把真品留下来，日后自有大用。

　　甄曲声将"靖康通宝"送到华府。

　　华壮飞细细地观赏一阵后，说："辛苦你了，谢谢。三两黄金，值！"

甄曲声心有内疚，悻悻然告辞。

许多人都知道华壮飞有了"靖康通宝"，至于是从何处得到的，他笑而不答。他用一根白丝绦穿过钱孔，再系到腰带上。凡有人要看，他就掏出来一示。口里念着岳飞《满江红》中的句子："靖康耻，犹未雪；臣子恨，何时灭！"

甄曲声钦佩华壮飞，也为老友担心。难保城中就没有日伪特务，把老友的名字写进黑名单！

一九四四年秋，沦陷了的湘潭，到处飘着日寇的膏药旗。

华壮飞突然被关进了日军宪兵队的大牢里，罪名是：他的"华兴绸布贸易公司"，悄悄地为抗日游击队捐赠了大量做军装的土棉布；身系"靖康通宝"古钱，鼓动他人抗日情绪。那枚古钱被汉奸从他身上搜出，并用铁锤当众砸碎了。

甄曲声通过不少关系，在华壮飞将被处死的前一天晚上，提着盛酒菜的食盒，去监狱探看老友。

收了钱的狱卒避开了。

他们坐在发臭的草垫上，摆开了酒、菜、碗、筷、杯。

"曲兄，多谢你来看望我。"

"华兄，我对不起你呵。"

华壮飞截住他的话头，小声说："你想说什么我知道。你给我的'靖康通宝'，当时我一看就知道是仿品，本想揭穿，但马上从你平素的为人上推测，你还有另一枚真品，留下来定有深意。果真如你所料，若砸碎的是真品，何其痛惜。"

"我带来了真品，想当面交给你。否则，我最初良好的愿望与日后渐多的自责，会无休无止地折磨我，度日如年呵。"

"我以'靖康通宝'仿品张扬于人前，是为张扬抗倭之正气。你好好保留真品，同样是保存中华之国粹。千万别给我真品，一个将死之人能保存完好吗？来，且痛饮三杯！"

"好！正如古人所言：'仰天大笑出门去，我辈岂是蓬蒿人。'"

"痛快！"

"痛快！"

......

抗战胜利后，甄曲声将真品"靖康通宝"转交给了华壮飞的夫人及孩子。

新中国成立后，华壮飞的亲人又将此物捐赠给了湘潭市博物馆。

借眼

　　六十二岁的裘友声，发现每当他出门去城里城外的集市转悠时，身后总有一个人不远不近地跟着。他会兀地想起两个最让人心怵的语词：盯梢、跟踪。

　　裘友声做什么违法乱纪的事了？绝对没有！他退休前是本市家具研究所的研究员，著书立说、设计家具；退休后依旧如此，只是多了一个爱好：收藏古旧家具。而且有一个暂不明言的心愿，等到他真的要告别人世了，将收藏的家具办个展览，然后捐给家具研究所。儿子、儿媳都是私营企业家，老伴是中学的退休教师，经济很宽裕，可以全力支持他的壮举。他一辈子做人清清白白，坐得正，行得稳。这个像影子一样黏在身后的人，既不是公安局的，也不是安全局的，只是曲曲巷巷口临街一家炒货店财大气粗的老板——五十岁出头的滑寒冰。

　　圆头、阔脸、体量高大的滑寒冰，和裘友声没有打过什么直接的交道，不沾亲带故，更无共同的兴趣与爱好。何况裘友声对于瓜子、花生、板栗之类的炒货，从不去购买与品尝。可滑寒冰盯上他了，只要他骑着自行车从小巷中出来，经过炒货店门口，不一会儿，滑寒冰就骑着自行车跟上来了，店里的事由妻子、儿子去料理。

裴友声在全国的家具研究界，是个很有分量的人物，出版的专著有《中国古家具概说》《汉唐家具的格局与气韵》《清代皇宫家具探秘》以及《明清家具类比》等。他总结明式家具的"简厚精雅"与清式家具的"浑厚富丽"，尤为人称道。他清瘦如鹤，说话语速平和，有谦慈长者之风。

退休后他最大的乐趣就是走访城里城外的自由集市，因为那里常有古旧家具抛售。他有一双鉴赏古旧家具的好眼睛，床、榻、桌、椅、凳、橱、柜、箱、架、墩……一看就知道是什么年代的，是"京式""广式"还是"苏式"，大概值什么价，怎么买才合算。这两年他确实买进了十几件好东西，有的还是"捡漏"，便宜得很。如果他要转手抛出的话，那就赚大钱了，可他是只进不出！街谈巷议的话题，总会牵扯到裴友声，他太让人羡慕了。

滑寒冰就是羡慕者之一。买了好家具回来的裴友声，小件就绑在自行车后的车架上，大件则雇板车或三轮车拉回来。经过炒货店门口时，滑寒冰的眼都直了，他不懂古旧家具，但知道裴友声看准的东西，绝对可以变成大价钱。他为什么不能紧跟其后呢，一旦有机会可以得些好处呵，这叫"螳螂捕蝉，黄雀在后"。

裴友声发现滑寒冰的伎俩，是半个月前的一个上午。他在城郊的一个集市，寻见了一件清晚期的广式紫檀高束腰香几，沾满油污、灰尘，很不起眼。货主是个中年人，说是从乡下收来的，开价一万元。裴友声知道这价已经够低了，但他不露声色，说："太贵了。五千元卖不卖？"货主说："八千！再不能低了。"

裘友声摇摇头，说："你再掂量一下，我先去别处看看。"他刚离开不到十米远，滑寒冰飞快地走近货主，用八千元把香几提走了！在那一刻，裘友声又喜又气，喜的是滑寒冰只是为借他之眼以识真伪，得点儿好处，没有别的目的；气的是这家伙抄了他的后路，白白地捡了个大便宜。

转眼就立夏了。这天上午九时，阳光明丽耀眼，风也很凉爽。

裘友声决定骑车去南郊的五里墩乡村集市，经过炒货店门口时，稍稍放慢车速，他要让滑寒冰看清他的去向。

一个小时后，裘友声已经停好车，走进了人头攒动的集市。卖什么的都有，瓜果、蔬菜、日用品、农具、衣服、烟、酒、茶、糖，还有买新家具、旧家具的。他知道滑寒冰就跟在他身后，躲躲闪闪的。前面出现一堆旧家具，横交直放，摊主是个白鬓白须的老人。裘友声快步上前，说："老哥，你的家具？"

"客气了。请你看看。"

裘友声掏出香烟，递过去一支，说："我希望今天碰个好运气。"

他转过来转过去，发现了一套清中期的可以自由组合、变化无穷的红木七巧套桌，桌面是七巧板的结构形制，一共七件，既是单独的小桌，又可任意组合成一个大桌，木质、漆色、雕镂、榫卯都不错。他禁不住叫了一声："好东西！起码值十万呵。"然后意识到似乎不该这么说，立马收住口，并朝四面望了望。

"老哥，多少钱可以出手？"

"就依你刚才说的价，十万。"

"不行，不行，五万！"

"砍价太多了，八万。"

裘友声很不情愿地说："好吧。先放在这里，过下子我来付钱拿货。我再去别处看看。老哥，莫再卖给别人了。"

"好的。"

裘友声悠悠然，笑着走开了。

一个小时后，他再次回到老人身边。

老人不好意思地说："对不起你了。刚才有位买主，愿出九万。货卖高价，是不是？"

"生意就得这样做，我理解。"

……

一个月飞快地过去了。

这一个月，裘友声去过几次集市，但滑寒冰再不跟在背后了。

他知道滑寒冰买的红木七巧套桌，是新货作旧的，稍有见识的人一看就明白。只是滑寒冰当时看不出，买进来也无法再卖出去，这个亏吃大了，有钱了还想动邪心再赚大钱，活该！

有一天夜里，滑寒冰提着两包炒货，到裘家来拜访裘友声，恳求借他的眼睛重新鉴定，再出示个签名鉴定书，说明套桌是清中期的"京式"原物。

裘友声说："老滑，炒货你提回去，我们不爱吃这玩意。除非我瞎了眼，才会美丑不分。"然后，高喊一声："送客——"

鱼桌

潭州市有个青年企业家协会，属民间团体，挂靠市工商联。凡四十五岁或四十五岁以下事业有成的企业家，无论公营、私营，皆可申请入会，成员竟然过百。主席团成员是经民主选举出来的，不过区区五人，一个主席四个副主席。

主席团每月有一次聚会，五人轮流在自家做东，商谈协会的日常工作之外，便是聊天、吃饭，为的是增进友谊，互通信息。他们都是私营业主，各有各的行当，且已成大气候。家家有别墅，皆建在风光秀丽的乡间；家家有好厨师，自然有拿手的名馔名菜；室内的家具和摆设，各有各的讲究，或名贵或高雅或时尚，力求凸显一种贵族气象。

秋风飒飒，菊黄枫红。

今天做东的是副主席舍子才。

上午九时整，主席勾玉山一行，各自驾一辆名车，来到舍府。

舍子才在本地和外地办了四家中药厂，规模都很大。四家工厂都有厂长、副厂长管事，他是董事长，很逍遥，很闲适。勾玉山与他年纪相仿，也是四十出头，是一家大型房地产公司的总经理，却总是风风火火忙得脚不落地。

舍子才穿着一袭青长衫，袖口稍稍挽起一圈，露出白绸内衣的袖口，显得又雅气又干练。他指着客厅正中央的一张大鱼桌，说："来，我们围桌而坐，抽烟、喝茶。"

舍府的大客厅，大家都很熟悉，雕花木窗，四壁字画，古香古色的家具，官帽椅、圈椅、茶几、花凳、长案、榻、橱、柜……年岁早的是明代，最迟也是民国的。是舍子才费时费钱淘来的，但整体的色调、形制十分协调。

勾玉山和舍子才有同好，只是他没有舍子才那么多闲工夫，亲自去寻觅古旧家具，但他不缺钱，可以托人去办。他觉得舍子才有什么，自己也应该有什么，怎么说也不能低人一头。

鱼桌四周摆着酸枝木圈椅，大家纷纷落座。接着，年轻的女佣端上茶来，特地说明是西湖龙井的极品明前茶，然后悄悄退了出去。

勾玉山说："上次来，这鱼桌没有呵。"

"是早些日子从省城一个藏家手上买来的，他叫胡天。"

另一个人问："多少钱？"

舍子才说："不贵，八十万。是清中期大户人家的旧物。"

勾玉山是头一次见识鱼桌，养金鱼还有这种器具，绝了。桌架是绿檀木制作的，外沿雕着精美的花纹，镶嵌着天然彩色的螺钿；桌面及四周为透明的玻璃，而且上刻山水画图及诗文；桌面的玻璃可以移动，以便给鱼投食、换水；桌腿是虎爪形的，微弯，很有劲道。五彩斑斓的金鱼在水中游动，其中有不少名品，如朱额白体的"鹤珠"、朱颜白脊的"银鞍"、朱脊而有七个白点的"七星"等。

大家连声夸说这鱼桌好，高雅、气派。

勾玉山闷闷地说："不谈鱼桌了，开会吧。"

所谓开会，很简单，先是通过申请加入青年企业家协会的名单，再议了议为贫困学生捐款的倡议书。

勾玉山说："这次捐款，主席团成员作个表率，每人捐多少合适？"

大家都不作声。

舍子才说："我们每人五万，普通会员一万，怎么样？"

勾玉山说："五万没问题，不过……会给普通会员造成压力。我们捐两万，他们捐五千，行不行？"

大家齐声说："行。"

舍子才看了看壁上的老式挂钟，说："该午餐了。厨师说主要吃阳澄湖蟹，黄酒也温好了。请随我到餐厅去。"

"好。"

……

十天后，曾卖鱼桌给舍子才的那个藏家胡天，突然从省城来到潭州的舍府。他们友好地坐在鱼桌边，谈得很有情趣。

舍子才说："寒暄话也说过了，你不会无故来访，又有什么好东西要出手？"

"哦，舍先生，对不起，我是想把这张鱼桌收购回去！那是我爹的爱物，我背着他出手到底让他发觉了，老人家又急又气，病在床上了，不把东西拿回去，恐怕他老命难保，唉。"

舍子才眨了眨眼，默不作声。

"请你割爱，但决不亏你。我五十万出手的，这个数字我从不外泄，现再以九十万收回，如何？"

舍子才缓缓地说："朋友问我何价所购，我夸说是八十万，人有自尊心，请海涵。你又再加十万，我如固执，就不近人情了。我购鱼桌时，你将桌中所养金鱼一并馈赠。但你要购回时，金鱼我得留下，养在另外的鱼缸里，看看也开心。”

“完全可以。”

“下次有好东西，请第一时间告诉我。”

“好。放心！”

又过了些日子，聚会轮到勾玉山做东，大家兴致勃勃去了勾府的别墅。

在大客厅，勾玉山说：“你们看看，我也有了一张和舍先生一模一样的鱼桌！”

大家左看右看，果然丝毫不差。

“哎呀呀，两位事业也罢，生活也罢，无分伯仲！”

“佩服！佩服！”

舍子才平和地说：“我的鱼桌抛出去了，不想玩了。”

勾玉山说：“是不是手头有点紧？我可以帮忙呀。”

舍子才淡淡一笑，说：“我花一百万，购回了一尊真人大小的仕女木雕，摆在客厅的正中央。”

“什么材质的，这么贵？”

“是木化石整雕的。下次来我家，请你们长长眼。”

勾玉山说：“好……现在，开会吧。今天要商议的事……多哩。”

摸一摸小猫的屁股

1

侯者睁开眼，从一个又大又沉的梦里走出来的时候，已经是早晨八时半了。

今冬的第一场雪在窗外疏疏密密地下着，雪花很小很薄，像一只只白色的飞蛾，轻轻地扇动着翅膀。

斜乜一眼睡得很香的妻子艾珠，一头长长的秀发披散在淡绿的软缎枕头上，眼睛微眯着，睫毛像落下的淡青的帘子，小巧的鼻子，红红的嘴唇，不禁全身又有了某种难耐的冲动。但他得赶快离开这里，梁园虽好，不是久留之地。往常艾珠早起来了，然后准备早点，吃完了飞快地去卫生局上班。今天她可以安然地睡着，看样子是接受了特殊的使命，要在他身上找出一个结果来。什么事，侯者心里明白，他不是傻瓜，艾珠这几寸鸡肠他还看不清楚？

昨夜侯者回得很晚，一个老同学请他到新开的卡拉OK厅去吼了几嗓子，又是茶又是酒的灌了一肚子，临了请他"妙笔生花"，在报上鼓吹鼓吹。骑着摩托车往家里赶的时候，北风呼呼的，吹得厉害，连皮衣都挡不住凛凛初寒，但心里却是春波荡漾。唱过的那些软绵绵的歌，都他妈的爱得死去活来，撩拨得心思像发情的野马驹子乱窜乱跳。一边开车便一边想，回去后先洗澡，再把熟睡的艾珠弄醒，再做一做那件人人都知道的事。又想，艾珠对这个事老摆出一种架子，好像是十分不情愿，"嗯呀嗯"的半天也发动不起来，其实真上了道，享受得比他还狠，一副死去活来的做派。

摩托车跑得比他的心思还快。回到家里，正好十二点。打开客厅的灯，准备去洗澡间，卧室里忽然传出艾珠娇滴滴的声音。侯者当时想：这是二十八岁的声音吗？ 真是冬天里的春天！

侯者，快洗了澡来，屋里开了空调，今晚我怎么也睡不着。

侯者说：是吗？

然后，他去洗澡，飞快地洗，洗完了，穿着一条短裤就往卧室里跑，顺手把房门带上。屋里暖融融的，他的肌肤立即像有无数温润的手抚触着，舒服得想喊想叫。就在这时，电灯亮了。艾珠侧面曲身躺着，穿着薄薄的水红睡衫，笑得媚媚的，全身的线条也是媚媚的。

侯者一时愣住。

来呀，不认识了是不是，来呀。

侯者飞快地跳到床上去了。

艾珠没有喊关灯，没有装睡，而是用手一把抱住了他，款款问道，累不累？

不累，不累。

这一次艾珠变得分外主动分外热烈分外温驯，口里娇婉地呻唤，两条腿好看地扭来扭去。侯者全身像着了火，忙得恨不得再生出两只手来。

待把一切做完，两个人都只有喘大气的一份疲惫，便平躺着默不作声地望着嵌着雕花木板的屋顶。侯者忽然生了疑，艾珠怎么会这样子，该不是为了什么，是不是关于那篇批评医院的报道走漏了风声？他警惕起来，心想，此时最好的办法便是装睡，睡得沉沉的，到明早一走了之，免得夜里受折磨。于是，他轻轻地发出了鼾声，挺像那么一回事的。

侯者，醒醒，我有话跟你说。

鼾声。

艾珠不信他会睡得这么快，便搔他的胳肢窝，很痒。搔得侯者差一点又上了火，大有重返战场的冲动，但他忍住了，一动也不动，像一段木头。他明白小不忍则乱大谋的古训，益发把鼾声扯得生动有致。

艾珠骂了一句：下次看我理不理你。

过了一阵，灯熄了，侯者真的走进一个又大又沉的梦。

想不到这一觉睡得这么久。

他轻轻地坐起，准备穿衣服，套毛衣。

突然，艾珠醒了，她一把搂住了他，说：再睡一会儿，嗯？

不行。报社有事，现在已经迟到了。

有事？是不是关于那篇批评报道？

什么批评报道？

艾珠把头在他胸前拱了几拱，说：你真当我什么也不知道？你们老搭档写的批评为民医院的报道，不是快要见报了吗？

侯者一惊：你怎么知道的？

我怎么知道的，你不要问，反正你得把稿子撤下来。

又不是我一个人写的。而且顾老总力主要发。你少管些这样的事，一个女人家，搞得像个官僚样的。

我不管，你得撤下稿子。局长昨天找我谈了话，说如果稿子没有发出，季度评比给我立功，奖一千元，还说考虑我当宣传科副科长。嗯，侯者，你得为我想想。

这很难。家里的事，你怎么做主都行。可这是报社的事。

艾珠一张脸气得煞白，说：你自私，只图自己出名，我瞎眼了，跟了你！

侯者轻轻拨开艾珠，径自穿衣下床。他很气愤地说：我自私吗？你才自私！一个医院不救死扶伤，反而草菅人命，难道不应该批评？！

艾珠立眉竖眼，吼道：你滚，滚到你的报社去！

侯者头也不回地走出家门，从楼道口推出摩托车，骑上去飞快地往报社赶去。

2

上班的时候，《楚城日报》编辑部总是热闹得像逢年过节。编辑部设在二楼，十几间大办公室，挂着"总编室""美术摄影部""群访部""工交部""农财部""文教部""政法部""理论部""副刊部""版面部""总编辑室""副总编辑室"的牌子。走道上人来人往，打水、烧茶、沏茶，像个车马店。不过，这个时间很短，闹腾一阵后，便各自回到自己的办公室去，边喝茶边侃新闻。夏天有空调，冬天有暖气，因此每个办公室都关上门，笑语声严严地关在里面，漏也漏不出去。记者们戏称这段时间是"新闻联播"的黄金时间，一般为半个小时，到了八点半钟，便夹上采访包，散到楚城各个角落去。

楚城是个中等城市，不大，人口也不多，除一张市报拥有几十个记者外，还有电台、电视台的一帮记者，彼此互通声气。这一大帮子老记，天天在城里城外踏勘，什么角落弯里也要去钻一钻、捣一捣，一天一夜过去，积存了一肚子的新闻，便有了一吐为快的欲望。这些新闻又大多是不能写了见报的，于是口头发表成了一种极简便的形式。老记们会写，更会讲，口讷的、结巴的自然入不了这个行列。讲起什么来，活灵活现，口吐莲花。有人开玩笑说，记者将来死了到阴间，受刑罚时，有两个项目必不可少，一是割舌子（平生说话太多），二是剁手指头（平生写文章太多）。但老记们都明白，自己写的文章有点价值的极少，多是套话空话假话，但侃的却多是极真实的场景，哪个厂特困，几个月没发工资了；哪个部门的"头"收受贿赂，被反贪局"请"去审查；郊区的哪个村，一个农妇在生过三个女孩后又生了个十几斤的男巨婴，那精子、卵子也不知道有几多精壮……这些能报道吗，难！哪个主管部门也不愿意慷慨"曝光"。老记们常叹息不已。老虎屁股摸不得，小猫的屁股摸得吗？难，报纸要批评一个小人物、一个基层小单位，一旦走漏风声，便调动各种关系来说情，软的，硬的，死纠蛮缠的，最终发现是整个社会要和报社抗衡，你只好悄悄撤稿，鸣金收兵。记者都变成太监了，声音尖细，没有一点阳刚之气。因此，《楚城日报》的总编辑顾理林为此而焦虑万分，虽组织过几次批评报道，结果是两个字：流产。

"新闻联播"半小时后，悬着一肚子热茶水，老记们仰天大笑出

268

门去，去找新闻，找可写的稿子。大家都凭稿子的质量、数量、长短记分，一月三十分。完成了拿基本奖，超一分加奖十元，少一分减十元，大家互称"农大哥"，数着工分过日子。

文教部今早却异于平日，死气沉沉，大家都端坐在办公桌前，很响地喝茶，饮牛一样。部主任佘成铁着一块脸，拧着眉，把一百六十斤的块头威严地堆在椅子上。谁惹他了？没有。有什么不顺心的事吗？不知道。

佘成今年四十四岁，科班出身，在文教部一待就是二十年，干什么事风风火火，写过不少有分量的新闻稿件，嗓子又亮，叫一声"板"楼都打战。每早，他都是个中心人物，什么都敢侃，侃完了，一挥手：去，赚工分去。佘成采访写稿，最爱和侯者联手，署名为"侯佘"，久了，就被称为"喉舌"。论公论私，他俩感情都很融洽。有时去采访，碰到电台、电视台的同行，对方必说一声："喉舌"来了，多多关照。看着对方拎着录音机，扛着摄像机，他们必回敬一句："工具"也来了，幸会幸会。大家便一起大笑，笑得外人莫名其妙。

有人说："舌"，是不是"喉"没来，你不高兴？

佘成尖锐地盯了他一眼，不说话。

吓得那人再不敢作声。

八点半了，赚工分去，想让报纸开天窗呀，嗯？！

众人慌忙逃出屋去，咕咮一声："头"犯病了，说话㕮死人！

九点钟，侯者披着一身薄薄的雪花，阴着脸走进文教部。他好像什么人也没看在眼里，摘下围巾，掸着头上和身上的雪花，雪花胡乱四散飞开，落到地上，顷刻化作了淡淡的水渍印。

佘成斜了他一眼，说："喉"，昨夜泡在温柔乡，连上班时间都忘记了！

侯者这才抬起头，看见佘成一块铁脸，先是一愣，接着便气冲冲地说：哪个王八蛋泄了密，卫生局派我老婆来纠缠……

侯者忙把后面的话咽下去，一个喉结上下直窜，好像卡了一把鸡骨头。

佘成脸色缓过来，走过去给侯者沏了一杯茶。说：我以为是你，对不起。当然，也不是我，我俩不是一心想摸一摸小猫的屁股吗？可怎么也保不住密。顾总昨夜打电话给我，发了好大一通脾气，口口声声说出了"内奸"。过一会儿，他要找我们去，追查谁透露了消息。

侯者说：查出了"内奸"，操，揍他一顿。

佘成递过一支烟，坐下来，说：这回一定要挺住，争取把稿子发出去。老百姓都在戳我们的脊背，记者成什么了？吹太平号，拿大红包，有些单位贴的标语是"防火防盗防记者"，我们愿意当这种人吗？说着说着，佘成的眼圈都红了。

"喉"，后院起火了？是不是？

操。不管她。

3

那天早晨，大伙正在侃着新闻的时候，侯者忽然接到了他父亲打来的电话，他只是"嗯嗯"地点头，眼睛亮得打闪，脸上泛出一层红光。放下电话，侯者对身旁的佘成说：有好素材了，"舌"，可以搞一个批评报道。没等佘成回话，他便一五一十地谈起来。

原来他父亲车间的一个老劳模，患有高血压，却从不肯休病假。昨夜当晚班，到凌晨四点多钟，老劳模觉得头有点晕，尿也憋得慌，便关了车床准备去厕所，走到车间门口时一头栽倒了，人事不知，中了风。厂部立刻派出车，把老劳模送到为民医院的神经科进行抢救。神经科只有两个年轻医生在值班室，一个伏在桌上睡大觉，一个在读一本小说。见来病人了，挺不耐烦，叫工人们把老劳模抬到病床上，很随便地处理了一下，说：主治医生八点上班，你们等着吧。那时刚好是凌晨五点。在这段时间内，连一个护士的影子都没有。病室里还有三个中风病人，在吊着水，昏迷不醒，嘴巴像鱼一样翕动。陪护的家属告诉工人师傅，要赶快叫医生，这样很危险。工人师傅去催了几次，两个年轻医生都回答说：死不了的，你们急什么？老劳模慢慢有了一点神智，尿憋着，硬要上厕所去拉，只好由人撑着去了。这种中风后的剧烈运动，导致脑颅内大量出血。到上班时，主治医生缓缓而来，问：办手续了吗？去交钱吧，交了钱才好看病。等一切办好，八点半了，老劳模已经濒临危险，以后的脑颅钻眼导引瘀血，打各种特效针剂，终回天无力，三天后死在病床上。

侯者说，我父亲是这个车间的工会主席，整个过程他都是目睹者，出于愤怒，他这样对我说：你们报纸假如还有良心的话，就得站出来为工人阶级主持公道，一个老劳模的命这么不值钱！

听完这番介绍，佘成对侯者说：先去工厂，采访目击者，取证。再"杀"回医院，不惊动什么人，各个病室走一走，看一看，问一问。医卫战线属文教部，我们岂能袖手旁观。

侯者说：要不我们真是昧良心了，写！

他们骑着摩托车很快到了胜利机械厂，并找到暂时做了灵堂的俱乐部会场。哀乐低回，花圈排排肃立，祭幛悬空垂挂。灵台上放着骨灰盒，上面盖着一面党旗。遗像上方挂着白纸黑字的横条，上写：魏明同志永垂不朽。遗像两边贴着一副挽联：以车刀耕于钢铁，因病厄死于医僚。挽联写得很切题，概括力也很强，特别是下联的"医僚"二字，既针对医院衙门作风，草菅人命，"僚"又与"疗"同音，老劳模确实是死于医德和医术皆很差劲的医院。

他们正看着，突然从舞台侧幕边冲出一个老工人，平头，浓眉，大鼻，阔口，脸色郁紫。

侯者轻声说：我们家老爷子，准又要发作了，他可是个炸药桶，一点就着。

果然，老爷子吼道：小张，小张，你来一下！

一个小伙子从挽幛丛中钻出来，问：侯司令，什么事？

放屁，我是什么司令，一个破工会主席。你说，这挽联是怎么回事？上联好，下联要不得，赶快换。魏劳模是死于医院的潦草，但不能写到挽联上，下午全厂开追悼会，工人已经憋了一肚子火，一见这挽联，起哄去医院闹事，那就不得了。赶快重新想一句，重写重贴。嗯？

那小伙子说：我想不出。

好，你跟我玩这个，装宝！莫以为卡得住我。拿笔，记！

老爷子走到灵台前，一边搔脑壳，一边想，老泪顺着脸颊往下流，然后连连叹气，看样子是想不出来。

小张见状，忙说：侯司令，我……想好了，你看行不行？下联为：将生命铸出楷模。

老爷子吼一声：要得，快写快贴。

这时，侯者才喊道：爹，我来了。还有我们部的"头"佘主任。

接着，他们在老爷子的陪同下，采访了魏劳模的老伙计，了解其平日病状和那晚发病的情况；采访了陪送魏劳模去医院的人，请他们写下当时的情景，并让他们一一签字。

临分手时，老爷子握着佘成的手久久不放，很沉重地说：我晓讲你是个有正义感的人，我代表工人兄弟求你呼吁一下，工人也是人，医院这样对待一个老劳模，我们不服。我们厂是特困，除了基本生活费外，没有奖金，没有加班费，魏劳模急着车间刚到手的一批业务，做了白班做晚班，他为的是什么？为的是这个厂，这个国家！他死得冤呀。

佘成说：侯主席，你放心，我们会尽力的。

中午，佘成和侯者在街上胡乱吃了点东西，然后去了为民医院。他们商定，不惊动院领导和科室领导，分头到门诊部、住院部去查访，下午四点到院外面碰头。

门诊部要两点上班，关门闭户。按规定，住院部要三点后才能探访，但没有人管理，任人出出入入，热闹得像个娱乐场所。佘成去了内科、五官科、神经科，医生、护士坐在值班室说说笑笑，打毛衣的，看小说的，搓洗衣服的，嘴和手都不闲着。而病房里，病人在埋怨，陪护的在做着护士的活，扫地、拖地、倒尿盆。佘成到神经科魏劳模住过的那间病房，装着很随意地问了问那几天的情况，与工人们说的丝毫不差。看得出魏劳模的死，并不是偶然的，具有一种必然性，管理混乱，医德医风低下，缺乏起码的人道主义精神。佘成想出了一个题目："老劳模魏明屈死于为民医院"。

四点钟的时候，佘成和侯者在院外碰头，对了一下情况，更觉得这篇批评报道非写不可，便找了个电话亭，和顾总通话，将情况详细汇报。

顾总说：这个报道一定要搞，一定要搞！但要保密，不能透风声出去。今晚七点，你们、解副总编，加上我，在我办公室开个会，仔细研究一下。

4

总编顾理林刚刚五十岁，但已显出了老态，背有点驼，鬓角全白了（自嘲是"山脚浮雪衬青岩"），戴着一副千把度的近视眼镜。因背驼，眼力差，走起路来老低头慢步，像寻找什么。同事每见此状，便开玩笑说：顾总，您老找什么？他不生气，认真地说：找什么？找头条！全是一些破稿子！他是正正经经的新闻系毕业生，分到《楚城日报》，从记者干起，再是部副主任、主任、副总编、总编，班班车都赶上了趟，但不是凭关系，是凭真本事上来的。政治敏锐性强，业务精通，举凡消息、通讯、报告文学、评论，写得又快又好，没有哪个记者敢在他面前较劲。

从接到佘成的电话起，顾总显得很激动。报纸很长一段时间没发过批评报道了，显得很平。正面宣传为主，这点他明白，但也不能没有批评意见，问题是真要动手做，却很难，各方面的干预，闹得你鸡犬不宁。从佘成反映的情况看，很适合搞那么一下，一是医院不是市委、市政府的直属单位，批评稿件无须市里的头头表态；二是全国正推行服务行业承诺制，有个良好的大背景；三是死者是个老劳模，本身就构成新闻事件。但怎么搞，却要仔细筹划，首要的问题是保密，文章刊出来了，就成了既定事实；要保密，只有减少中间环节，只能让有限的人知道这件事。在发批评报道之前，先让"喉舌"去写个魏劳模的人物通讯，要写得生动感人，不要涉及医院，让读者对魏劳模充满敬佩之情，然后再出奇兵，刊发批评稿件，让大家痛惜一个这样好的老工人，却死在医院的潦草行事上，从而推动各行各业的职业道德自省，再搞几场大讨论，声势也就出来了。

下班前，顾总签发完一版的稿件，又给老婆打了个电话，说是晚上要开会，不回来吃饭了。然后拎着个饭盒子，慢悠悠地到食堂去。卖饭的窗口边挂着个小黑板，炊事员的字水爬虫一样蜿蜒在上面，写着菜名和价格。

顾总一直走到小黑板前，把脸凑上去，鼻尖几乎要顶着小黑板了。

副总编解方，今年三十六岁，年少得志，生性又活跃，且与顾总关系不错，他知道只要不是谈工作，你怎么开玩笑都行。他见顾总这模样，便说：顾总，平常你嗅稿子，今天又嗅菜牌子？

顾总一点也不报然，说：稿子一嗅，就知道该不该发。这菜牌子一嗅，真嗅出名堂了，今天我吃红烧肉！

大家都开心地笑起来。

顾总端着饭盒坐到桌子边，这张桌子立刻坐满了人。他在工作之外，其实是很喜欢扯谈的。他一边嚼着红烧肉，一边说：你们知道有一样菜叫东坡肉，是苏东坡首创这种做法的，但这个名字就不切，我们是吃的猪肉嘛，哪里是苏东坡的肉？还有四川的麻婆豆腐，听说是一个满脸大麻子的女人发明的，别人吃了有味，我一听这名字就反胃，这名字丑死了。

一桌子的人都笑起来。

然后，顾总回到总编辑室，沏了一杯龙井茶，看了好一阵《人民日报》，正好七点，人都到齐了，他便宣布开会。

侯者问：没叫总编室主任来？

顾总说：他有事出去了。我们四个先开会。佘成、侯者先说说情况。

佘成和侯者便先后讲了情况，顾总习惯性地作了记录。

顾总说：题目不错，"老劳模魏明屈死于为民医院"，有冲击力。我考虑了一下，在发批评报道之前，先由"喉舌"写一个通讯，歌颂老劳模，不提他在医院的死。然后再发批评报道，所谓"一张一弛，文武之道"。

解方说：挺好，我赞成。

顾总说：关键是保密。这次一定要搞成。我想，"喉舌"先把批评稿件写出来，到外面找个地方复印几份，都交给我。然后，越过总编室，不是不相信他们，是怕人多眼杂，走漏了消息。由我签了字，交电脑部专排"内参"稿的老同志打出条样，由校对部主任一人校对稿件，再返到我这里，决定何时见报。

侯者忍不住笑了：顾总，这是搞地下斗争啊，神神秘秘的。

顾总说：在座的一共四个，出了事，唯你们是问。

解方说：这点你放心。用人不疑，疑人不用。

又说了一阵各种细节的安排，顾总便让佘成和侯者先走，留下解方，再深入地议了半个多小时。

5

《楚城日报》的校对部，设在三楼，是一整间很大的办公室，里面像抽屉柜一样隔出许多小格子，一个小格子相对摆两张办公桌，只有部主任的那一格摆一张办公桌，彼此不干扰。校对部的人，分白班和晚班两拨子人马，互相替换着校稿件。这里的灯光很亮，头上有日光灯，桌上还有台灯；也很静，除了偶尔听见纸张翻动的声音外，寂静如无人。晚班是晚饭后七点上班，校完应校的稿子下班，有时早，有时迟，最迟的要到凌晨三点左右。

今天轮到丰润上晚班。

丰润在校对部已经十个年头了，工作勤勤恳恳，校对水平也很高，已经评上了二级校对。丰润的名字与她本人却相去甚远，既不丰满也不滋润，消瘦焦干，两个胳膊如同两根竹棍子，从没有人看过她穿裙子，最热的时候她也穿长裤，因此那两条腿干瘦到什么程度，无人可知。但她是个爽快人，整天哈哈不断，可惜校对部不允许上班说笑，这一点令她难受，寂寞感一层又一层地淤积在心上。于是，她便把精力花在校对上，一篇稿子她可以翻来覆去校几遍，为的是排遣寂寞，这样做使她的差错率总是很低的，并且堵住了很多重大的差错。除校对之外，她爱包揽的一件事是为大家烧茶、沏茶，利用为别人沏茶的机会，顺便聊几句天，让自己轻松一下，因此她在校对部人缘相当好，小黑板上常常表扬她关心同志和热爱本职工作。通常上夜班，别的人老希望校完了稿件就赶快回家，而丰润却不着急，一是孩子丢在娘家，不必挂心；二是丈夫对她并不热火，守在家里的时候很少，也不能问，一问就吵嘴，脾气犟得很。即使丈夫在家，也没什么话说，只是瞪着眼睛看电视，一看见电视里那些丰乳肥臀的女人，他身子一晃一晃，好像饿牢鬼看见了大肥肉，馋得不行。为这事，丰润总想增肥，拼命吃荤，吃补药，打补针，钱花了不少，膘却没有长起来，照样像一块搓衣板，硬得没有一点弹性。

丰润的丈夫叫马必，在为民医院党委办公室当副主任。他只读过三年卫校，中专生，他知道自己业务不行，便认定走仕途最适合，在写各种汇报材料上下功夫，一点点芝麻大的事都能挖掘出三点四点经验，别人背地里称他是"马屁"。三年前他好不容易升到副主任的位置，有了副科级的台阶，可惜再没有往上挪。他自嘲自己得了"妇科病"，就巴望着升了正科，一了病厄。

丰润一边校稿一边看着腕上的手表，恨不得快快回家去。她发现了一个重大机密，与为民医院有关，与马必有关，当然也就与她有关了。假如她能帮马必立功提升，她不愁马必不来亲热她。

就在刚才那一刻，她拎着刚烧开的一铝壶水，去一个个小格子里为同事沏茶。当她走进部主任的那个小格子时，部主任大概上厕所去了，没人。她便为他沏了一杯茶，同时，长年校对生活养成的习惯，随便瞥了一眼桌子上的稿件，一行题目赫然入目："老劳模魏明屈死于为民医院"。她心跳如鼓，以最快的速度将全篇稿子看完，稿子右上角，有顾总亲签的"密件"二字，知道非同寻常，便赶快离开了。等了一阵，她再下楼去，找了部电话，打给了马必。马必正好在家，一听说有急事，又是有关他立功的急事，便亲热得不行，说：丰润，你快点下班回来，告诉我到底是什么事。丰润说：你好好等着我，喂，替我去买几个蒸饺，我回来要吃的。马必连连说：好的，好的。又说：回来别骑自行车了，车丢在报社吧，打的回来，由我报销。

十一点多钟，丰润校完了稿子，便骑了车回家。打什么的呢，不如让马必给自己买件衣服，免得便宜了他。

二十分钟后，丰润便回到家里，马必亲自开门，摆好要换的棉拖鞋。屋里的液化气取暖器喷着热风，电视上正在播《英雄无悔》。丰润激动得差点滚出泪来，但她克制住了。

丰润，快告诉我什么事？

你得让我吃点东西、喝口水呀，我好饿。

对。先吃蒸饺，再喝杯咖啡，好不好？

丰润一时觉得她当了"公主"了，马必从没有这样殷勤过。

丰润吃过喝过了，才一五一十地缓缓道来。末了，说：千万不能透露是我说的，那等于砸我的饭碗了。

马必说：我有这么傻？我得把这个事搞得云山雾罩，让院领导看重我。再说，正主任快退休了，他们得把我补上去。答应了条件，我自有退兵之法。丰润，先让我给院里的头头脑脑挂个电话，先抢个头功。过下子我再好好感谢你，好不好？

丰润"啐"了他一口，一块脸红得像涂了胭脂，心里蜜样的甜。

马必给院党委书记、副书记、院长、副院长打了一通电话，口气很神秘，让对方急得不行。至于方法呢，马必说：明天我来向你们汇报，你们不必着急，我保证这稿子发不出，行不行？不过，我出面总有点名不正言不顺，人家会看低一个副主任的……哦，你们早就在考虑这件事了，我当然放心，士为知己者死，何况还不要赴汤蹈火嘛……

打完了电话，马必容光焕发，两眼一闪一闪，猫头鹰似的。

这时，丰润脱了鞋，把脚放在取暖器上烤着，身子软软地靠在沙发上，眼睛眯着，装出一种少女的天真样子。

丰润，睡觉去。

我不想动，没有力气。

好办好办。我抱你进卧室，怎么老长不大呀。

我就是没力气嘛。

马必一把抱起丰润，丰润便用手搂住他的脖子，益发酥软如泥。她想起一个叫叶梦的女作家写过的一篇散文——《今夜我是你的新娘》，心想，这不是做梦吧？

6

侯者和佘成一边抽烟喝茶，一边小声谈论到底是哪个环节走漏了风声，桌上的电话铃响了。

侯者问：你找谁？

找谁？找你，找佘成！我是解方，顾总到市委开会去了，叫我通知你们下午到他办公室来开会，清查"内奸"。解方嘻嘻笑着搁下了话筒。

下午一上班，佘成、侯者赶快到大楼那头的总编辑室去。

一进门就看见顾总板着一张脸，解方坐在一边抽烟。

把门关上。顾总很威严地说。

侯者和佘成轻轻坐下。

嗯？我再三交代要保密，怎么了？又被谁捅出去了？这报纸还办个屁！昨晚，我家的电话一直闹到凌晨两点，为民医院的书记、院长、神经科主治医生、党委办主任，卫生局的正副局长，还有一些莫名其妙的人，与为民医院八竿子也打不着的什么关系户，一个电话一个电话地打，全是讲情的，要求不要发那篇稿子。我一个远房侄儿的女朋友，在为民医院当勤杂工，居然也打电话来，说这篇稿子如果没见报，院长让她到行政科去当管理干部，被我狠狠地骂了一顿。我老婆有神经衰弱的毛病，吵得没法睡，对着我怨气冲天：你说，还让人活不活？！你——侯者，你——佘成，是谁透出去的？

佘成说：顾总，你怕是碰鬼了！侯者的老婆跟她吵，要他撤稿子，他还一肚子火没地方发！我佘成从不做这种不光彩的事！我儿子读书的中学，有个副校长，是卫生局一个副局长的老婆，突然把儿子叫到办公室，没事找事地训了他一顿，让他回来通知我赶快撤稿子。你昨晚打电话来骂我，我骂谁去？今早，我冲侯者发气，一问情况才知错怪了他。顾总你这么一搞，人人自危。我还没怀疑是不是你泄的密哩！

顾总说：那是谁？排开我们四个人，接触稿子还有排"内参"稿的老同志，以及校对部主任，稿子上标了"密件"，他们是知道纪律的，那还有谁？

解方慢悠悠点着一支烟，一副老谋深算的样子，然后说：顾总，出事只可能是校对部这个环节。校对部主任，不可能，但他就不会有离开办公室的空隙，比如去上上厕所，旁人偶尔走过去，偷看了稿子呢？

三个人一齐望着他，解方吐了一口烟，继续说：我查了一下那天当晚班的名字，必是她无疑！

谁？

丰润！

为什么？

因为你顾总刚才说为民医院党委办主任给你打电话，他自报家门是不是叫马必？这就对了。另外，丰润上班喜欢烧茶送水的，她一定到过部主任那里送水。我问过老主任，他说他中途上过一趟厕所，稿子没收进抽屉去。这个马必就是丰润的丈夫！

侯者气得咬牙切齿，说：这娘们不像话，把她找来问问！

解方摇摇头，说：她会承认吗？有人看见了？还是有录像资料？不是白问了吗？反正，消息走漏了，应该想想应变的法子。

顾总点点头说：一切按既定方针办。后天头版头条主写魏明的通讯稿，然后，发批评报道，趁着市里的头头还没打招呼，一打招呼就麻烦了！

正说着，顾总搁在桌上的大哥大响了。

喂，哪位？哦，是翁市长呀，你好你好！有什么指示呀，没指示？是问一点事，什么事呀？关于为民医院的一条稿子，我还没见到，呃，没见到。最好不要发，为什么？省里要来人考查，准备上甲二级。哦哦，好，我注意一下。再见。

大家都明白，电话是市政府管文教卫的副市长翁子锵打来的。

顾总说：他的消息好快！他说这是关键时刻，为民医院要上等级，千万不能发批评报道，一发，就泡汤了。他还说，他管这条战线，不希望搞得满城风雨，稿子来了，一定要扣住不发。

沉默。

解方说：顾总，既然你为难，毙掉这条稿子算了。

顾总说：不可！

他点着烟，狠狠地吸了一口，然后，望着解方，说：你应该是有办法的？

我哪里有办法？

不，你会想出办法来的。

解方吐了口长气，说：有是有，顾总你得避一下，对你对我都有利。全国不是有个中等城市总编辑联谊会在山东开吗？你明天就走，我来应付这里。不过，这不是"逼宫"啊。

顾总开心地笑了：你小子脑瓜子灵，你这点子心思我还是估摸得到的。好，我明天坐飞机走，但请你们保密。大哥大，和打好条样的稿子都交给你解总，报社的大小事在我走后都由你统管。

解方说：你大哥大怎么不带去？

顾总说：带去做什么？让我在山东还要来上传下达？

解方敲敲脑壳，笑了。

开完了会，佘成和侯者回到自己的办公室。侯者问：我没看懂这一盘棋，你是道中人，说说。

佘成神秘地说：他们的这一招，厉害！顾总远走高飞，报社便无"头"可找，真出了事，他可以回来一肩担起责任，市里也不好怎么为难他，他不在嘛，二把手毕竟年轻嘛。另外，翁市长已经打了招呼，不听，就是故意违抗了，不好交代，顾总一走，解总可以装糊涂。更重要的是，解总的老婆是市委文教副书记伍奋云的姨侄女，他可以找这个门子，市委常委说话算数，加上市委书记上北京读中央党校短训班去了，他暂时抓全面的工作。

侯者连连点头。

7

今天《楚城日报》头版头条，刊发了侯者和佘成合写的通讯，仍署名"侯佘"，三千多字，黑压压一片，题目是从悼念魏明的挽联上裁截下来的《车刀耕钢铁 热血铸楷模》。

早晨报纸一到办公室，编辑部议论纷纷，不是文章本身的问题，凡看过的都说很感人，魏明的形象很高大，加上是"喉舌"的手笔，还能挑出毛病来？关键是这个题材，应该属于工交部，与文教部风马牛不相及。于是，不断有人来问"喉舌"，这文章有什么背景？

侯者笑笑，不作声。

佘成说：你们怕是神经过敏了。一篇通讯稿，写一个老劳模，有什么背景？我和侯者采访中听说了这个事，就去写了，顺带赚几个工分而已。

但没有人相信，佘成和侯者向来不踩外部室的"线"，只管自己圈内的事。

也有想得深的，问：侯者，魏劳模的死，是怎么回事，怎么只是轻轻两句带过？是不是涉及医院？

侯者又是一笑：无可奉告。

这一天，文教部电话不断，很多人都说读了文章后感动得痛哭流涕，表示要像魏劳模那样对待本职工作，无愧于工人阶级的光荣称号。侯者和佘成除了吃中饭外（在食堂吃的），几乎没有离开办公室，两个人轮流着听电话，一边听电话，一边做些记录。

快下班时，北风叫得更凶了，看样子又有一场大雪来。不到五点半钟，天就黑得像锅底。

侯者说："舌"，你回家吧。我不想回去。

怎么了？你小子想躲？她还在跟你闹？

闹倒没闹，冷战阶段，谁也不理谁。

你得跟我学，"喉"。自从孩子受了委屈，老婆也夜夜跟我磨牙，叫我撤稿。我说，早撤了，过几天了，稿子没发不是？她就不跟我较劲了，餐餐弄点好吃的，还有酒，我也乐得受用受用。

可稿子终究要发的呀。

到时候再说。发出来了，就说是上级要发的呀，我得考虑饭碗呀，你养着我？假如——我当然不希望有这个"假如"，稿子没发出来，我们尽心尽力了，于心无愧，也就省了这一段的烦恼，是不是？对付这些傻大姐，我有经验，你就学着点。

侯者说：我一说假话就红脸。

不说这样的"假话"办不成大事，无妨无妨。

于是，两人关了办公室的门，回家去。到一个十字路口，挥挥手，各奔东西。

侯者回到家时，天全黑了。艾珠泡了包方便面在吃，一边看着电视上的动画片。见侯者进来，满脸是笑地说：没做饭。你吃了吗？来两包"康师傅"吧，省时省力。

侯者也应付着笑了笑：好的。

于是，侯者亲自动手泡了两包方便面，津津有味地吃起来。

艾珠说：今天报上的大作，我可是拜读了。上午十点钟，局里开了个小会，为民医院的马必主任也参加了。你可认识他？他老婆在你们单位哩。局长也让我参加了，问我工作做得怎么样，我可是拍了胸脯的：没问题。嗯？是不是？

你当然可以拍胸脯，不过……不过，我和佘成也准备撤稿子了。你们卫生局厉害，什么关系都用上了。

艾珠口气轻柔起来，说：哪是我们局厉害，是马必这家伙厉害。开会时，他讲他在得到消息后如何首先圈定与报社有关系的"人头"，排出一张表。比如，我，丈夫在报社，你又是写稿人，自然要局里给我安排任务。比如，佘成，他的儿子在一所中学读书，副局长的老婆正好当副校长，可以通过他儿子来施加压力。比如，顾总侄儿的女朋友，在为民医院当勤杂工，自然可以发挥一点作用。还有……不说了。反正是织出一张大网，网着报社，让你们动弹不得。

侯者一张脸笑意顿消，惊叹马必这王八蛋简直就是个小政客，如果让他当总统，只怕天天要发动世界大战！

侯者突然说：假如我们不就范呢？

艾珠轻松地说：你们敢！告诉你，明天下午为民医院有个饭局，专请你们报社的几个人，你要去哟。

我懒得去。

你会去的。翁市长作陪，马必做东，你们能不看这个面子？

侯者语塞，情不自禁地叹了一口长气。

两个人有一搭没一搭地说着话，《新闻联播》也结束了。

侯者便去摁中央台六频道，想看看有什么好电影。摁好了，坐下来等着出节目。

艾珠起身摁到本市的电视台频道，说：侯者，今晚有为民医院的好新闻，是马必说的。他知道你们发魏劳模通讯稿的意图，声东击西，他也模仿了一下。

果然，几分钟后，电视台在"楚城新闻"里，播出了为民医院组织专家，调集药品，到特困企业为工人义诊的消息。

侯者，你看，那就是马必！

侯者顺着艾珠手指的方向，看见了圆圆滚滚的马必。心想，他才是真正的"丰润"，一身好肥肉。

马必在接受记者的采访，流水滔滔，把为民医院的"壮举"说得上了天。

侯者有了一种要呕的感觉。

艾珠很得意地看了他一阵，然后立即收敛笑意，说：侯者，我有话在先，稿子不撤下来，你别想那个事，去亲你的枕头吧。

侯者很硬气地说：你就是长草了，老子也不会去锄一锄。

说完，走进书房去了，把门狠狠地关上。

艾珠一愣，一团话卡在喉咙里，吐也吐不出来。

8

一上班，解方就把佘成和侯者叫到自己办公室，关上门，很随意地说：翁市长来电话了，说为民医院由马必主任出面设个饭局，你们两尊大神点名必去。他本是要顾总去的，我说他到山东开会去了，便点名要我去。地方不错，在云天大厦，四星级的。

佘成说：这顿饭不好吃，吃人家的嘴软，拿人家的手短，还怎么发批评报道？

侯者点头，忙说：我老婆昨天就知道了，是个圈套。不知道为什么，卫生局的局座们，为民医院的院长们，都不出面？

解方笑了笑：这叫避嫌，显得很随便，似乎是个一般的饭局。但选在云天大厦，由翁市长出面邀客，便显出它的庄严性。不去，绝对不行。我们可以和他们打太极拳，兜一兜圈子，顾总不在，我们可以发挥得好一些。

解方说：你们又不能拍板，脱什么身？尽管狠吃。我倒要想办法开溜——这个我有办法。我一走，你们就把事往我身上推。记住一点，吃是吃，拿什么都不行，这点事你们完全可应付自如的。

佘成一下子就看出了此中的奥妙，说：知道知道。侯者嫩一点，我来应对。

解方说：就这样了。我到印刷车间去看看，说是存纸不多了。说完，拎起桌上的大哥大就走了。

望着解方远去的背影，佘成说：解方心上到处是眼，将来必有大用。

侯者问：什么？

佘成知道说失了口，忙掩饰道：没说什么。中午少吃点，留出肚子晚上去填。

侯者笑了：我昨晚就是吃的方便面，老婆还没有"康师傅"亲切可爱，肚子是早留好了。

下午五点钟的时候，解方走进文教部，说：我搭谁的摩托车去？要安全可靠，顾总在外，我死了，报社就暂时无"头"了。

佘成说：你雷都劈不死，摩托车能把你摔死？！摔出八丈远，你小子手上的大哥大绝对不会丢，这可是权力的象征。不过，侯者搭你吧，我一百六十斤的体重，已经很难为我的摩托车了。

侯者问：你不是有小车吗？

解方说：我有别的用场。快走，翁市长是个急性人。

三个人分乘两辆摩托车，风驰电掣赶到楚城东南角上的云天大厦。刚把摩托车停妥，侯者就看见台阶上一个圆圆滚滚的人迎上来，正是马必。马必一块脸很肥，笑得肉往下堕，亲热得像冬天的一把火。

解总，你好！佘主任，侯记者，你们好。谢谢光临。请跟我来，翁市长早到了，正等着三位哩。

马必便殷勤地引着三个人走进一个大厅，再拐进一间雅座。刚一进去，翁市长就站起来，和解总、佘成、侯者握手。一边握手，一边打着哈哈：小解呀，小佘呀，小侯呀，三员虎将，了不得。我管的这条战线，全靠你们鼓劲加油，我个人很感激呀。

握手时，侯者感觉到翁子锵的手非常柔软，像女人的手，再看他的脸色红彤彤的，只是有点胖，论年纪才四十来岁，已显出发福的征兆了。

一共才五个人，松松地围桌而坐。

侍者先上了一壶红茶，一人倒一小杯。几个人聊着天，等着上菜。

解方说：马主任请客，翁市长作陪，我们口福不浅。马主任的夫人丰润在校对部是一员干将，又热情，又爽快，很有人缘。什么稿子只要用眼睛一瞟，可以记个八九不离十。马主任，你应该比我们清楚。

佘成、侯者知道解方在敲山震虎，暗指丰润泄密的事。

马必装着听得很新鲜的样子，平和如常。是吗？我还第一次听说丰润这么被老总看得起。俗话说：强将底下无弱兵，那是你们当头的调教得好啊。

解方暗想：这小子脑子灵，一下子就把牌打回来了。

解方转过脸，向着翁市长，说：听说翁市长在狠抓花鼓剧团和歌剧团的创作，发狠要搞出两台过得硬的大戏，到省里去拿"五个一工程"大奖，是什么戏呀？

翁市长来了兴趣，一时忘记了他的使命，便滔滔不绝地讲起来。

佘成装模作样地拿出采访本，风流云卷般地快速记录，还恰到好处地点着头，间或配合着解方提一些问题。

侯者看见马必显出很着急的样子，立刻明白了解方和佘成的把戏：引开批评报道的主题，消耗有效时间。

马必终于找到一个空档，问：先上菜，我们边喝酒边说话，好不好？

翁市长说：喝酒鬼酒吧。

正在这时，解方口袋里的大哥大响了。他掏出大哥大，问：哪里？发行部！什么？到县里送报的汽车回来时撞伤了一个农民？在什么地方？黄嘴坳！非得要我去处理？我正陪翁市长哩。非得来？我们的司机被他们扣住了？好好好，我就来！

佘成和侯者差点要笑起来，这事不是发生在昨天吗？但拼命忍住了，知道解方要"金蝉脱壳"了。

解方的脸色都白了，头上冒出了汗珠子，急忙站起来，很内疚地要向翁市长解释什么。翁市长很大度地说：小解，你去处理问题吧。下次我们再喝酒。反正小佘、小侯在嘛。

解方说：谢谢。侯者，我没带车来，借你的摩托车给我，我得赶到黄嘴坳去，四十公里！怎么就不小心点开车，真是的！

侯者把车钥匙递给解方，解方挥挥手，飞快地走了。

菜上来了，酒也斟满了。马必说：先让我敬各位一杯。第一杯，通通干了。我先喝为敬。感情深一口吞。

三个人也把酒一口干了。

侍者又斟上了酒。果然是好酒，一屋子的芳香。

佘成端起杯子，说：我借花献佛，感谢翁市长对我们部的关心，感谢马主任的盛情款待。来，一口干！

翁市长很豪爽，一口就下去了。

马必嘴巴动了动，正要说什么，侯者又端起酒杯，说：翁市长、马主任，我敬你们一杯。祝翁市长抓的大戏，上省进京得大奖；祝马主任事业发达。干！

这时，佘成很殷勤地对翁市长说：这两个戏，主题深刻，演员阵容强大，肯定一炮打响。我过几天，和侯者下剧团去采访，争取写篇好文章。

翁市长显得很兴奋，连连点头，便站起来敬了一杯酒。

马必说：佘主任和侯记者的大名早已如雷贯耳。我们为民医院正在上等级，请二位手下留情。那个事故，我们很震动，正在整改，争取彻底刷新面貌。听说你们写了个批评报道，今天请翁市长来，就是想借他的面子，把稿子先放一放，二位意下如何？

佘成说：小事一桩。翁市长，你说是不是？不过，解总不在，我们做不了主。但是，我们会考虑的。《楚城日报》是市委市政府的喉舌。翁市长，你说是不是？

翁市长说：小马，你放心，他们会安排好的。来，喝酒。

吃喝好了，翁市长看了看表，说：晚上还有个会，司机的车准时来了，我先走一步，你们再聊聊。

马必忙跟出去送翁市长，不一会，又匆匆走进来，说：院领导交代我，这一趟你们很辛苦，顾总、解总，还有二位大记者，一人一点误餐费，请收下。说毕，从口袋里掏出四个大信封。

佘成用手一挡，说：马主任，你这是要我们犯错误！两个"头"在，好说，他们拿，我们也拿。现在他们不在，我们不能拿。先存在你这里，以后再说，好不好？

说完，佘成掉头就走，侯者也跟了上去。

马必很尴尬地站着，然后拉长声音说：二位好走——

9

解方骑着侯者的摩托车，顶着呼呼叫的北风往楚城市委的常委楼奔去，尽管没吃饭，肚子里正唱空城计，但心里却很是得意。他很欣赏他的这一番安排，其实打电话给他的就是他老婆，他相信他的"表演"没有任何差错，在那一刻，他还真的进入了"角色"，现在想起来，无非是昨晚的现场感移到了刚才。他很放心佘成，洞庭湖的老麻雀见过风浪，会应付得滴水不漏，让翁市长看不出痕迹，让那个马必徒唤奈何。但这都解决不了根本问题，他必须找一把尚方宝剑，才能让翁市长再不便干预这篇批评报道的发出。他早已盘算好了，去找他老婆和姨爹——管文教的市委副书记伍奋云。白天已打过电话，伍奋云说你来，我有些事要问一问你。这一层关系，顾总是明白的，只是不点穿，他之所以走，就是留下一个机会，让解方去施展一下能耐。而顾总可以在事情发生后，审时度势，作出适当的反应。

解方在常委楼不远的地方，停下车，再打一个电话去，看伍奋云家里有没有客人。结果伍奋云很着急，问：你怎么不来吃晚饭，又说今晚没客人，晚饭后你姨妈和你表妹要去看电影，我们正好聊聊天。解方忙说：报社来了客人，我正陪着哩，半个小时后我就来。

解方知道姨妈是一个有洁癖的女人，性子有些怪异，她不喜欢外人在家吃饭，哪怕是很近的亲戚。她尤其反对吸烟，连伍奋云也只好在家里克制着不动烟卷。解方是个烟鬼，受不了这个罪。听说姨妈和表妹会去看电影，心中大喜。姨爹让他去吃饭，绝不是客气话，他会去吃吗？姨妈一看见外人来家吃饭，就随便扒几口饭，匆匆避开，好像别人身上都带着毒菌。

解方在四周骑着摩托车游了半个多小时，才靠近常委楼，停好摩托车，仔细地上了锁，从从容容走进三楼的姨爹家。

姨妈和表妹已经走了，屋里收拾得干干净净。

伍奋云今年四十二岁，身体很好，脸相清清秀秀，个子不胖不瘦，透出一种儒雅之气。

他说：小解，好些天没来了，近来一定很忙吧？

解方说：顾总到山东开会去了，这几天我抓全面工作，忙一点，但还是很顺手的。

不错，这在古代叫"历练"，练资历，练能力，还只三十几岁，后生可畏。

屋里开着空调，很暖和。解方脱下呢大衣，搁在沙发上，笑着说：姨爹，其实你也是个后生，四十几岁当书记，进常委，在全省也不多。姨爹，姨妈不在，我可要抽烟啰。

正好共享。到她快回时，打开窗子吹烟气，她鼻子再灵，也闻不到了。

两个人哈哈大笑起来。

伍奋云递了烟，沏上茶，让解方和他隔几而坐。

伍奋云说：解方，现在要抓各行各业的职业道德教育，我想找几个典型，大力宣传，形成一种气候。你在报社，发现什么线索没有？

解方吸着烟，品着茶，缓缓地说：我们报上登的那篇通讯，写一个工厂老劳模，倒是反响很强烈。

就是《车刀耕钢铁 热血铸楷模》那篇？不错！几个常委也看了，都说好。我还给在中央党校学习的刘书记汇报了，他也很感兴趣，说是可以大搞一下，树起一个工人阶级的光辉形象。

解方说：这个老劳模却死得冤，医院草菅人命，令人发指。

伍奋云把烟头往烟灰缸里一按，说：你给我说说是怎么一回事。

解方便把前后始末讲了一遍，讲得很动情，伍奋云被深深感染了。

正面典型要坚决树，但反面典型的作用也不容忽视。姨爹，如果我们对为民医院来个批评报道，再在全市各行各业开展职业道德的大讨论，报纸发它几个专版。正面的有魏劳模，反面的有为民医院，那个作用不可估量，完全可能引起上级新闻部门和党政部门的重视。

伍奋云沉思了片刻，激动起来，说：对，小解，可以发一发批评报道，你们派人去写了没有？

写了。解方叹了口长气，说：写了又怎么样？干预得很厉害，为民医院调动了各种关系来说情，又请动了翁副市长发指示，不让发这个报道。姨爹，我们是夹在中间，气都喘不过来。听说，翁副市长将要到市委当秘书长，进常委，是不是？

伍奋云说：正在考察。考察的也不止他一个，他以为就非他莫属了？为民医院属于他管的战线，乱到这个程度，还想包着！

解方又补了一句：这关键时刻，他当然不让发这个稿子，我们也没有办法。

伍奋云声调高起来，说：我们在省党校同过一年学，他的那几下我清楚。市里的"五个一工程"他抓出了什么？连续三年在省里剃光头，两个剧团搞不出一出好戏！今年市委让我牵头抓这项工作，他从不向我汇报，我主动问他，他总是一句话：不要急，今年保准拿个大奖。什么具体情况也不说，让我插不上手。不过，你别到外面说，我们是关起门来说家常话。

我知道，姨爹。

哦，那个批评报道呢，带来了没有？

带来了。

解方从口袋里掏出一份打出条样的稿子，递给伍奋云。伍奋云就着灯光，仔细地看起来。

看完了一遍，又再看一遍，说：材料很扎实，我个人意见是可以发的。我签上字，叫其他常委看一看，都签上字。

姨爹，这太烦琐了，你敢签字，我就敢发。

幼稚！市委刘书记不在，还有个金市长哩，总得让他有个心理准备。这样吧，先把稿子放在这里，常委看完了，我叫秘书立即送来。见报后的事，你和顾总多操些心。

好的。

谈完了工作，该松弛一下了，小解，我们来"杀"几盘象棋。

于是，摆开棋盘，在楚河汉界厮杀起来。

解方一连输了三盘。他的心思老集中不起来，他担心这篇稿件很难顺利地过关。

估计姨妈和表妹快回来了，解方起身告辞。走到停摩托车的地方一看，车不见了！解方又在周围找了一遍，还是没有，车被人盗了。他很沮丧地走了一段路，叫了一辆出租车。心想：为这篇批评稿件，我先得交几千块钱学费了！

10

一天下午，侯者的爹打电话来，通知侯者和佘成，要我们不要发那篇批评报道了，又说他对不起报社，然后就搁下了电话。

侯者说：老爷子犯什么病了？我们去问问情况。

侯者的摩托车被解方弄丢了，只好搭在佘成的车后面，飞快地赶到厂里，在车间办公室找到了侯者的爹。

老爷子很苍老的口音令他们吃惊，几天不见，脸上仿佛多了许多皱纹。

老爷子说：不让发这篇报道是厂部的指示。我们也想出这口气啊，要不怎么对得起魏劳模？

侯者急得直跺脚，问到底是怎么一回事？

老爷子才一五一十地说起来。

为民医院的马必主任，领着一帮人，昨天下午到了厂里，表示了他们的歉意，将魏劳模抢救期间所交缴的医疗费全数退还，并向厂医务室赠送了五千元的药品。

他们想用钱堵住你们的嘴，这一手来得狠！侯者很气愤地说。

可我们厂穷，什么都不缺，缺的就是钱。

钱可以买一条命吗？侯者说。家属呢？魏劳模家里没人了？他们哑巴了？

老爷子眼都红了，颓然坐下，沉重地说：人都死了，还能怎么样？他们去慰问了魏劳模的老婆，一下子拿出两万元赔偿费！还说，医院党委正在号召全院人员献爱心，为魏劳模的家属捐款，估计可以捐出一万元。魏劳模家生活困难，三个男孩子，两个在读大学，一个在读高中，要钱啊。佘主任，你可能不相信，我带你们去魏劳模的家里看看。

他们随老爷子去了魏劳模的家里。魏劳模的老婆朱师傅正在家补一件很旧的工作服，满头白发，脸色很凄楚。这个家简单得不能再简单。家具很旧，式样很老气；电视机是黑白的，只有14英寸；墙上贴着一张毛主席像，颜色倒是很新。

老爷子向朱师傅作了介绍。朱师傅忙不迭地让两位记者坐，一边扯起袖口揩眼泪。

佘成问她对发表批评报道有什么看法。

她突然痛哭起来，哭得很伤心。哭完了，揩去眼泪，说：我对不起老魏，只怪我没有能力。本来，你们记者要为我们工人说话，我感激都来不及，哪能不同意登这文章？可人家医院赔了钱，又要募捐。我们需要钱，很需要，两个孩子上大学，一个孩子上高中，我一个特困企业的工人支撑得起吗？也就要请老魏在九泉之下原谅我了。人家医院能做到这样，也算仁至义尽了，还同意发那文章，就是我昧良心了。你们说是不是？

佘成和侯者无言以对。

侯者突然骂了一句：他妈的马必！

佘成从口袋里掏出所有的钱，大概五百多元，侯者也把身上的钱，搜索出来，一起交给朱师傅，表示他们一点心意。

朱师傅说：你们来看我，我都担当不起，还要你们破费，就更叫我心里不安了。

他们鼻子一酸，差点掉下泪来。

回到报社，他们找解方，说了说情况和想法。

解方垮下一块脸，说："喉舌"出什么毛病了，吞吞吐吐的。你们以为你们很仁慈是不是？我还没打退堂鼓，你们倒先心肠软下来了，糊涂呀糊涂。

侯者说：我们是向你说说缘由，并没有说硬要撤稿呀。

想撤也不行。这不是写文学作品，作者有权撤稿。这是新闻报道，是属于报社的职责范围，何况稿子已报给了伍书记，他已签了字，正让所有常委传阅，走完了这个形式，就发稿，有事由我来担，与你们无关。

佘成说：我们不是怕担责任，是有点于心不忍。

是吗？这就更荒唐了。为民医院上门道歉，退还医疗费，捐赠药品，厂里受之无愧。为民医院不是还给别的特困企业捐赠了药品吗？何况，这只是属于他们的将功补过。我们发批评为民医院的稿子，工厂无权干预，这与他们毫无关系。至于魏劳模家里，得到一笔赔偿费和募捐款，朱师傅怎么倒感激涕零了？这是一条命换来的，一条命只值这点钱？如果是朱师傅写的批评稿，或者是你们采访她而写成的批评稿，她有权阻止稿子的见报，但现在这个稿子与她没有任何关系，她也无权干预。

佘成竟没有想到解方能用这样一种眼光来看待这件事，竟无语凝噎。

11

伍奋云的秘书把稿子送到报社，亲手交给解方的时候，正是下午四点钟。解方把办公室的门关上，仔仔细细地看了几遍稿子上"头头"们的签字，长舒了一口气：这稿子是可以明天见报的了。

总编室送来的明日发头版的稿件堆在桌子上，等着解方签字后送到电脑部和校对部去。他翻了翻稿子，思考着挑一篇正面写工厂扭亏为盈的消息放头条，还是用这篇批评报道占据头条位置。他又扫了一眼那篇《老劳模魏明屈死于为民医院》，伍奋云的签字是："我同意在报上刊发，以触动其他窗口服务行业的职业道德教育。在正面宣传的同时，搞一点批评报道，符合上级的指示精神。"其他常委或签个名字，或多签两个字"同意"。解方突然发现没有金市长的签字，这就怪了，他没有外出，也不至于没有一点签字的时间，他的不签字说明他对这个报道有看法，说不发吧，分管意识形态的是伍奋云，他不便直接干预；说发吧，又不是那样痛快。想到这里，解方的心又悬起来了，但那只是一瞬间，他立即平静下来，伍奋云既然派秘书把稿子送来，说明他已经考虑好了，稿子可以见报的。既然见报，干脆来个头条，加个"编者按"，把伍奋云的批示插进去，声势也就出来了。

正在这时，桌上的大哥大响了，解方拿起来通话，竟是顾总从山东打来的。

顾总，我想你是挂念着这篇稿子，告诉你，伍书记和大部分常委都签字了，明日见头版。

顾总问：你准备放几条？

头版头条。

顾总一笑：不可不可。锋芒还是要藏一点好。头条宜选一个窗口服务的正面报道。再加一个"编后语"。二条放批评报道，纯粹的一条，不要附加什么。体现正面宣传为主的版面意识，你看如何？

解方连连点头，说：顾总，姜还是老的辣，坐镇山东，遥控楚城，我成了傀偶了。

顾总说：我只是建议而已，你可听可不听。另外，解方，今晚你得守在办公室，一直到头版打出大样，你看过之后，和大家一起下班。说完，便挂断了电话。

解方便从稿子中寻出一篇写邮电局电话科上门服务的消息作为头条，再拧起眉头写了个"编后语"。然后，安排好第二条的批评报道，又将其余上头版的稿子签了字。总编室来人把稿子取走了。

解方在这段时间里，觉得非常的轻松，他细细地抽着一支"银白沙"香烟，口感好极了。他想起顾总刚才对版面的安排，称得上老谋深算，滴水不漏，不愧是个老报人，自己毕竟还嫩了点。但顾总为什么要他坚守办公室呢，肯定是怕市里有什么临时变更，要撤换稿子。他想顾总是多虑了，煮熟的鸭子还会飞到哪里去？伍奋云现在正代理刘书记抓市委的全面工作，稿子是他亲自签的，还有什么变更？！

到食堂去草草吃了顿饭，解方再返到办公室，眯着眼睛养神，靠在松软的长沙发上。

暖气在白色的管道里，嘶嘶地响着，有点像春雨的声音。屋里温暖如阳春，解方觉得全身的骨头都要化了。

丰润忽然拿着一张条样，走进了办公室，问：解总，不是说这篇稿子不发吗？

谁说不发？

我告诉马必说不会发的。

马必是谁？你认识他？

解总，你怎么忘了？他请过你吃饭呀。

大哥大又响了，解方才知做了个梦，赶忙拿起来，他分明听见心跳得烈烈的。

喂，哪位？

解总，我是马必呀。

马主任，你好。解方放下心，口气很冷淡。

你好，还在工作，没回家？要保重身体。听说……听说，那个稿子伍书记签了字，你们准备发？

好厉害，他居然就得到了消息，怪不得有人说现在这个世界已经没有秘密可言！解方装着惊讶的口气，问：什么？签了字，我们还没有看到，你是从哪里得的消息？

马必犹豫了一下，说：我也是听人传的。不过，解总，请你多关照，缓一缓，看我们为民医院整改的效果，如果依然故我，你们怎么批评我们都接受。

解方说：好的，好的。有空到报社来玩。

他突然觉得屋里又热又闷，便把大哥大塞进口袋里，走到大楼外的庭院里。

庭院里黑黑的，树影幢幢，空气冷冽而清新。他的鼻翼动了几动，闻到从庭院的东北角送来淡淡的梅香。他知道是那株蜡梅树上的花开了，应该是淡黄色的，五个瓣子像金属的薄片，花蕊是洁白的，细长细长。他便迎着梅香走到梅树前，想看一看一树的花，开得怎样的灿烂，但什么也看不清楚。他有点遗憾。

在此一刻，他希望时间加速运行，最好一下子就到了凌晨四点。于是，印刷车间的轮转机欢快地响起来，一张一张的报纸，带着油墨的清香，叠得像小山一样。天亮了，送报的汽车驰出报社，飞向楚城的四面八方。

大哥大响得很焦脆，解方的手有些抖动。

你是顾理林同志吗？我是北京，我姓刘。

啊，是刘书记，你好。顾总到山东开会去了，对，今晚我值班。我是解方。

是小解啊。金市长打电话给我，说你们要发一个批评为民医院的稿件。对于一个老劳模的死，他也很痛惜，批评一下也很好嘛。但是，金市长担心的是老劳模所在的工厂，是一个特困户，如果有人挑动闹事，再带动起其他特困企业，那就是大事了。当前，稳定是压倒一切的原则问题，新闻工作者应该首先是政治家，要从全局出发，是不是？

刘书记，问题不会这么严重的。

不怕一万，就怕万一。刘书记的口气严峻起来。稿子坚决不能发，这是纪律。我马上给伍奋云同志打电话。要坚持正确的舆论导向嘛。小解，记住，稿子坚决撤下来，再过半个月，我就回来了，我们再一起研究一下，怎么报道。

解方说：是，是。

他悻悻地朝电脑部和校对部走去。

他发现顾总的多虑多思，总是那么的准确和及时。

12

黄昏时，突然下起大雪，每一片又厚又重，仗着老北风的威力，如雪瀑般向大地倾泻，空气凛凛如刀，寒入心肺。

整整一个下午，佘成和侯者木偶般坐在办公室里，什么话也不想说，只是不停地吸烟，烟雾腾腾，使得他们的面目变得模糊。这种模糊，透出的是一种淡淡的悲哀。

批评报道又流产了。是解方来办公室里，悄悄告诉他们的。

解方的样子很沮丧，很无可奈何，然后，飞快地走了。

他们连头也没有抬一下，似乎早已心中有数。三天前他们就听说伍奋云签字了，在一种极其焦灼的心情中，一天一天地翻看报纸，但最终那个稿子并没有出现在版面上。他们有了不祥之兆，但不敢去问解方，希望那只是他们的猜测。他们毕竟在新闻界滚打了这么些年，此中情由怎会不知道，不过是自欺罢了。解方的通报，只是掐断他们一线缥缈的希望，让"真实"残酷地凸显在他们面前。

桌上的电话响了。侯者抓起话筒，竟是艾珠打来的，那头传来的声音喜气洋洋，还带着某种羞涩。侯者，下雪了，还不早点回来？我给你做了几个好菜，还有一瓶"人参酒"，嗯，我一个人很冷清，你早点回来吧。侯者一块脸憋得发紫，颈上的青筋蚯蚓一样蠕动，他突然愤怒地吼道：你高兴了是不是？可老子不高兴！这附近到处是饭馆，我干什么要回来吃？你可以立功呀，得奖金呀，升副科级呀！吼完了，重重地搁下了电话。

侯者系上围巾，穿上皮大衣，也不和佘成打招呼，径直走出门去。他今晚想痛痛快快喝一顿，要不，人都会憋死的。

他走出编辑部大楼，走到漫天风雪里，风雪抽打他的脸颊，他觉得很舒服。

报社旁边有好几家小饭馆，他随便走进一家。厅堂里空空的，又没有暖气，仿佛是一个冰窖。

他在一张小桌边坐下来。

侯者，你想吃独食呀，连我也不请了。

什么时候，佘成竟跟着他出来了，猛一下出现在他面前。佘成心情也不好，本想下了班回家去的，看着侯者刚才对着电话吼叫，又匆匆出门，便担心这个小弟弟出什么事，也就决定不回去了。佘成坐在桌子对面，说：今晚，我们一醉方休，好不好？

侯者眼里突然涌出了泪水，竟孩子似的哭了起来。

佘成叫服务员拿来一瓶"剑南春"，又点了几盘子下酒菜：麻辣鸡丁、炒大肠、肚尖、猪蹄、牛筋、大白菜。

先把两只杯子里斟满了酒，佘成说：第一杯，一口干了，下面再慢慢来，好不好？

杯子碰了一下，叮当一响，然后两人一仰脖，酒便下去了。

谁也不说话，也不怎么吃菜，只是慢慢地喝酒。渐渐地，风雪的呼啸声倏然远去，全身开始发热，脑门子上也沁出细小的汗珠子。

一瓶酒喝完了。侯者已有几分醉意，佘成却没事一样，他酒量大，身体又壮实，哪里在乎这几杯酒？

侯者说：再来一瓶！

别喝了，侯者，天气太冷了，早点回家吧。

侯者瞪圆双眼，说：是我做东，你心疼什么？来酒。

侍者又拿来一瓶"剑南春"。

佘成只好给他斟上酒，说：稿子没发出，艾珠也不会跟你闹了，早点回去吧。

别提她了，我回去做什么？让她来耻笑我？

第二瓶酒，佘成有意地多喝了几成。三杯酒后，侯者完全醉了，又哭又闹，又流鼻涕又呕吐。

佘成叫来一个侍者，付了账，让他打一盆热水来，给侯者轻轻地洗了脸，擦去沾在皮衣上的秽物。再要了一小碗醋，给侯者灌了下去。

侯者傻笑着：这酒真香。

佘成到柜台边给艾珠拨了个电话，让她来接一下。其实，他完全可以叫一辆出租车，把侯者送回家去。但他决定还是叫艾珠来，让她看看一个记者为了一篇稿子没有发出，伤心到什么程度！

半个小时后，艾珠坐着出租车来了，她让司机在门外等一着，急匆匆窜进来。

艾珠看着侯者这个样子，眼圈都红了。她扶起侯者，温柔地说：我们回家去，我们回家去。

侯者斜起眼睛看着她，问：你是谁？

我是艾珠呀。

哪个艾珠？我不回去，我还要喝酒。

好。喝酒。我们回了家，我再陪你喝酒，家里有的是酒。

侯者傻傻地笑了。

佘成走过去，帮着艾珠把侯者扶进出租车。他说：小艾，请你在什么时候都不要对他说起那篇稿子的事，拜托了。

艾珠哭着说：我记住了。佘主任，谢谢你。

出租车鸣一声笛，开走了。

佘成朝报社走去，他的摩托车还放在报社的车棚里。

雪越下越大了，地上的雪深得齐脚脖子，一脚踩下去，吱吱直响，像踩在一个伤口上，一提起脚，便留下一个深深的坑，雪花又尖啸着往深坑里填。他知道，他的这两行脚印很快就会被风雪抹平，最终是一点痕迹也不会留下。到明早，谁会知道这条道上，曾有一个叫佘成的人走过？

后记 怀念何锐兄

　　书窗外，寒雨潇潇，阴湿砭骨。

　　北京野莽兄的微信急驰而来，泣告我们的老朋友何锐兄因病辞世驾鹤西去，时为二〇一九年三月十五日。凭窗远望西南，雨帘高挂，悲何以堪。

　　何锐兄只年长我几岁，是文坛公认的资深主编、编辑家、评论家。而在众多作家的心中，他是一位忠厚、沉毅、热情、才华闪烁的师长及挚友。从一九九四年始，他执掌贵州的文学刊物《山花》，以其阔大的胸襟、敏锐的眼力、茹苦含辛的韧劲，带领他的团队，与海内外作家缔结情缘，精选各种流派各种风格的文学作品，使置于西南一隅的《山花》，成为一个令人瞩目的亮点，成为贵州省一张流光溢彩的名片。

　　我的第一篇小说《荷风居记》，载于《山花》一九八八年七期。此后，陆续载于此刊的短篇和中篇小说近三十篇，达十七八万字。责任编辑或为何锐兄本人，或为他的同事。一个作家与一个刊物，能保持长久岁月的亲密关系，自然与何锐兄和他的团队的魅力息息相关。

　　几十年来，我有幸多次叩访贵州。一是应老同学李发模的邀约，或去其故乡即被命之为"诗乡"的绥阳县采风、学习，或去遵义所辖的仁怀市茅台镇参加诗书画的活动。二是何锐兄召邀作家们，前来踏山访水和组织稿件。前者如我们坐飞机和火车去遵义，需要在贵阳暂留的，何锐兄闻知，必会设宴款待。又因发模的活动往往也邀请了何锐兄，他会始终和大家朝夕相守。他不抽烟，也不善酒，瘦高的个子，清癯的面容，说话也不多，但让人感受到他心底的热忱和一心想把刊物办好的愿景。

我查看日记，一九九七年十一月下旬，中国作协组织去贵州威宁县采风，观草海，走苗寨，访彝村，参加者有张韧、邓刚、徐南铁、舒婷诸君，来与回皆要经过贵阳，何锐兄热情做东，不辞劳顿。二〇〇四年二月中旬，应遵义文联之邀，与野莽、阿成、刘恪、李元洛、马立明诸友，访娄山关、乌江水电站、沙滩文化村、金鼎山、海龙囤，在贵阳汇合时，何锐兄又前来款待。二〇〇五年四月二十八日至五月四日，中央电视台第七频道《乡村大舞台》的老邱，邀野莽、阿成、孙春平、马力、邱华栋及我，先至贵阳再去铜仁地区的印江县采风，何锐兄又赶来相聚。还有二〇〇六年五月下旬，《山花》邀约叶兆言、韩少功、方方、何立伟及我，先访贵阳再去荔波县风景区参观，何锐兄及几位同事全程陪同，他沿路与我们一边说笑一边约稿。记得在一处水上森林坐船游湖，戴着近视眼镜的何锐兄，双手紧抓船沿，还不忘嘱咐我们小心别掉到水里！

岁月悠悠，这些景状，不料已成影尘前事。

但何锐兄的音容笑貌却永远镌刻在我们的心中！

野莽兄思量出版一套丛书，名为"锐眼撷花"文丛，来纪念我们的好朋友何锐兄，便是一个明证！

二〇一九年四月于湖南株洲无暇居